AF254740

LE COMPLEXE DE LA MULTITUDE

11 septembre 20##, New York, Ground Zero.
Cela fait maintenant quelques décennies que l'architecture *babélienne* domine la grande pomme et pourtant toujours aucun signe de la colère de Dieu. A croire qu'il s'est, depuis longtemps maintenant, totalement désintéressé de notre pauvre petit monde. Pensez donc... La Terre désormais régie par les grosses multinationales et les lobbys religieux ayant, sans doute à tout jamais, enterrés les principes de la lutte pour les droits sociaux, la liberté d'expression et la laïcité. Et cette tour de plus d'un kilomètre de haut dont le socle double est censé nous remémorer la tragédie survenue au début de notre millénaire... Pauvre humain ! Jamais foutu d'apprendre quoi que ce soit sur rien ! Le flippant aujourd'hui est de constater que toute forme de contestation a disparu, évanouie au large des embruns glacés du delta de l'Hudson, par les voies dorénavant encrassées, peut-être pour l'éternité, par l'héritage souffreteux de l'époque pétrolière. Que nous a valu toute notre histoire ? Cancer et incompréhension. Moi-même ces derniers temps... J'ai tellement de mal à me souvenir... Je sais simplement qu'aujourd'hui dans notre société dite civilisée, on n'a plus le droit de moufter si l'un de nos gamins est né métastatique ou alors mutant schizomorphe − après ce qui s'est passé à Minsk !
Les schizomorphes tiens ! Je pourrais en parler des heures... si seulement je me souvenais !
Mais en fait je m'en souviens très bien... Plus, je les *connais* très bien ! Mais de nos jours il vaut mieux avoir oublié... Surtout lorsqu'on est un homme dans ma position. Ce serait mal vu par la NSA Corp., la boite qui m'emploie. Et à présent le tribut à payer pour travailler est de sang. Littéralement. Que croyiez-vous, vous, les destinataires de cet écrit ? Que les entrepreneurs japonais quand il leur vint à l'esprit de faire grimper le mont Fuji à des demandeurs d'emploi en guise de présélection allaient s'arrêter là ? Non seulement ils poursuivirent mais ils firent un nombre incalculable d'émules. Moi je sais que je suis fichu. Je

sais ce que j'ai eu à faire pour ce foutu job dont la finalité hypocrite… bref, dont je me branle.

Du sang. La surface du globe est maculée de sang. Personne ne vaut mieux que son pair. J'espère que ces lignes vous feront réagir. J'espère surtout qu'elles vous parviendront, que ce soit au bon moment et que vous puissiez les comprendre.

Mon nom est M- G-. Enchanté.

Je me dois de vous conter comment tout ceci a débuté. Je veux dire, ma prise de conscience.

Comme je vous l'ai déjà dit je travaille pour la NSA Corp., l'organisme qui gère le patrimoine historique et génétique de feu les U.S.A pour le compte du plus important conglomérat des entreprises informatiques mondial. Quand je vous parle d'hypocrisie ! Et d'avoir choisi le nom de NSA est le fait d'un cynisme certain de la part de ses dirigeants, de mes dirigeants du coup, qui me payent chaque semaine, et que je ne connais pas, que je ne connaîtrais jamais, que je ne sais même pas s'ils se connaissent eux-mêmes ! Mais peut-être qu'avec votre aide…

Reprenons. Je travaille donc pour la NSA Corp. Je suis l'administrateur du musée de New-York et du mémorial du 11 septembre situés aux 1er et 2ème étages "mixtes" du *On Beyond Trade Center*. Du très laid *On Beyond Trade Center*. Il m'a toujours fait penser à une fourche cosmique venu se planter directement dans la poussière nauséabonde du patriotisme malvenu du Ground Zero. Deux tours aussi hautes que ne l'étaient celles du World, se rejoignant à leurs 411èmes mètres précisément, formant un ultime pique vitré d'un peu plus de 600 mètres. Les niveaux de ce pique sont baptisés étages mixtes. Et c'est là que je travaille. Le titre d'administrateur est d'ailleurs bien ronflant quand on songe à mes véritables fonctions. Je ne suis véritablement rien d'autre qu'un scribouillard croulant sous la paperasserie rêvant du décès ou de la maternité-paternité de l'un des employés se traduisant de toute manière par un renvoi définitif de la société – afin de pouvoir procéder à un petit casting pour le recrutement du personnel tout à fait *adapté* à MES besoins. Sur cela je me dois de remercier la NSA Corp. de me permettre d'organiser tout cela personnellement. Ils ne viennent pas fourrer leur nez quant à mes choix concernant les épreuves que je fais passer à ces malheureux. Ils les jugeraient trop délicates sans doute. Si tant est pour ces messieurs-dames que le viol, ou en tout cas ce que moi je considère toujours comme un viol, est tout ce qu'il y a de plus normal. Le congrès de Macao a appelé ça : "nouveau droit de cuissage". Ils ne sont pas foulés sur ce coup-là. Quoiqu'il en soit le texte fait référence à un ancien droit féodal – Moyen Age occidental évidemment – permettant au seigneur local de pouvoir abuser en toute légalité d'une fille jeune mariée le soir de ses propres noces. On appelait ceci le droit de *prima nocte*. Prima nocte revu et corrigé pour notre époque obscurantiste. Le droit de manger, de vivre contre une pipe, une éjac' faciale. C'est ignoble, mais je ne m'en plains pas. J'en ai par trop profité. Ce n'est pas avec mon physique que j'aurais pu m'envoyer en l'air autant de fois. Et puis j'ai moi-même assez morflé pour avoir ce poste. Néanmoins j'ai offert un emploi à chacune des filles que j'ai sauté et j'ai même parfois payé pour leur avortement lorsque j'avais oublié de prendre mes cachets contraceptifs, sans même savoir si le gamin était de moi ; juste une question de morale.

Ne me jugez pas. Vous n'êtes pas d'ici ni de maintenant.

Et c'est ce 11 septembre 20##,... aujourd'hui ou était-ce hier ? Je ne sais plus,... que tout a basculé…

Cela fait déjà quelques années que j'ai pris la décision de ne plus commémorer cette sacrée bon dieu de date. Que voulez-vous faire contre la finale du **neorosebowl** ? Franchement ? Rien. Ça nous coûtait plus en énergie et en sueur que cela nous rapportait en billets roses. Mais il y avait comme tous les jours un nombre conséquent de visiteurs. Je ne l'ai jamais compris. Tout comme je n'ai jamais compris ce qui s'est passé tout à l'heure… ou… quand est-ce que…

Je savais qu'à cette heure-ci mon personnel compressait les visiteurs aux portes de sortie. Comme d'habitude je n'assistais pas à ce spectacle bien installé que j'étais à la cafétéria de la mezzanine où j'y dégustais mon traditionnel arabica de 18h30. Seul moment de la journée où je sentais me faire purifier jusqu'à l'âme par cet arôme délicieux. Je n'avais pas besoin d'y assister puisqu'il était sempiternel. Chaque jour et dans chaque groupe se mêlaient quelques infortunés habitants des strates inférieures de la ville ayant réussit on-ne-sait-comment à récolter de l'argent pour se payer l'entrée. Cela faisait déjà quelques années que persistaient dans les bas-fonds de la cité une légende racontant que celui ou celle parvenant à atteindre les derniers étages du *On Beyond* aurait le droit d'y vivre pour toujours, avantages matériels inclus. C'était absurde. Certes, personne de leur, ou même de ma condition n'était autorisé à accéder à ces fameux derniers étages. D'ailleurs, je n'avais aucune idée de comment on put les joindre, étant donné que les ascenseurs ainsi que les escaliers s'arrêtaient avant, ni à quoi ils pouvaient bien servir, ni sur ce qui s'y passait. La NSA Corp. ne m'avait jamais octroyé une telle information, pire, elle n'avait jamais abordé le sujet. J'ai toujours imaginé, à l'aide de mes 2 neurones, que ces niveaux devaient receler du matériel informatique de pointe, un centre de recherche automatisé, voire du matériel capable d'espionner radiophoniquement, numériquement, cellulairement l'état de New-York en son entier ! Tout ceci ne me paraissait pas incongru au vu du monde dans lequel nous évoluions. Et certainement moins sot que la croyance animant les sous-développés de la basse-ville ! Un Éden, un Eldorado planté là, en plein milieu des nuages éternellement crépusculaires par la NSA, la philanthropique NSA Corp. ! Et pourtant je ne pouvais m'empêcher d'envier ces sous-développés. Toujours cette capacité de croire en des trucs aussi fumeux... Cet état d'esprit avait quelque chose de magique. Rien qu'en y pensant cela avait quelque chose de... Cela me rendait nostalgique. Nostalgio de

ce que je n'avais jamais connu, ni été. Mon cynisme et mon vécu avait tout rasé, tout cela à cause de... Non, tu ne peux indéfiniment rejeter la faute sur les autres... Ces filles que tu as mises à genoux devant toi, Charline, et le sang... le sang de...
Personne ne t'a jamais forcé à le faire. Tu avais le choix. Un choix limité, sans aucun doute, nonobstant une possibilité. Celle de ton suicide. Tu es un lâche. Tu ne l'as pas fait. Arrête de te plaindre ! C'est une question de décence. Je m'en remets donc à cette maxime que j'ai faite mienne après que mon double alcoolisé n'ait eu l'outrecuidance d'exprimer, profitant de la mise en berne de mon cervelet et de ses auxiliaires : "Puisque la pureté t'est étrangère, ferme les yeux et plonge en toute quiétude dans l'océan de la rédemption !"
Ah l'emphase de la vodka ! Rien de tel pour un faible d'esprit que de se prendre pour le roi des philosophes. Et pourtant, dans la résonance crânienne de cet aphorisme, force m'est de constater qu'une part de vérité m'interpelle. Une souvenance. Une souvenance des plus vagues. Comme un écho aux relents incessant d'amitié : *Je vaux mieux que ça.* Donc, j'enviais ces miséreux. Ainsi que ces maudits schizomorphes. De quoi se plaignaient-ils ? Leur nature même les avait obligés à prendre parti. Le leur. Ils étaient les derniers élus. Handicapés mentaux, moteurs, atrophiés, *extrophiés*, éclopés, va-nu-pieds, que sais-je... On leur prêtait d'inouïes capacités : télépathie, psychokinésie, télékinésie, pyrokinésie, machinchouettekinésie, bref un potentiel appelant à faire paraître Superman pour le dernier des losers. Moi je savais bien, qu'en par miracle un troisième neurone se raccrochait à mon unique axone, que tout ceci n'était que bobards distillés çà et là par les autorités pour les braves consommateurs de base, dans le but unique de les effrayer. On avait ouvert des camps pour ces gens-là, ils s'étaient révoltés et avaient fuis, prétextant qu'on ne les traitait pas mieux que des bêtes et que la société avait abandonné ses enfants les plus faibles. Quel culot ! Personnellement personne ne m'a jamais

proposé de me prendre en charge pour le restant de ma vie ! Ils en ont eu l'occasion et ils ont osé se plaindre ! Ils préfèrent se la jouer martyres maintenant que la quasi-totalité d'entre eux a embarqué pour la vieille Europe toujours sous le joug des radiations. Tant pis pour eux s'ils ont décidé de nous rejouer le coup du peuple élu dans tous les compartiments les plus crades ! Peuple élu mon cul ! Ils ont eu l'occasion de tout faire péter et ils se sont barrés ! Je n'irais pas pleurer leurs enfants condamnés quand leurs râles me parviendront de l'autre côté de l'océan. Et leur leader, cet imbécile de J- C-, toujours à grommeler que la liberté ne se transige pas ! T'as raison ducon, va donc tenir ce discours à petit papa neutron…

Combien d'entre les tiens, las de fuir et las de leur maladie auraient accepté de bonne grâce de séjourner dans les camps offerts par les grandes majors, histoire d'y soulager leurs souffrances, de les abréger au prix de quelques expériences de temps en temps ? Combien ? Dis-moi combien ! Tu ne le sais même pas et peut-être es-tu déjà mort à l'heure où j'écris ces lignes. Mais je vais tâcher d'être plus concis avant que de vous perdre vous, mes témoins, et me, et vous garder de ma rancœur envers ces imbéciles heureux chez lesquels résidait mon dernier espoir.

Ce soir-là donc je dégustais mon arabica à la cafèt' de la mezzanine. Joe, le barman, m'interpella :

– Eh, m'sieur G-, vous trouvez pas que c'est bizarrement calme ce soir ?

Il avait raison. En général un brouhaha de protestation me remontait jusqu'aux conduits auditifs même si je n'y prêtais jamais la moindre importance. Croyez-moi, cette fois-ci, cet état de fait ne dura pas longtemps. A peine eussé-je déposé la tasse sur sa soucoupe, me gargarisant – quelle ironie ! – de la remarque de Joe, qu'un hurlement strident de femme, un cri désespéré, ne déchira le bourdonnement ambiant.

Un long souffle de lassitude fut ma première réaction. Car je savais d'expérience la signification d'un cri isolé. Les plaintes communes exprimaient des revendications, ce qui voulaient dire faciles à résorber. On n'avait pas inventé le tonfa neuroélectrique pour rien ! Entre nous d'ailleurs quel plaisir de les utiliser, quel exutoire, quelle délivrance, pouvoir infliger une telle souffrance à autrui est proche de la jouissance sexuelle,… et ceci en toute impunité ! Je m'accordais d'ailleurs parfois la pratique de cet exercice lorsque datait le dernier recrutement... Un cri isolé par contre signifiait un problème beaucoup plus sérieux se traduisant, ce qui était le pire, par un retard dans mes projets personnels pour la soirée se résumant traditionnellement par un rendez-vous avec mon sofa afin de m'y affaler devant l'holovision, Bud 3000 à la main. Mais mon devoir de "plus haut gradé" m'ordonnait de me rendre physiquement sur le lieu du litige. Je me levais doucereusement du tabouret, blasé comme seuls savent l'afficher les gens de ma condition, sous l'œil hagard dissimulant mal un côté bravache du barman, barman qui n'aurait pas démérité d'ailleurs, au vu de sa carrure, une place de titulaire dans une équipe de neofootball. Je me dirigeais vers l'escalier menant au hall. Les cris redoublaient d'intensité sans que je puisse pour autant identifier leur émettrice, engluée par l'essaim formé de mes hommes. J'arrivais néanmoins à en distinguer le propos : *Mon bébé ! J'ai perdu mon bébé ! Retrouvez-le moi ! Je vous en conjure ! Je vous en supplie ! Rendez-moi mon bébé !*

Mon sens aigu de la psychologie la rangea immédiatement dans la catégorie des hystériques. On se débattait. J'adorais débarquer dans ce genre d'imbroglio et me poser en héros ! Une fois ma sécurité assurée, cela va de soi !

Je m'approchais enfin. Mazette ! La silhouette se découpant devant moi me décolla les rétines. Une femme d'une beauté extraordinaire, beauté accrue par la colère (ou bien était-ce le contraire ?), tentait désespérément de repousser les gardes : *Mon bébé ! J'ai perdu mon bébé !* Sa tenue vestimentaire m'intrigua également. Son ensemble cinabre (tailleur et jupe), sa chemise noire, ses chaussures à talons aiguilles démontraient, tout cet apparat démontrait que je n'avais pas affaire à une de ces souillons idéalistes dont je vous ai entretenu quelques lignes plus haut. Même ses gestes pourtant saccadés respiraient une grâce naturelle. Elle devait être de la haute. Aussi hautes que ne l'étaient ses splendides jambes. Un corps à damner les saints. Dernière phrase à ne pas prononcer trop fort sous peine de punition officielle de la part des magistrats religieux. Taille de guêpe, cul rebondi bien mis en évidence par la texture du vêtement et un visage que je ne saurais décrire autrement que cristallin. Ses traits étaient d'une parfaite finesse. Une bouche que l'on aurait voulu croquer à souhait et yeux hypnotisant. Mais je n'étais pas né de la dernière pluie et je savais pertinemment que cet éclat particulier provenait sans aucun doute de son état mental actuel. Une peau… Une peau propre à être caressée. J'ai toujours su être un invétéré érotomane, mais je vous assure, aussi vrai que l'homme est porc et la femme salope, je n'avais qu'une seule envie : être avec elle, seuls, nus, n'importe où. Elle n'aurait rien dit, laissant glisser ses longs cheveux noirs quasi-bouclés sur sa nuque et la majeure partie de son dos. Moi, n'en disant pas plus – qu'y aurait-il eu à dire de toutes façons ? – je me serais rapproché, aurait commencé à l'effleurer et… Oh mon Dieu ! Je n'avais pas vu ! Repoussant un des gardes qui tentait de la calmer, son torse se bomba pour laisser sa chemise épouser la forme de ses seins clairement non-soutenus par un de ces soutiens-gorges que je tenais en horreur. Mais reprenons mon phantasme nouvellement alimenté par cette bienheureuse vision. J'aurais commencé à l'effleurer lentement de ma main gauche tandis que la droite agripperait son sein rond de femme ayant vécu mille plaisirs mais encore aucun de l'intensité de ceux dont j'allais la pourvoir jusqu'à entendre ce quasi-inaudible gémissement s'enfuyant de ses lèvres toujours closes, sentant les poils de son pubis frissonner rien qu'à l'idée que son clitoris ainsi que son vagin s'abandonneraient incessamment à mes soins experts.

Mes doigts caresseraient son épiderme satiné jusqu'à descendre sur son mont de Vénus afin de constater avec délice sa vulve dilatée. Je m'agenouillerai devant elle, honorant son nombril d'une lapée improvisée et baveuse, pour la plaquer violemment contre le mur – il fallait absolument qu'il y en eut un – lui soulevant légèrement la cuisse droite, et me mettre, nonchalamment, à lui lécher le bouton de rose, m'enorgueillissant au passage de la pluie battante bouillonnant en son propre sexe. Caverne uliginaire que je m'empresserais d'enfourner de ma main restée libre ; un doigt, deux doigts puis trois, lui malaxant les nervures de son con. La chienne en chaleur lâcherait un cri et une recrudescence de liquide lubrificateur engluerait mes phalanges prisonnières de son antre. Cette démonesse me voulait. Tant mieux. Ce qu'elle allait prendre… Ce qu'elle…

Elle m'aperçut enfin lorsque je ne fus plus qu'à trois mètres d'elle. A ma vue son regard de quarantenaire affolée, mon délire ne s'étant pas embarrassé d'estimer son âge, se calma net. Ahurissant. Mes subordonnés, quasiment effrayés par ce changement abrupt d'attitude, s'écartèrent et la laissèrent se diriger jusqu'à moi. Elle s'approcha assez pour qu'elle puisse ressentir mon souffle. Elle saisit alors le gourdin de l'entrejambe que le coton avait du mal à dissimuler. Lui rendant 10 bons centimètres, elle leva ses yeux marrons sur moi et me chuchota : *Calme-toi mon grand, c'est pas aujourd'hui que tu pourras me la mettre ! Viens plutôt m'aider à retrouver mon bébé…* Je rougis. Bêtement. Comme un adolescent surpris par sa mère en pleine séance d'autosatisfaction. Je réussis tout de même à me ressaisir et, d'un signe de la tête, j'intimai à mes hommes de disposer. D'un même silence j'invitais la troublante créature à me suivre. Elle ne dit mot et marcha à mes côtés, se rythmant à mon aboulique démarche. Un trop-plein d'idées foisonna dans mon crâne habitué à la banalité. Cette femme cachait indéniablement quelque chose. Comment ? Comment une telle folle, une telle furie pouvait se transformer en moins de temps qu'il n'en fallait pour le dire en cette sage et obéissante femme ? Elle sembla savoir où je la menais. Comment aurait-elle pu ? Son calme fit, sur mes nerfs, l'effet d'un blizzard ; débandant aussi sec. Rien n'aurait pu…

– Vous allez tenter de me séduire ou de me séquestrer et me violer monsieur G- ?

– Comment connaissez-vous… ?

Je ne terminais pas ma phrase. Je n'eus qu'à baisser les yeux et pointer mon regard sur le badge ornant la pochette gauche de ma chemise bleue 100% urticaire comme on aimait à se le rappeler entre collègues.

– Pourquoi tenterais-je de vous violer madame… – Elle ne dit mot – Mademoiselle alors… – Pas plus – Je crois comprendre que vous avez perdu votre bébé ? tentais-je de rallumer la conversation.

– Oui, me répondit-elle, et vous allez m'aider à le retrouver.

Je me murais, à mon tour, dans le silence. Je n'avais pas envie de lui soumettre mes doutes. Quelle comédienne tout de même ! Une si convaincante hystérie pour m'attirer, puis plus rien ; un calme olympien. Elle avait réussi son coup, j'étais là. Alors pourquoi persister dans ce mensonge. Ce bébé n'existait pas. Je le sentais bien. Que me voulait-elle alors ? Se venger de moi ? Après tout pourquoi pas ? Peut-être était-elle une sœur ou une parente quelconque d'une des filles que j'avais "auditionnées"… N'avait-elle pas parlé de viol dans son ultime provocation ? Peut-être était-elle, d'une façon ou d'une autre, liée à Charline,… mais non… Charline n'existait même pas… si ce n'était dans mes propres délires, dans mes… Ou alors était-elle là pour mon grand crime ? Si c'était le cas…

– Nous sommes bien arrivés là où vous vouliez m'emmener ?

Sa question me cingla les méninges. Oui. Nous étions arrivés au Lapis-lazuli, le bar branchouille du *On Beyond* se situant au deuxième étage mixte, soit sous ma "juridiction", où tout ce que New-York comptait encore comme gratin venait s'encanailler pour la nuit.

– Vous avez alors opté pour la séduction, conclut-elle

d'un désarmant sourire.

Je lui répondis de cet air gêné et infantile que j'avais cru perdu pour toujours.

– Alors séduisez-moi !

Elle me prit la main et, ensemble, nous pénétrâmes les lieux encore pratiquement déserts à cette heure-ci. Nous avions devant nous quelques bonnes 90 minutes d'une relative tranquillité. Sa main serra fort mes phalanges et toute inhibition, tout désappointement, tout questionnement sombrèrent dans une confiance toute renouvelée et un appétit sexuel entièrement retrouvé. Oh oui, à nouveau moi ! Le Dieu queutard ! Oh oui je vais te séduire ce soir, t'emmener jusqu'à mon lit, te baiser, te *rebaiser* jusqu'à t'entendre hurler de plaisir mon nom, que tu ne considères plus que ma bite pouvant t'apporter ce plaisir dans ta vie, qu'à jamais tu ne veuilles y renoncer, que tu en deviennes dépendante, et que, sachant tout ceci, cette dépendance, je te jette, te rejette une fois assouvi toute ma faim de toi ; tu me seras passé. Car oui, malgré ton attrait actuel sans cesse réalimenté par ta préciosité, toi aussi tu me passeras, car rien, entends-moi bien, rien ne peut s'opposer au diktat et la toute-puissance du cynisme, de la désillusion et du désespoir. Rien. Et de ces sentiments, j'en suis le chantre. Mais pour l'instant…

– Qu'allez-vous donc m'offrir à boire jeune homme ? Si tant est que vous soyez encore jeune…

– Ravissante, fis-je du sourire le plus enjôleur que je pusse émettre nonobstant sa réflexion. La garce avait tapé juste. Voilà où j'en étais. A me lamenter sur mon âge. Moi qui avais eu dix mille vies, mais dix mille pouvant se résumer à une seule : celle-ci. Toujours la même merde. Et puis d'ailleurs qu'en avais-je à foutre ? Me souvenais-je déjà de mon âge ?

– Bonsoir Yann, dis-je au barman tout en contournant le zingue tandis que ma conquête du soir s'installa sur un des tabourets, posant ses coudes sur le comptoir, formant un soutien de ses mains jointes, ainsi prêtes à en accueillir son menton.

– Bonsoir monsieur G–, toujours en bonne compagnie

à c'que j'vois hein ?! me signifia-t-il d'un clin d'œil.

– Je crois que Maud t'appelle en cuisine…

– Ah, je vois ce que c'est, me donna-t-il un coup de coude complice sur le bras, la Spéciale est toujours dans le même compartiment…

– Qu'est-ce que c'est que cette "Spéciale" ? demanda la splendide créature.

– Oh, juste un philtre d'amour qui… Ayeuh !

Je rendis son coup de coude à Yann mais de manière bien moins catholique (si le diocèse du New Jersey veut bien me passer cette expression !). D'un signe du pouce je lui intimai sèchement de regagner la cuisine.

– Oh, ça va… Pardon, pardon… partit-il, penaud.

– Ne l'écoutez pas, dis-je en posant à mon tour mes mains sur le comptoir de manière à ce que mes appendices ainsi que mon visage deviennent les trois pointes d'un triangle humain rassurant. Je courbais mon buste vers l'avant… histoire de surenchérir. Surenchérir ? Mais dans quoi, penserez-vous. Oui, je sais. Moi-même je n'ai jamais vraiment cru en ce type de théorie. Mais durant ma formation à la NSA Corp., l'on m'avait inculqué ce genre de posture que tenait souvent les tenanciers de bar, aubergistes et bon nombre d'autres commerçants censé rassurer le quidam sur l'honnêteté et la sincérité du patron. Ridicule ? Oui, je suis bien d'accord. Mais l'adversaire de ce soir était coriace et je ne devais laisser passer aucune opportunité, aucune chance de prendre l'avantage.

– Que voulez-vous boire alors ?

– C'est bien du jazz que l'on entend n'est-ce pas ?

– C'est bien la musique reine des intellectuels de l'époque du pétrodollar, oui…

– Amusant. N'est-elle pas interdite ?

– Si. Mais sachez qu'en vous amenant ici je vous ai conduis dans un cercle d'élite de la ville…

– Allons bon ! Vous ne me ferez pas croire que nous passerons la soirée avec des gens si haut-placés monsieur G- ! Je doute que vous-même…

– En tout cas je peux passer mes soirées dans des endroits où certains interdits ont été balayés ! Comme écouter du jazz !

Je me détournai d'elle, mécontent, insatisfait, frustré et humilié.

– Ne boudez pas monsieur G-, reprit-elle d'un petit rire charmeur. Vous êtes beau vous savez. Nous ne vivons malheureusement pas une époque qui nous permettent de déclarer librement et innocemment ce genre de choses mais… Vous êtes beau… Je l'ai… J'ai tout de suite… remarqué vos yeux… Malgré cette sorte de voile imperceptible qui forme comme un linceul par-devant, j'ai remarqué leur éclat, leur pétillement, il y a quelque chose en vous… quelque chose, non… ce n'est pas de l'intelligence mais…

Remis en confiance, regonflé à bloc, réconforté par ces paroles – le manque d'intelligence n'étant pas chose nouvelle en ce qui me concernait et puis ce n'était en aucun cas ce que je souhaitais lui donner – je me retournais vers elle et lui demandai allègrement :

– Alors, que puis-je vous servir à boire ?

– Ce fameux philtre d'amour, qu'est-ce que c'est ?

– Je n'ai jamais su précisément. C'est bleu, et c'est parce que c'est bleu que le gars qui a ouvert le bar l'a appelé Lapis-lazuli…

– Le bar porte le nom de sa spéciale ?

– Ben ouais.

– C'est le premier propriétaire qui a alors créé cette boisson…

– Ça j'en sais rien, vous m'en demandez trop !

– Et ça fait vraiment de l'effet ?

– A 100% ! Ça je vous le confirme ! Après un seul verre un seul regard suffira pour que nous nous enflammions et que je vous fasse visiter mon chez moi…

– Monsieur G-, s'il-vous-plaît, ne vous emballez pas, je vous ai déjà dit que ce n'était pas ce soir que vous pourrez me baiser…

– Il ne reste que quelques heures avant que nous ne soyons demain, répondis-je me croyant malin.

– … vous ne me baiserez pas avant que vous ne me retrouviez mon bébé.

Encore son môme ! Cette fois-ci c'était certain, je m'étais dégoté une jobastre, et une vraie de vrai ! Une mère ayant égaré son enfant, en tout cas une mère digne de ce nom et saine d'esprit, n'aurait jamais adopté ce genre de comportement. Elle serait hystérique comme tout à l'heure ou tout du moins angoissée. Fallait-il que j'eusse envie de la niquer !

Je m'agenouillai afin d'ouvrir le placard où se trouvait la "Spéciale" pour en retirer une fiole translucide d'une contenance de deux litres à peine entamée. Ma psychopathe le remarqua :

– Tout ce rituel… Personne n'en boit donc jamais ?

– Non. Très peu de gens sont au courant de son existence.

– Nommer un bar à cause d'une boisson dont la plupart ignore l'existence… vous m'avouerez…

– Je ne connais pas les tenants et les aboutissants de l'histoire, tout ce que je peux vous dire c'est que c'est tant mieux comme ça…

Je déposai la fiole sur le buffet derrière moi, j'en sortis deux verres et rempli celui de la dame. Je me retournai une première fois pour le lui tendre. Elle le saisit et, sans que ses lèvres ne se meuvent, me dit : *Dépêche-toi, dépêche-toi ! J'ai grandement envie de trinquer avec toi…*

Je ne me rendis pas compte… Les secondes me parurent à ce moment précis durer une éternité. J'allais lui obéir, me servir un verre. C'est alors que j'aperçus au milieu de la fiole, alors que cette dernière ne contenait rien d'autre que le breuvage un instant auparavant, un fœtus. Difforme, rachitique, colonne vertébrale *extrophiée*, billes oculaires noires et globuleuses, être n'ayant jamais connu la vie, enfermé là-dedans depuis le début des temps, commencement ne lui ayant jamais donné sa chance. Je fus pris d'une envie de vomir mais sans réussir. J'étais en nage, sueur en surabondance. Je voulais m'enfuir ou me tuer là, maintenant. Se saisir d'un couteau, se trucider, bref tout faire afin de quitter ce cauchemar, mais mon subconscient, à moins qu'il ne se fut agi d'une volonté supérieure, m'ordonna de prendre à nouveau la bouteille par son anse et de me servir de la sinistre boisson. Je tremblai de tous mes membres faisant voltiger mon liquide corporel dans tous les sens tel un saule pleureur sous l'effet d'une puissante bourrasque. Pourtant aucune goutte azure ne toucha le sol. Presque à l'encontre de ma volonté je me retournais une nouvelle fois, faisant face à ma dominatrice. Son visage se distordait mu par une succession de vagues cinglantes se jouant des contours de son visage, dévoilant par moment des parties de son crâne tandis qu'à d'autres la chair gagnait tant de terrain qu'elle submergeait tout appendice attestant de son humanité. Je découvris les canines pointues, ainsi que ses homologues du bas, sur sa mâchoire.

Elle me dit : *Vois-tu, je ne m'étais pas trompée… Tu étais le seul à pouvoir retrouver mon bébé… Mon bébé… MON BEBE… ! ET TOI… TOI !*

30 ans. 30 ans et toujours chez mes parents bordel de merde ! De quoi j'ai l'air ? D'une merde, d'un pauvre loser de mes deux ! Voilà de quoi j'ai l'air.

J'en étais à ces profondes réflexions en sortant de la bouche de métro, longeant le boulevard montant de ce Paris du 21ème siècle. Un Paris de bourges. Un Paris où les velléités prolétaires, si ce n'étaient celles des forces du bien, avaient cessées d'émettre leurs messages au creux de ses ruelles, venelles et autres charmantes voies. La ruine du temps et l'étroitesse de l'esprit humain avait eu raison du berceau des Droits de l'Homme. J'ai beau écrire cela, déjà à l'époque je n'étais pas dupe. Pourtant la contestation grondait, c'était indéniable : déjà les badauds, assis dans les cafés entourant la Sorbonne, ne pouvaient plus se permettre de siroter leurs mousses ou leurs perroquets aussi calmement qu'ils le souhaitaient. Des étudiants *foulardisés* avaient pris à parti une poignée de CRS… Grand bien, que dis-je, grand-mal leur en face. Cela faisait bien longtemps que je n'en avais plus rien à foutre. J'avais néanmoins été étudiant et pas flic. Cela ne changeait pourtant rien à la donne. Je n'en avais rien à foutre. Je m'en revenais pour ma part de la bibliothèque public du centre Georges Pompidou. Menteur. Bien sûr que j'en avais encore à foutre de ces combats. Ça m'intéressait encore, sinon pourquoi aurais-je foutu les pieds dans une bibliothèque, somme de la connerie de nos ancêtres ainsi que de nos contemporains, me renseigner sur telle ou telle thématique, recherches devant me servir pour un énième bouquin, un de plus jamais lu par personne. Bon dieu ce qu'à l'époque je pouvais aimer ça ! Gratter du papier comme d'autres découvrent de nouvelles molécules au fin fond de la grisaille de leurs laboratoires ou encore ces autres mouillant leurs petits dessous de soies coquins en apercevant la solide érection de leur partenaire sexuel devant des focales avides de sensations dont les équations se terminent en euros sonnants et trébuchants ; à l'instar de psychédéliques extraterrestres lubriques se nourrissant d'ébats atmosphériques. Puissance et divination prophétique de la masturbation ! Un manuscrit non-édité, une œuvre non-lue, une dalle de plus servant à sceller la conscience collective, soit une décharge sexuelle à vide, sperme s'écoulant le long de la verge ou pire, venant à s'écraser sur la paroi de la cuvette des chiottes. Écrire et se faire éditer donnent un statut, écrivain. Écrire et se faire envoyer chier par les hommes d'affaires maîtres es-coquilles et maîtres à penser des faux-gens télé-réalité est souffrir de la condition d'éternel adolescent auquel tout-un-chacun se permettra sempiternellement de rajouter : "Quand vas-tu enfin te décider à te bouger le cul et à te trouver un véritable travail ?"

Voilà où j'en étais en remontant ce sale trottoir ce jour de merde où l'on aurait pu confondre la pluie avec la pestilence des glaviots des frères Jacques de la station Montparnasse-Bienvenüe, séance de 22h30 à 6h55 tous les jours sans interruption. J'étais un rebelle autant qu'un couard, un génie comme l'est le plus stupide de nos congénères, un simple terrien comme la plus aboutie des créatures auquel l'univers ne donna jamais naissance. Je faisais tout bonnement partie de cette congrégation que l'on nomme les âmes tristes. Je jetai nonchalamment un coup d'œil sur les commerces longeant le trottoir d'en face : un sex-shop, un bar au doux sobriquet de "Va et Vient" et une cave à vin. Résonance d'une camarade se moquant de moi, me disant que tout ceci me caractérisait bien. Je ne souris même pas à ce souvenir, ce n'était pas pour rien que j'avais perdu cette personne de vue ; et cette angoisse, ce fussoir permanent m'intimant mon inutilité repue de cette vie ne m'offrant jamais rien : création d'une boule de haine viscérale. J'aurais tant voulu aimer. Promis. J'aurais tant voulu. Mais à chaque échec essuyé retentit une petite révolte qui fait que l'on se cabre et lorsque l'on comprend la victoire inéluctable et inexorable des salopards et des médiocres, la posture reste définitive. Mes semelles plongeaient goulûment dans cette resplendissante gadoue dommage collatérale des travaux non-moins nécessaire du tramway. Sacré Bertrand ! Que de bonnes idées ! Ce n'est pas en vivant au centre de la ville lumière que l'on pouvait se rendre compte de ce qu'on pouvait faire subir aux richissimes riverains du Boulevard des maréchaux. Tintamarre ininterrompu de Caterpillar et de marteaux-piqueurs, des cumulus de poussière permanents, une chaussée défoncée par ces coups de boutoir où on ne savait plus où donner du pied, parfois obligé de parcourir plus de cinq cent mètres supplémentaires au travers de bordéliques labyrinthes pour acheter la moindre demi-baguette… Non monsieur le bobo, tout ceci ne peut qu'échapper à votre compréhension d'habitant d'une autre dimension. Pour autant il m'aurait été impossible de voter à droite. Pire que tout. Je préférais encore les égoïstes aux égoïstes imbéciles et heureux de l'être. Car, soyons clair, se dire de droite, conservateur en d'autres termes, être fier d'appartenir à une telle mouvance, dénote bien la stupide suffisance d'un tel individu. Je ne pourrais jamais nier que l'on pouvait quand même avoir toutes les idées du monde en étant de droite… enfin n'exagérons pas, uniquement les pires. Concrètement ? Un homme ou une femme – ce dernier cas nous expose au pire des vices – de droite est, par définition, une crevure de la pire espèce. J'avais toujours adoré cette idée de la femme de droite, conservatrice, faisant des mômes. Sa philosophie de l'immobilisme permanent ne traversait donc pas les frontières de son mont de Vénus. L'idée qu'une telle créature puisse connaître le coït me navrait. Toujours était-il qu'elle était femme, et cette condition requérait qu'elle fut attirée par le pouvoir ; le sien ou celui d'autrui. Je supposais donc qu'il ne fallait pas être n'importe qui pour pénétrer cette chatte frileuse du certain embonpoint dudit amant. Il fallait lui en donner. Soyons honnête, je n'avais jamais cru en l'orgasme sexuel de ces salopes. Elles ne faisaient, à l'instar de leurs tristes compagnons, que perpétuer leur sale espèce en se soumettant à leurs plus bas instincts de nature animal dont, dans leur splendeur de pauvres fientes, ils n'avaient jamais su se départir. Je maudissais cette engeance presque autant que ma propre faillite sociale – idéaux, schémas de pensée et autres vues de l'esprit à tout jamais sclérosés à l'intérieur de mes parois organiques. J'étais l'éternel abonné aux bas de jeans dégoulinant de boue, aux chaussures trouées, aux lunettes rayées, aux cheveux ébouriffés, au visage décharné et à l'éloge permanent de produits pharmatico-dégueulasse de Lidl. Je traversais en diagonale la station-essence servant de (très) rassurant piédestal à mon immeuble HLM. J'arrivais enfin à mon hall. Je passais mon bidule électromagnétique devant le digicode. Instantanément la diode électroluminescente passa du rouge au vert tandis qu'un déclic électrique m'indiqua l'ouverture de la lourde porte, mélange d'acier oxydé (je pensais que cela n'était pas possible cf. mes vieux cours de physique, mais si !) et de verres compactés de ramassis de goulots de saoulard qu'on aurait assaini à coup de tatanes (je réalisais que cette alternative me paraissait bien plus réaliste à mes yeux que la vérité vraie). J'ouvris la boite à lettre. FEN CHUIK Restauration Envie de Pizzas ? Nous avons des Grecs ? Paninis, sandwich Paris-merde, Jambon-tourbe ? Nous avons Halal-Casher avec ou sans alcool ? Pourquoi t'emmerder à aller ailleurs ? Nous avons aussi Une gamine de douze ans pour te sucer les couilles avant de t'endormir ? Eh mec faut pas rêver – Nous avons aussi ! Nous avons tout ce qu'il faut pour accumuler le maximum de richesses et rentrer un jour au pays comme les rois du pétrole… Redistribution minimale des recettes dans le marché français, à peine pour manger… Vous êtes venus pour quoi ? T'es un peu con le blanc, on vient de te l'expliquer. On saigne à blanc la France et ses pauvres tocards d'indigènes pour mieux enrichir notre pays qui nous aime tant. Comment ? Que dis-tu ? Que notre pays nous colle une balle dans le crâne si on l'ouvre trop ? Eh, qui aime bien châtie bien ! Vous êtes malades ! C'est ton pays qui est malade ! Là, t'as pas tort… Ben alors fais pas chier, tu nous prends quelque chose ou quoi ? Va voir au fond de la poubelle si j'y suis, tu reviendras me causer quand t'auras appris ma langue.

Une fois débarrassé du prospectus je me dirigeai vers l'ascenseur priant, comme à chaque fois, que celui-ci ne me lâche en plein milieu de la montée. Le bruit métallique du treuil, évoquant en moi les meilleurs moments des mines de charbon du nord, m'indiqua que les hamsters servant de moteur au mécanisme étaient épuisés depuis déjà quelques lustres. Rien n'y fit. Pour la énième fois j'introduisis ma clef dans la serrure et pour la énième fois je me demandais si mes parents seraient présents. La clef fit deux tours. Ils étaient absents. Je décrottai mes chaussures sur le paillasson. Je passai le seuil. Le chauffage au sol n'attendit pas la moindre seconde avant de m'agresser directement la gorge. Sacré bon dieu ! Cette saleté de technologie de moyen-âge de merde savait parfaitement comment me rendre malade ! Ni une ni deux je défis les lacets de mes British Knights et me précipitai vers la bouilloire électrique et l'allumai. Aux grands maux les grands remèdes ! Je savais l'inflammation de la gorge se rapprocher dangereusement aussi je décidai de me préparer un préventif thé gorgé de miel et de citron bien frais, l'agrume évidemment. Péripétie fringante d'un exaltant quotidien. J'allai me débarrasser de mon blouson dans la penderie ainsi que du reste de mes affaires dans la chambre lorsque j'aperçus sur la table de la salle à manger un mot laissé ici par mes géniteurs. Mot m'indiquant qu'ils étaient partis pour leur maison de campagne, comptant y rester une bonne semaine. Je me réjouis, à l'image de l'adolescent que je n'avais jamais cessé d'être, de cette nouvelle. J'avais l'appartement pour moi tout seul ! Cela signifiait que je pouvais… pouvais faire quoi ? Vivre seul dans cinquante mètres carrés durant une huitaine de jours ne me rendait pas plus libre. Et puis, libre de quoi et, encore une fois, pour quoi faire ? Le mal était beaucoup plus profond. Sa nature en était simple. Je ne vivais pas. Tragique et clinique constat. Je ne vivais pas. C'était d'une suprême évidence. Pas besoin d'un psy ou d'autre charlatan médiumtoc pour me le faire comprendre. J'étais largement assez lucide pour le savoir depuis belle lurette. Comment faire pour y remédier ? Je ne faisais rien, je ne bougeais pas et personne ne le fit – ne le ferait ? – à ma place. De toute façon il était déjà bien trop tard à 30 ans. Ce n'était d'ailleurs plus *Comment faire pour y remédier ?* m'important mais *Y remédier pour quoi faire ?* Car même si mes vœux, mes fantasmes se réalisaient, se matérialisaient, ce serait bien trop tard. Comme j'étais complaisant avec ce qui ne m'arrivait pas. Mais il n'y avait aucune raison de ne pas fêter ça après tout ! Je me hâtai dans ma chambre et dénichai au milieu du foutoir d'une des étagères une bonne vieille VHS de cul, film enregistré en loucedé lors d'une précédente escapade de mes vieux. Le panard, Onan, le panard.

Je me retrouvais bientôt sur le canapé, nu, une serviette sous mes fesses, histoire de ne pas tacher le boutis d'une auréole suspecte tandis que s'affairait devant moi une blondasse siliconée en train de hurler sa double péné – moi, une tasse de thé à la main, ma bite dans l'autre. Pathétique. D'autant que je bandai mou. Je n'arrivais même pas à me focaliser sur ce vagin et cet anus défoncés. Mon esprit ne cessait de vagabonder. Où ? Je n'étais pas sûr. Peut-être justement et déjà sur cette sensation de condescendance mortifère et de délétère complaisance. Je lâchai mon sexe, m'essuyai les doigts (un peu de liquide séminale avait tout de même réussi à se faire la belle), appuyai sur la touche STOP du magnétoscope, me relevai et pointai mon regard sur mon honteux et pendouillant gland. "Que n'as-tu réussi à m'offrir une chatte rien qu'à moi où je puisse me garer depuis toutes ces années ?" sembla-t-il me dire. Je n'avais aucune réponse intelligente ou sensée à lui rétorquer. Mais cette question m'agaça et j'eus une soudaine envie de punir cette insolence en le trempant dans le thé encore bouillant. Mais l'instinct de conservation – oui, oui, ce même qu'il y a un instant je décriais chez les bourgeoises – m'en empêcha. Un soupir lassé s'enfuit de ma bouche.

Pourquoi étais-je encore célibataire à mon âge ? Pourquoi les filles, que dis-je, les femmes ne voyaient en moi qu'un simple copain, un confident ou, dans le meilleur des cas, un coup, et même pas un bon si l'on considérait le nombre de doublés réalisés ? Je gagnai la salle de bain et me mis à me deviser de haut en bas depuis le regard sans faux-semblant du miroir sur pied fixé sur l'arrière de la porte. Ça n'était pas très beau à voir. Il me fallait plus que mon physique pour faire mouiller ces saletés. Saletés… Voici comment je dénommais celles qui me manquaient si gravement. Je savais que toutes ces insultes à leur égard n'étaient en fait là que pour suppléer une infinie tristesse m'ayant, à de nombreuses reprises, si souvent poussé au suicide. Je parle du vrai suicide, pas le rémissionnaire, cet infect appel au secours mesquin. J'étais d'une minceur proche de la maigreur. Je flottais dans chacun de mes jeans trop court. Goût vestimentaire de chiotte. Mais je m'en tapais magistralement. Je pouvais faire le tour de chacune de mes cuisses en réunissant en une seule cerce pouce et index. En outre, je chaussais du 45 – pour mieux botter le cul de celui qui m'emmerde ! – mangeais bieurk et écoutais des balles à canon matinées de barillets pour flingues sur une pseudo-orchestration indus en ne cessant de me répéter qu'il était déjà trop tard. Il avait déjà été trop tard à l'âge de 17 ans. Déjà vieux… Déjà désillusionné ; déjà mort. Ce visage dans la glace n'avait jamais rempli sa fonction de me représenter. Voici l'homme qui voulut remplacer Dieu. Le seul homme de cet astre qui, pour le bien commun, vraiment le bien commun, désira atteindre l'omnipotence ; une sorte d'incorruptible altruiste. Comme il avait bien changé. Aigreur, un parcours miné d'amertume… Mais ce pouvoir, oui ce pouvoir, je le jure que je ne le convoiterais ni ne le revendiquerais plus jamais. Même si par un incroyable mirage il me fut donné, je fais la promesse solennelle de le rendre le plus tôt possible, le temps pour moi d'éliminer l'entière création, sans m'oublier, cela va de soi. Cette haine qui couvait, qui marinait en moi s'esquivait de toute interprétation. Était-elle le symptôme de ce que ces maudits apôtres de ces pseudos intellectuels mais véritables acariens de la psyché humaine qu'étaient les freudiens, lacaniens ou jungiens (allez donc apprendre à vous connaître vous-mêmes, bande d'analphabètes désoraclinisés, barbares n'ayant jamais foutu un pied à Delphes !) appelaient l'état dépressif ou alors ce super-pouvoir absolu qu'était la lucidité animale. Tout était possible. Un sourire d'une jeune fille en fleur s'épanchant du côté des Halles aurait suffi à étancher toute rancœur,… mais je n'étais pas dupe. Cinq numéros, deux étoiles plus le poil pubien sur la langue de Sophie Favier, iconographie du bonheur,… mais je n'étais pas dupe. L'association St Pierre - Heimdall au pied du pont arc-en-ciel, me remettant l'ultime trousseau, ma canonisation,… mais je n'étais pas dupe.

Je fis couler un bain. La buée envahit la salle d'eau. Le profond reflet du miroir se fit opaque, j'allai l'essuyer de ma main avant de me retenir à la dernière seconde. J'avais assez vu ma gueule pour la journée. Je m'installai dans la baignoire. Pas rasséréné pour autant, je me mis alors à me remémorer de plaisants souvenirs ayant eu lieu ici même. Moi debout, ma conquête à mes genoux, ma verge dans sa bouche. Ses yeux coquins, avides et moqueurs à la fois, et toute cette virilité à l'entière discrétion de ses dents carnivores bientôt recouverts de ce genre de lait qu'elle appréciait particulièrement. Comment s'appelait-elle déjà ? D—, C— ou R—… ? Je ne savais plus, je m'en foutais. De ça aussi. Je me souvins simplement des caresses de sa main gauche sur mes cuisses et la douceur de ses gestes me malaxant les couilles. Ah oui, je me souvins à présent que c'était elle la nana qui, un soir dans un café, m'avait affirmé qu'elle était écœurée rien qu'à l'idée de pratiquer une fellation. *Une bite dans ma bouche ? Un instrument qui sert à pisser dans ma gorge ? Et puis quoi encore ?* Et là, prosternée devant son vainqueur, n'était-elle pas en train de sucer goulûment mon membre comme si sa vie en dépendait ? Et, pratiquement sans m'en rendre compte, je me retrouvai en train de me branler, le bout du gland sortant nonchalamment de l'eau. Je déchargeai en même temps que ma jute gicla sur son visage, ses cheveux et ses seins. Synchronisation d'un passé avec la solitude du présent.

Je me réveillai d'un éternuement. Comme un con je m'étais endormi dans la baignoire après m'être auto-honoré. Une seule pièce de tout l'appartement avait été immunisé des 25° degrés permanents dus au magnifique chauffage par le sol et cette pièce était, je vous le donne dans le mille... la salle de bains ; quitte pour un sévère mal de gorge, voire une grippe carabinée. La flotte s'était glacée malgré la porte ouverte donnant sur le reste de l'habitation surchauffée. Je m'extirpai de ce qui était désormais une sordide mixture, mélange de gel douche, peau morte et sperme. Petit détail sordide donnant lieu à un conseil avisé : messieurs, si jamais l'envie, la nervosité ou encore le désespoir vous prenait de vous faire plaisir dans votre bain, n'oubliez pas que notre semence surnage toujours. Notre invincibilité s'arrête là. Et de fait je me retrouvais avec les poils du torse gominés par ma crème intime. J'en fus presque aussi dégoûté que si je m'étais dédoublé dans le but de connaître les joies – ou les affres – de l'acte homosexuel en me délestant une bonne dose sur le visage ou le buste. A vomir. Même les ganglions gonflés et enflammés ne purent me décourager de prendre une douche afin de me débarrasser de cette ignoble confiture biologique. Couchée ! A la niche ! Reste au sein des gonades ! La nuit était tombée. La pénombre régnait dans la pièce, à peine entamée par les lumières diffuses des lampadaires et des enseignes des commerces. Un rhume, j'allais me coltiner un bon rhume, chose certaine à présent à en juger par l'écho quasi-insupportable du jet d'eau. Drôle de sensation. Je savonnai, récurai mon haut pendant que mes genoux, tibias et pieds gisaient sous le liquide croupissant de ma propre crasse. Mais la physique avait ses règles : comment la cuve aurait-elle pu se vider tant que je la remplissais d'eau savonneuse senteur camomille ? Sisyphe des strates d'existence inférieure. Le calvaire cessa par je ne sais quel miracle. Je me retrouvais, d'un coup de baguette magique, devant la télé du salon emmitouflé dans mon peignoir. LCI. Quelles pouvaient bien être les nouvelles neuves du monde qui ne m'intéresseraient pas, qui ne m'empêcheraient pas de dormir ? A partir de quelle quantité de malheur l'Homme devient-il insensible à celui de ses pairs ? L'Homme était un animal égoïste, ne cessais-je jamais de me répéter. Aucun. Aucun malheur ne l'aurait jamais touché s'il ne s'était rattachait qu'à une seule de ses pensées, à un seul et unique propre principe. L'empathie du terrien n'est qu'un jouet multiforme de la déité. Elle n'existe que dans la foi d'un être, d'une forme supérieure ou dans l'espoir. J'étais dépourvu de ce genre de freins réducteurs. Mon propre objecteur de conscience. Coup de barre. Même pas faim. Vite ramasser ces couvertures qui traînaient inlassablement par delà le salon et m'en recouvrir. Au moins la température ambiante m'éviterait la pneumonie. Pas de pubalgie non plus (mais quel rapport ?), je retirai le peignoir, disposai les coussins du canapé au gré de mon confort, m'y allongeai, me blottis sous les polaires et baissai le son du téléviseur considérant la voix du présentateur comme par trop insidieuse. Mes paupières ne mirent pas longtemps à se clore.

Et on finit avec cette nouvelle alarme pour tous les conservateurs de musées parisiens et autres galeristes, cinq jours simplement après le vol de cinq tableaux d'Ingres dont deux de ses chef-d'œuvre, La Grande Odalisque et Le Bain turc, lors d'une exposition au musée d'Orsay...

Hmmmm

...la Galerie du Jeu de Paume a, elle aussi, été victime du même gang si on en croit les enquêteurs chargés de l'investigation. Plusieurs œuvres de Magritte ainsi que d'Olivier Debré ont été dérobées...

Magritte et Debré ? Y a-t-il quelqu'un pour m'expliquer le rapport ?

...une sorte de carte de visite floquée d'une araignée

noire aurait été retrouvée sur les deux lieux des délits...

The Spiderman is having me for dinner tonight...

...la police serait sur une piste...

Je riais depuis les limbes de mon engourdissement. Ils ne les arrêteront pas de sitôt pensais-je. Pas de sitôt... Pas de... Pas...

1er MOUVEMENT

RAPINES

A Papa et Maman

Ces connards avaient repris le cours de leurs travaux sur le tramway. Je déglutis. Rien. Un miracle. J'adorais ça. J'aurais pu embrasser le monde entier pour cette guérison si je ne l'avais pas autant détesté. Mais je le détestais bel et bien, et cordialement en plus. 9h35. J'avais dormi une douzaine d'heures. Pas mal, en tout cas pour me sentir reposé. Les polaires s'étaient enroulées autour de mon corps tout au long de la nuit. Encore dans le coltard… Beaucoup de mal à m'en extirper. Je parvins tout de même à m'en arracher et ramassai mon peignoir resté à terre, me levai et le remettait à sa place dans la salle de bain. Le chauffage toujours aussi étouffant me dispensa de m'habiller pour faire ce que j'avais à faire. J'avoue que ma nudité assumée m'apportait un réel sentiment de satisfaction. Non que je fusse adepte d'auto-érotisation à outrance, mais je la considérais comme une métaphore de liberté.

Me préparer un p'tit dèj… Je n'avais pas dîné la veille, étiolement de ma déjà minable et dissolue vie. Me reprendre, voilà ce que je m'intimais chaque matin au réveil avant de n'être rattraper par le triste et quotidien manège des habituelles névroses. Un reste de céréales à peine moisi gisait au fond du cellier… Personne n'y touchait jamais à part moi ; déjà que…

Je m'installai devant la télé, toujours LCI. Sur l'écran, Vincent H., *expert* des questions internationales de la chaîne, déblatérait je ne savais quelles conneries sur l'état politique de la planète tandis que la mouche en haut à droite affichait une photo de la tour Gehry de Hanovre censée représenter l'architecture contemporaine.

L'architecture contemporaine… L'art contemporain… Autant de sordides dégueulis picturaux, de briques Tetra Pak et de canettes empilées les unes sur les autres… L'époque contemporaine, la nôtre, avait nourri en son sein tous les éléments de sa propre destruction et ce depuis son avènement. Rien tant que je ne pouvais abhorrer, rien tant qu'une œuvre bâtie sur l'imposture. Car cette période de l'Histoire n'était qu'imposture et supercherie, j'en fais ici le serment.

XIXe, XXe et XXIe siècles ne sont que les rejetons malades et atrophiés des idées ayant abouties à la Révolution française. Car c'est à cette période que naquit le fantasme d'une République égalitaire et fraternelle. Les échecs du premier Empire et des régimes lui succédant démontrèrent l'alacrité quasi-joviale de la plèbe à son encontre, à l'encontre du beau rêve. Rêve asphyxié et assujetti pourtant par l'émergence de la deuxième révolution industrielle malgré les ratés magnifiques et utopiques de la révolution de 1848 et de la Commune de Paris.

Quelle ironie du destin ! L'ère moderne s'ouvrant en France sous l'égide des écrits des Lumières pour ne mieux retomber que dans les Ténèbres des saxons et de leur pute de capitalisme, insidieuse et péremptoire prison érigée par l'être humain en son unique credo. Mais Napoléon avait fait son temps et la lutte d'influence débutée au XVIIe entre nos deux nations avait vu la victoire finale des *britons*. Maudite engeance… capable à elle seule d'assurer les 2/3 de la production industrielle de l'époque. Mais la France, tout à son déshonneur, n'abdiqua pas. Elle changea de terrain. Elle lui préféra le combat colonial. La soumission des sous-hommes et l'éjaculation dans les gorges indigènes, autochtones par-déjà humiliés d'esclavage interne et extérieur, maintenant salopes aux semences blanches. *Le bon vieux temps des colonies !* L'Afrique occidentale pour les descendants de Capet et l'Asie et le Proche-Orient pour ceux de Cromwell… Quand on pense que l'on acheta la Côte d'Ivoire sous Louis-Philippe pour quelques fusils et une poignée de barils de poudre ! Puissance des nouvelles puissances et gériatrie impotente des anciens grands empires : l'ottoman et celui du milieu ne survivront pas à cette funeste première partie du XXe siècle. Mais contrairement à la Chine son ennemi héréditaire s'était ouvert à l'occident dès la fin du XIXe. Ainsi le Japon, devenu important, put s'enorgueillir d'éclatantes victoires à l'instar de celle obtenue sur les eaux en 1905 face à la Russie.

Bouleversement politique sans précédent en Europe reléguant archaïsme et sclérose sociétale aux oubliettes de l'Histoire : Allemagne et Italie se liguèrent, tandis que cette chère sus-citée Russie connût sa Révolution.

– J'étais loin de deviner à cette époque l'importance capitale, fondamentale qu'allait revêtir ce dernier point sur ma propre et terne vie en latence de grande destinée –

Période de tous les crimes, de tous les abus mais également, pire que tout, période de tous les espoirs…

Le capitalisme, ce spectre, cet épouvantail propre à effrayer l'antéchrist lui-même et à reléguer ses fourberies, ses filouteries, ses malices, ses combines, sa brutalité de rigueur censée lui permettre de régner sur le monde, des niaiseries proférées par un dévot autiste (pléonasme certain !), ne fit remplacer d'anciennes inégalités que par de nouvelles. A contrario des mes contemporains altermondialistes mystiques de l'époque dont je rapporte les faits, je n'avais fait l'amalgame entre la sus-écrite créature de l'apocalypse et ce procédé économique car, d'une, je ne croyais en rien de tangible (mes propres pensées faisaient office de phantasmes transparents – mais tout de même indigo ou rosés !) et de deux, quel autre genre d'ange que l'être humain pouvait imaginer une telle putasserie ?

On fit croire aux couches sociales urbaines défavorisées qu'elles pourraient enfin participer au pouvoir, mais seul le prolétariat ouvrier se développera exponentiellement – syndicalisme en leurre de progrès social.

Néanmoins l'endroit où je pouvais poser mes fesses humidifiées par le désir, tout comme la veille, fit trembloter certaines de mes cordes sensibles. Le hasard m'avait fait franco-tunisien. J'avais vécu mon enfance et mon adolescence dans un de ces deux pays avant, après maintes péripéties, mon installation dans l'autre. Et je pleurais cet autre. Car il n'était pas celui que je m'étais imaginé aimer : cette France des grands combats humanistes, cette France de la conquête du suffrage universel et de la séparation de l'église et de l'État. Une France qui, à l'heure où je vivais ces lignes, se laissait bouffer par les communautarismes et les populistes de tous poils. L'accumulation de ces saloperies et de ces vermines rendait le pays semblable à un Gloubi-boulga de fiente, tourbe et autres sanies turgescentes. Je n'en voulais pas. Cette décadence marquait la fin de toutes choses. Les nationalismes n'étaient plus ce qu'ils étaient. La donne avait radicalement changée depuis les deux guerres mondiales. Ces nouveaux nationalismes ne pouvaient plus se permettre de conflits entre états souverains. On en avait fait le tour. Plus d'une fois. Aussi vite que l'information circulait à l'époque des satellites artificiels et d'internet. Ces néonationalismes n'étaient plus que des machines à gagner le pouvoir, à attirer le vote des papys mougeot souffreteux d'avoir été mis à l'écart par le jeunisme ambiant, les bobs et le rap lancinant des imbéciles heureux des nouvelles générations. Aucune de ces France – le phénomène était identique en bon nombre d'autres nations – n'avaient tort ou raison… En fait, elles avaient toutes tort et aucune raison. Ce qui avait amené à cela ? Le manque de dialogue, de compréhension, la violence au quotidien, au désarroi journalier… Impolitesse, irrespect, cool attitude de décérébrés nourris au hip-hop ou à Pascal Sevran, consommateurs de chiottes dites culturelles au même rayon que le Canigou – en espérant pour nos amis canidés que leur bouffe industrialisée avait meilleur goût ! – devenus le nouveau standard… A qui la faute ? Qui était à blâmer ? N'avait-ce pas toujours été ainsi ?

Oui, cela avait toujours été ainsi… depuis l'avènement du capitalisme ! Comment demander à ces vers de terre pour qui l'éducation était une option non prise par les parents à la naissance de respecter et de venir en aide à son pair le plus déshérité alors que la société à travers laquelle il se verra traverser sa morne existence lui intime d'écraser tout le monde sans exceptions autour de lui y compris père, mère et autres membres de la famille afin d'accumuler le maximum de richesses ?

Comment ? Il y avait bien une solution. La Peur. La planète avait vécu prés d'un demi-siècle sous le règne de la terreur pour certains, de la suspicion pour d'autres et jamais l'ordre mondial ne connut un tel équilibre. C'est la Deuxième guerre mondiale qui finit d'achever une Europe agonisante et la redéfinition des frontières permit aux États-Unis et à l'Union Soviétique d'asseoir leur domination.

La peur. Celle qui tenaille, qui vous effraie, allant parfois vous pousser jusqu'à la mort. Comme il est drôle et touchant ce XXe siècle… Et pourtant comme les promesses capitalistes du XIXe furent flamboyantes à souhait ! Qu'étaient-elles déjà ? Partage des richesses au mérite et démocratie pour tout le monde… Gaussons-nous en à présent : partage des richesses entre fils de putasses et démocratie visible uniquement au fond des chiottes ! J'ai quelques souvenances de certaines critiques de certaines de mes connaissances de l'époque : mais qui étais-je donc pour juger les résultats desdites promesses ? Moi ? Rien ! Mais vraiment rien du tout. Mais l'Histoire ! leur rétorquais-je. L'Histoire avec un grand H ! Qu'en faites-vous ? Qui ici bas, historien ou simple crétin, peut se permettre de contredire les événements en leur réalité factuelle ? Cette bâtarde fin de siècle n'avait-elle donné autre chose qu'un nombre considérable et incroyable de totalitarismes ? Pouvait-on me démontrer que le capitalisme sauvage promulgué par ces patrons vénaux et sans scrupules n'avait pas été la base même, le terreau, le creuset de ce repli sur soi, ce besoin de se sentir protégé, même par un tyran, du moment que ce Caractère, cet Élu fut capable de prendre tout en charge ? Mussolini l'avait compris, Franco l'avait compris, Staline l'avait compris et, jaloux de ces hommes et de leur chance d'être nés sur le vieux continent, McCarthy l'eut également compris. Tous coupables de leur compréhension de la plus puissante des lois dominatrices : le pouvoir de la terreur. La liberté se surveille. L'Homme ne sera pas libre tant qu'il ne sera pas prêt. La liberté ne sera droit de l'Homme que lorsque celui-ci sera capable de la gérer et, par dessus tout, de la reconnaître.

L'apprenti-sorcier apparaîtra sous l'égide d'une nation plus grande que les autres, plus forte que les autres : l'Allemagne. Son chancelier élu en 1933 utilisera les méthodes capitalistes pour rendre sa puissance à son pays. On méjugera les talents d'Hitler et ses méthodes les qualifiant, simplement, de dictatoriaux, de *loi du plus fort*. Mais qu'est-ce que le capitalisme si ce n'est cette malheureuse *loi du plus fort* ?

C'est d'ailleurs en attribuant à chacun de nous une valeur de faible et de fort que le système capitaliste créera les notions extrêmes de communautarisme. De faible et de fort, le plus grand de ces régimes déshumanisés glissera vers le pur et le non-pur. Ainsi l'Allemagne nazie passa le pas et fut la première à appliquer à la lettre la doctrine capitaliste : l'élimination systématique d'une population.

Mais l'Homme ne comprend jamais rien. Il se refuse à comprendre. Il se cache les yeux. *Œil en berne et cerveau en veilleuse*. J'étais bien placé pour faire ce constat. Comme tout bon lâche qui se respecte j'avais moi-même adopté cette position depuis que j'étais en âge de réfléchir. Non, l'Homme ne comprend jamais rien. Tout juste sait-il se montrer créatif pour les pires des raisons. Les logiques de guerre n'ont-elles pas accentuées les progrès techniques et technologiques ? Chars d'assaut, domination du ciel, armes chimiques dès 14-18 n'auraient jamais été étudiés, développés sans conflit. Certainement aurait-il mieux valu d'ailleurs… Comment la décence permettait-elle que l'on s'enorgueillisse de ce genre de créations, découvertes voire de conquêtes ? Et les pires hypocrites que ne pourra jamais connaître notre bonne vieille granuleuse planète sont bien ces savants fous, Einstein en tête, prétextant ne pas deviner que leurs travaux seront utilisés à des fins ignominieuses. Albert aurait-il rendu publique ses résultats sur la théorie de la relativité s'il avait su que d'autres allaient s'en accaparer afin de mettre au point la bombe nucléaire ?

Bien sûr que oui. L'intellect a rarement fait bon ménage avec l'humanisme. Voyez un peu comment il traita l'aîné de ses enfants et imaginez maintenant ce qu'il pouvait bien en battre du reste de l'humanité ! Et pourtant... lui aussi connut la peur du nazisme, de cette idéologie galopante à travers l'annexion de nombre de pays entre les deux guerres, y faisant traquer tous ressortissants d'ethnie apatride, juifs et tziganes aux premières loges... Proclamation de la race aryenne...

Vincent H. continuait de débiter sa longue litanie grumelée de mots barbares. Je ne captais plus grand-chose...

"Rossa..." Rossa ? Barbarossa ? Barbe-Rouge ? Le nom de l'opération amenant les allemands à envahir l'Union soviétique et à précipiter les dirigeants de cette dernière à entrer en guerre. Barbarossa pour les uns, Pearl Harbor pour les autres. L'expansionnisme idéologique, territorial, économique contient les germes de sa propre destruction. C'est dans sa substance même, ainsi que dans celui de l'impérialisme (capitalisme extrême) ; partage des valeurs. Avidité, cupidité, voracité n'ont qu'une seule issue : la perte. Les nazis en ont fait la douloureuse expérience, certes fraction infinitésimale de celle de leurs victimes. Les tortionnaires d'hier en démocrates d'aujourd'hui, les libérateurs du passé en esclavagistes du présent, comme la représentation d'une infernale cosmogonie pieds et poings liés d'une humanité se mourant de sa dualité. Les Alliés face à l'Axe, la disparition du mal absolu dans un sordide et creux bunker exaltant et faisant exulter les peuples qui croyaient en avoir fini avec l'horreur. Mais c'était sans compter sur le génie. Hitler décédé Albert prit le relais. Métaphore de la passation du témoin mortifère, Charon n'avait pas fini de jouir. L'aigle allemand avait fait d'un gaz, le Zyklon, son média d'épuration, son homologue américain choisira le démon nucléaire. L'Homme pouvait toujours croire en sa dualité, elle restait son meilleur moyen d'enterrement. Il n'est pas double. Il n'est qu'Un. Dans quel limbe se trouvent le

Bien, le Mal ? Il n'existe que Souffrance.

Potsdam en partage de gâteau.

Mais jamais ne s'arrête l'humanité. Les capitales européennes mises à mal par l'envahisseur et autre agresseur durant la guerre ne comprennent pas le désir d'indépendance des peuples par elles-mêmes colonisés. Les occidentaux n'abdiquent pas. Mais que peut faire un oppresseur face à la détermination d'hommes exceptionnels portés par toute une population croyant trouver le bonheur dans l'émancipation ?

Soekarno, Hô Chi Minh, Bourguiba, le parti Istiqbal mettra au pas, non sans difficultés, ces européens toujours ignares des droits inaliénables du libre-arbitre pour chaque individu, droits pourtant inscrits dans leurs propres Constitutions. L'exemple des précédents incitera les colonies britanniques du Soudan et du Ghana, le Congo belge, le Mali, le Tchad et le Cameroun à les imiter. Prenant en considération le nouvel équilibre mondial, ces nations embryonnaires, désignées comme *tiers-monde* par les occidentaux dès 1952, prôneront lors de la conférence de Bandung de 55 une politique de non-alignement concernant les deux superpuissances. Un postulat intelligent et des satisfactions à peine contenues : la guerre de Suez et le fiasco du Viêt Nam.

Escalade d'imbécillité guerre froide : discours de Fulton en opposition au rapport Jdanov ; traduction militaire : OTAN-Pacte de Varsovie.

Seule l'Europe compte encore quelques forces vives pour une réunification pacifique : la mise en branle de la CECA par la France, l'Italie et l'Allemagne.

L'impérialisme, à l'instar de ses victimes, continue de pleurer. Ni les USA ni l'URSS ne comprendront ou n'admettront durant prés d'un demi-siècle l'impotence de leur politique expansionniste. La guerre froide ne sera ni plus ni moins qu'un remake insidieux, sournois des deux précédentes guerres mondiales. L'utilisation des états tiers se montrera convenablement désastreuse. Le Viêt Nam d'un côté et l'Afghanistan de l'autre assiéront directement la nullité de leurs credo. Un des deux devait disparaître. Ce fut fait. Le vaincu était celui s'étant hypocritement accaparé une idéologie du bien commun afin de mettre au pouvoir des êtres totalement dénués de scrupules. Ces derniers, depuis leur Olympe, avaient tout simplement oublié que la plèbe, ceux du bas étaient aussi pourris qu'eux, aussi rongés par l'individualisme. Il ne fallut qu'un bêta désireux de rentrer dans l'Histoire par la grande porte pour faire chuter ce régime dit communiste. Mikhaïl Gorbatchev lança les politiques de la glasnost et de la perestroïka en 1985. Il ne fallut qu'à peine six ans pour réussir à humilier et réduire à néant cette URSS, cette nation la plus étendue géographiquement que ne connut l'humanité. Les américains, ces rutilants carnassiers aux dents en or, proclamèrent alors, triomphant, le *nouvel ordre mondial*.

A croire que nous vivions dans un de ces romans fantastiques que j'aimais à écrire.

Et voilà… Cinq minutes perdues dans mes pensées avaient suffi pour un soliloque emphatique et grandiloquent dont j'avais le secret. A regretter de ne pas avoir de cour à impressionner, mais j'étais habitué à ne jamais impressionner personne. Je rêvais de sortir ce genre de baratin lors d'une soirée chez l'ambassadeur…

Je pris une cuillerée de céréales que je recrachai aussitôt : POUAH ! Qu'était donc cette saloperie ? J'avais traité cette merde de moisi s'il me semblait ? J'avais eu plus que raison. Moi aussi… Combien de fois ma caboche avait vu de pétales de chocolat verts et effervescents ? Encore une bonne journée de merde de dieu qui débutait ! Même plus faim et déjà envie de me branler… Sors, sors ! Cette petite vie était à devenir dingue ! Il devenait impératif de profiter du moindre contentement que cette existence pouvait encore m'apporter et cela ne devait plus différer… ou alors après l'émission jeunesse du midi sur la 5. Mes ressources pécuniaires s'évanouissaient de jour en jour mais la priorité était d'aller cet après-midi à la bibliothèque continuer mes recherches pour mon bouquin. Je me levai me dirigeant à nouveau vers la cuisine dénicher si un autre type de petit-déjeuner, du genre mangeable celui-ci, m'y attendait. Je trouvais mon bonheur en forme de gâteaux *chinois* hard-discountés à la frangipane, aux pépites chocolatées, à la graisse de panda et au benzène. Je retournai au salon. Si mes pauvres neurones se baladaient dans tous les azimuts, l'épicentre de mon existence restait le tube cathodique de 82 centimètres de diagonale signé Philips. Et de nouveau le délire du journal toutes les demi-heures où l'on reparlait de ces voleurs de musées. J'en riais. Cela m'incitait seulement à me rendre au Louvre le soir même. Après tout muni de mon attestation ASSEDIC de demandeur d'emploi je n'aurais même pas à débourser les 6 euros de droit d'entrée ! Vive la culture ! Et puis cette sortie pourrait être une véritable bouffée d'oxygène…

Les baskets sur la terre à peine détrempée, les marches de la bouche, la carte orange et le portillon, l'attente sur le quai, la ligne 13, la correspondance ligne 4 à Montparnasse, le tapis roulant *très rapide* toujours hors-service, la rame par trop bruyante, les visages que l'on évite, les culs féminins que l'on ne saurait que trop voir, les corps que l'on scrute, les senteurs que l'on abhorre, qui étouffent, la libération d'une porte qui s'ouvre, les Halles sous la bruine, les regards, gauche, droite, sur la rue St Denis, la traversée de Sébastopol, la file rue du renard, la lecture d'un *Star Trek* en attente de mon tour, les vigiles, le système de sécurité, l'escalator, la recherche d'une place, sa réussite, tout ça pour qu'une fois assis l'on se rende compte que l'on a absolument pas envie de travailler, qui plus est entouré de ces centaines de connards d'étudiants.

Rebelote : vérification de la présence de la fameuse attestation réductrice de dépense à l'intérieur de mon sac adidus et direction le Louvre.

Peinard est le terme convenant le mieux à ma marche. Je fumai ma-mes clopes(s) tranquillement pendant ma promenade passant par Rivoli. Je traversais les arcades. Que de monde. Encore une file d'attente. Constante de l'humanité moderne. Quelque chose capta néanmoins mon regard vers le début de la queue. Je m'en rapprochais. Des clowns se donnaient en spectacle, pour le plus grand plaisir des touristes, beaucoup moins pour celui des flics et militaires de vigipirate. Ces derniers étaient déjà bien assez échaudés des mauvaises farces du gang de l'araignée noire. Mais les touristes me ramenèrent à une bien plus prosaïque réalité. Je ne m'étais même pas aperçu, tellement enchaîné au fin fond de mes propres limbes mentaux, que nous étions en pleine période de vacances de Pâques. Je compris alors la présence de tous ces ennuyeux (le terme ne correspondait pas franchement à l'idée que je me faisais de tous ces abrutis)… Encore fallut-il supposer que Pâques tombe partout au même moment ! Des individus harnachés d'appareils-photos, handycams, portables, visages rougeâtre d'acides sueurs tentant de percer la graisse omniprésente leur dévorant les traits dont la progéniture criaient leur malheur d'être au royaume de la culture plutôt qu'à Disneyland. Mais le musée du Louvre était un passage obligé pour tout bon touriste qui se respecte, s'amendant ainsi de la sorte aux yeux de leurs compatriotes restés loin de Paris. *On se rattrapera de toutes ces choses qui nous ont fait chier cet aprèm en bouffant au resto tous les soirs… Juré !* J'eus un malaise. Trop fumé et mal mangé. Je lâchai un pet discret. J'allai mieux. Me sentis soulagé. Oh non ! Ne voilà-t-il pas qu'un de ces ersatz de Bozo survitaminé vienne renifler l'air ambiant de mes flasques fesses ? Il se boucha le nez faisant se tordre de rire l'assemblée, forces armées comprises, aux yeux désormais braqués sur moi. J'en fus quitte à adopter une couleur pivoine. L'emperruqué salopard ne s'arrêta pas là. Il me saisit la main et m'entraîna au milieu du cercle imaginaire formé par ses collègues. Les applaudissements de la foule accentuèrent mon grand désarroi et je ne trouvai rien d'autre pour donner le change qu'émettre un léger sourire. Soudain trois d'entre eux traversèrent le diamètre du cercle en saut périlleux pour la plus grande joie de tous. Je restai pétrifié tandis qu'ils passèrent et repassèrent devant moi. Mes yeux roulèrent. Outre les trois acrobates, les six autres clowns dansèrent sur eux-mêmes émettant grimaces, gargarismes, sortant tout un fatras d'accessoires des immenses poches de leurs salopettes orange. Foulards multicolores et autres petits récipients d'eau à bulles, bref le nec le plus ultra de la ringardise dans le simple désir de se faire remarquer. Et les flics qui ne réagissaient pas ! Était-ce dû au fait que j'avais été désigné comme le dindon de leur grotesque farce que je m'aperçus rapidement que tout ceci ne rimait à rien de bon ? La sarabande ne cessait de continuer. L'un des six pois sauteurs empoigna l'avant-bras d'une toute jeune blondinette et entrepris de lui faire, ainsi qu'au reste de la famille, que je supposai flamande, la chenille. Le reste des badauds leur emboîtèrent le pas et la cohorte s'éloigna peu à peu de la grande pyramide. Seul un touriste peut croire que ce genre de carnaval est chose courante à Paris. Celui qui m'apparut être le moins âgé des soldats réagit enfin. Il mit une main sur le canon de son Famas pendant que l'autre sembla chercher un chargeur dans l'une de ses poches (il était notoire que les armes des agents de vigipirate n'étaient pas chargés lors de leurs missions de patrouilles ou de surveillance, ceci afin d'éviter toute bavure, intempestif coup de feu). Je fus ineffablement soulagé qu'un tiers trouva également ce manège inquiétant confirmant, validant mon intuition, mes perceptions. Les trois aux sauts périlleux se rapprochaient de plus en plus de moi à chaque passage. J'en eus assez. J'essayai de m'extirper de cette cage mouvante armé d'*excusez-moi !* exponentiellement volumineux. Rien n'y fit. Ils ne désiraient sans doute pas me libérer. J'avançai quand même au risque que l'un de ces connards me rentre dedans. L'un d'eux termina sa galipette juste en face de moi. Il me fit front me dominant de ses deux mètres de hauteur et me poussa fortement en arrière. Je basculai quand, in extremis, un de ses compagnons me rendit l'équilibre d'un violent coup dans le dos. Un cri contigu de surprise et de douleur s'échappa de ma gorge. Le troisième larron entra lui aussi dans la danse et ils s'amusèrent avec moi me brinquebalant chacun de droite à gauche comme on l'aurait fait d'une poupée de chiffon. La nausée ne mit pas longtemps à me revenir, sûr cette fois-ci que je ne saurais pas soulagé par un petit pet.

– Arrêtez s'il-vous-plaît ! suppliai-je telle une vierge effarouchée.

Mais ils s'amusaient bien trop pour céder à ma demande. C'est alors qu'un air guilleret d'Harry Belafonte fit son apparition sonore sur le parvis. Le son de piètre qualité, monophonique, provenait d'un vieux dictaphone sortit d'où je ne savais par le clown menant la chenille qui passa non loin de moi à ce moment-là. Je remarquai, trivialement, que le leader de cette queue-leu-leu était une clownesse. Les mouvements saccadés de ses bras ramenaient sa chemise, qu'elle avait plus serrée que ses compères, à se coller à son buste dévoilant les contours d'une poitrine féminine. Je manquai de vomir. Finalement, je trébuchai. Ils voulurent me relever de force. La voix du jeune militaire perça enfin le brouhaha :

– Foutez-lui la paix maintenant ! Vous voyez pas que vous n'amusez plus personne !

– Désolé mon grand, fit d'une voix déformée électroniquement par je-ne-sais quel dispositif le mastodonte de deux mètres.

Cette voix me glaça d'effroi et me laissa paralysé de terreur, agenouillé devant les individus qui venaient de me maltraiter. Les six soldats et policiers, enfin conscients que cela ne tournait pas rond, se rapprochèrent de concert chargeant leurs armes et les pointant sur les clowns.

– Je ne ferais pas ça si j'étais vous, reprit la voix altérée électroniquement.

– Mutti, Mutti !

La clownesse avait arraché la petite blondinette à sa famille et la menaçait à présent d'un long couteau de chasse lui effleurant la gorge.

– Il ne lui arrivera rien si vous laissez retomber vos armes.

– Capitaine… marmonna un militaire à son supérieur.

– Nous ne pouvons laisser passer l'intérêt national après la vie de cette jeune fille Mac Mahon, répondit le capitaine qui n'était autre que le soldat le moins âgé.

– Mais…

– Ne soyez pas obtus, s'en amusa le leader des clowns. Nous ne sommes pas ici pour tuer, ni même voler quoi que ce soit. Nous sommes ici pour une simple démonstration…

– Vous allez simplement nous démontrer que votre sang est aussi rouge que le nôtre, fit l'officier supérieur en portant la lunette de visée de son fusil mitrailleur à son œil droit.

La jeune otage subit une deuxième vague d'effroi et repartit d'une crise de larmes lorsque la clownesse la serra de plus belle. La foule, pourtant compacte, resta immobile, peureuse tout comme je l'étais.

– Rendez-vous ! hurla le capitaine tout en se rapprochant de mon agresseur direct qui semblait être le leader du groupe.

Ce dernier, d'un incroyable sang-froid, s'avança vers celui qui le tenait en joue.

– N'avancez plus où je vous bute…

– Pourquoi diable pensez-vous avoir été stationné au Louvre ? lui répondit-il, sarcastique.

– Qu… Quoi ?

– Donnez-moi ça !

D'une fulgurance le clown à la carrure monolithique arracha l'arme des mains de son propriétaire avant de l'en menacer à son tour.

– Ne m'obligez pas à faire ce que nous n'étions pas venus faire, articula méticuleusement le terroriste.

– Baissez vos armes ! Vous tous baissez vos armes !

Ces invectives provinrent du plus âgé des militaires. On l'écouta.

– Laissez-les tomber à terre, ordonna sèchement le hors-la-loi intimant du bout de son canon le capitaine de reculer.

Le métal et le plastique chutant sur la dalle résonnèrent dans toute la place désormais silencieuse, à peine parasitée par les quelques bruits de moteur des automobilistes stationnant, paralysés, absorbés par le spectacle, créant un véritable embouteillage. Comment est-ce que, bordel de dieu, les renforts n'étaient pas encore arrivés !? Ils ne pouvaient plus tarder maintenant, c'était impossible autrement ! Mais comment feraient-ils avec un tel bouchon ? La voie des airs bien sûr ! Il n'y avait plus que cela, la voie des airs ! J'eus un soudain regain de lucidité… La seule issue qu'il m'était possible d'entrevoir à cette mésaventure était que… que… j'allais en crever… littéralement mourir… La plus viscérale des peurs me fit trembler et pleurer d'impuissance. Le géant grimé fit un geste à ses compagnons. Tous, à l'exception de la clownesse toujours occupée avec la fillette, ramassèrent l'intégralité des armes au nez et à la barbe frustrés des représentants de la loi et autres défenseurs de la nation, bras-en-l'air. Un des terroristes, coiffé d'une perruque violette, s'empara d'un sac laissé à l'abandon à quelques mètres devant moi dont je n'avais pas remarqué la présence jusqu'ici. Il en sortit des fioles, les distribuant à chacun de ses complices.

– Hey les mecs attendez avant de les balancer ! leur cria le meneur sans détourner son attention du capitaine qu'il ne cessait de viser. Je veux que celui-là soit bien conscient quand je vais aller l'envoyer pourrir en enfer !

Ce n'est que très récemment que j'ai pu émettre les prémices d'une compréhension de ce qui m'arriva à cet instant-là. Cette étincelle qui illumina mon âme. Ce ne fut pas de l'héroïsme, non, mais je réussis à subitement me relever et à me jeter contre le malfaiteur et le déséquilibrer. Pas suffisamment malheureusement. Il ne me tira pas dessus mais m'asséna un puissant coup de coude sur la nuque. Je ne comprends toujours pas comment je ne suis pas mort à ce moment-là, mieux encore, comment je parvins à ne pas m'évanouir.

– Ce connard m'a niqué mon kif ! reprit la voix trafiquée. Balancez sec les gars ! Balancez !

J'entendis se briser les fioles sur le sol et laisser s'échapper une brume à l'étouffante odeur d'éther que cet après-midi sans vent ne dispersa pas. Le gaz réussit là où la mandale avait échouée... Je commençai à perdre conscience.

– Tu ne crois tout de même pas que je vais te laisser te reposer comme ça tête de nœud ? m'agrippa par le col cette foutue montagne que j'avais tenté de renverser.

Il me souleva comme le premier fétu de paille venu. Je n'eus le temps que de voir son énorme poing s'abattre sur moi. Néant.

– Ça y est, il se réveille enfin...

– Tu l'aimes pas toi ! Pas vrai ?

– Je dis que ce type va nous ramener que des emmerdes... Voilà ce que je dis...

– Arrête ! On n'le connaît même pas !

– Je me demande bien pourquoi Moshé l'a ramené... Fait chier !

– Moshé sait toujours ce qu'il fait, pas vrai ?

– Ouais, ouais, bon la ramène pas... !

Mal. Mal au crâne, à la nuque, yeux en feu alors qu'ils n'étaient même pas ouverts. Mal partout. Les membres en compote. La bouche aussi pâteuse que si j'avais avalé tout le sable de Copacabana et les voix de ces deux femmes comme autant de coups de surin me transperçant la cervelle ! Mal, engourdi, beurk, nauséeux. Tentative de soulèvement de paupières, rien n'y fit. Impossible de bouger quoi que ce soit d'autre non plus.

– Allez secoue-toi mon cœur !

Mon cœur... J'eus beau ressasser mes souvenirs les plus profonds, les plus enfouis, les plus tendres, personne ne m'avait jamais appelé ainsi a fortiori en me secouant de toutes parts. Mes sens s'éveillèrent bon an mal an et finirent par reprendre le dessus sur mon engourdissement. Je sentis que j'étais allongé grâce à quelques ressorts du vieux matelas pourri me labourant le dos. Le bourdonnement de mes oreilles cessa. Je pus humer les fragrances violentes, agressives mais néanmoins caressantes des vapeurs féminines. Enfin, non sans grandes difficultés, j'ouvris les yeux. Ma première vision.

A quelques centimètres de mon visage, un autre, aux traits parfaits celui-ci, souriait de sa délicate bouche purpurine, de ses étincelants yeux noisette, de son petit nez retroussé, de ses lobes d'oreilles agrémentés de petits diamants du meilleur goût et d'une chevelure bouclée châtain foncée s'en allant mourir sur les épaules et omoplates. Foin de vision, une contemplation !

– En voilà encore un sur qui tu fais de l'effet ! dit la deuxième phonation.

Je me redressai vivement espérant m'enquérir de ma localisation. Mais tout se troubla. Ma vue me fit défaut se brouillant avant que la totalité de mon environnement ne mit à se contorsionner dans un incessant tourbillon.

– Du calme, du calme, fit l'ange bouclée. Il faut un temps d'adaptation minimum pour tes yeux…

Un temps d'adapt… Mes yeux ? Mes lunettes ! Où étaient passées mes lunettes ? Je n'eus même pas le loisir de formuler ma question que déjà la belle, s'asseyant sur le lit juste à la place où mon dos fut allongé quelques secondes auparavant, devança mon interrogation en plaquant sa main sur mes épaules et en me les massant.

– N'aie pas peur mais pendant ton… disons ton sommeil nous en avons profité pour t'opérer les yeux…

– Com… Quoi ? me détachai-je de sa doucereuse étreinte.

Je paniquai très fort, angoisses allant jusqu'à me faire délirer et me faire prisonnier de terroristes trafiquants d'organes. Ça n'était pas le cas. La Vérité fut, maintenant que je vois tout ceci depuis le bout du chemin, bien pire.

– On a été obligé, reprit-elle. Tu as eu un décollement de rétine quand Moshé t'a frappé au visage.

Ce fils de pute s'appelait donc Moshé.

– Bref, Moshé m'a amoché !

– Super, on va se coltiner un gros lourd en plus ! dit la deuxième femme toujours indistincte pour moi.

Indistincte car les seuls signaux que captaient mes cônes et bâtonnets se perdaient dans d'invraisemblables perspectives labyrinthiques et lueurs disparates, réunification bâtarde des styles picturaux d'un Picasso et d'un Monet. Un fait me parût cependant certain : cette autre femme n'appréciait guère ma présence. Mon don pour l'euphémisme…

– Arrête un peu Cat', tu veux bien ? fit l'avocate du diable.

– Mlle Lerieux est tombée amoureuse c'est ça ?

– Arrête un peu de déconner ! ricana ladite demoiselle d'un rire achevant de m'humilier. Tu crois que tu pourrais marcher ? reprit-elle d'un ton obséquieux que je détestai immédiatement.

– Je… Je ne sais pas, fis-je d'un air aussi détaché que mon engourdissement me le permit. Mes jambes… Mes jambes sont en coton…

– C'est normal après les doses d'éléphants de médocs qu'on t'a fait ingurgiter ! Allez, redresse-toi mieux et pose tes pieds à terre…

Elle m'assista à effectuer un quart de tour sur ma droite puis mes semelles touchèrent enfin le sol que je perçus crevassé et chartreux comme recouvert d'une fine couche de poussière de ciment. M'avaient-ils laissé mes chaussures tout ce temps ? D'ailleurs qu'était *tout* ce temps ? Pourquoi m'avaient-ils emmené avec eux ? Ils n'en avaient donc pas encore fini avec ma gueule ? Qu'est-ce qu'ils pouvaient donc encore bien me vouloir ? Et pourquoi avoir pris la peine de me rafistoler les rétines ? Et puis moi qui avais déjà subi maintes opérations rétiniennes dans mon passé, jamais je n'avais ressenti de tels effets secondaires… Qu…

– Reprend-toi un peu ! fit le timbre hostile de *Cat'*. On en a profité pour rectifier ta myopie et ton astigmatisme…

– Quoi ! m'écriai-je. Mais comment avez-vous su qu'elles…

– Tes lunettes pov' cave ! conclu la bourrue.

Mes lunettes évidemment. Si leur petite amicale avait

les moyens de m'opérer les yeux, quel jeu d'enfant cela avait dû être d'analyser les verres et de savoir précisément quelles corrections exigeaient mes cornées.

– Je vous dois des remerciements je suppose, tentai-je de détendre l'atmosphère, vous m'avez économisé au moins 2000 euros… que je n'aurais jamais eu de toutes façons…

– Ne nous remercie pas trop vite, fit Cat' dont la figure purement rhétorique de mes propos lui échappa. Tu vas rapidement regretter tes lunettes…

– Ne l'écoute pas trop M-, l'interrompit en me caressant la cuisse droite la demoiselle Lerieux, tu vas vite te sentir à l'aise parmi nous…

A l'aise ? Me sentir à l'aise au milieu de ce foutoir ? Coincé dans un endroit anonyme, pantin de deux inconnues s'égayant de jouer au bon et au mauvais flic dont l'une s'amusait à me faire du gringue certainement dans l'unique but pervers de me faire craquer le plus vite possible – mais me faire craquer pour quoi bon sang de merde ? *Ils* avaient certainement fouillé et les poches de mon blouson, s'enquérant ainsi de mon identité, et mon sac à dos dans lequel se trouvait transporté outre mon *Star Trek* de poche le manuscrit de mon propre roman. Une intuition diffuse me persuada qu'*ils* l'avaient lu et relu s'informant par là même de mes fêlures et mes drames, mes centres d'intérêts et mes dégoûts… J'étais bien mal barré ! Mon seul soulagement consistait en ce qu'aucun document ne mentionnait l'adresse de mes parents, ma carte d'identité étant antérieure à mon emménagement chez eux. Mais l'angoisse se trouva rapidement réalimenté dés que je pensai à mon nom de famille, G-, pour le moins peu courant, et qu'*ils* leur seraient certainement très aisé de retrouver la trace de…

– Vous avez fouillé mes affaires…

– Il fallait bien savoir à qui nous avions affaire, savoir si tu n'étais pas un flic en civil par exemple, dit Lerieux.

– Un… Un flic ? n'en revins-je pas. Est-ce que j'ai la

gueule ou l'allure d'un flic ?

– Excuse-nous mais t'as été le seul de ce troupeau de moutons à réagir quand Moshé a menacé le militaire et tu t'es même jeté dessus !

– Je dois dire qu'au moins t'as des couilles de t'être précipité comme ça sur lui ! renchérit l'autre fille.

Des couilles ? Moi ? Non je ne le croyais pas, à peine un atavique réflexe afin de m'éviter le traumatisme d'assister à un meurtre de sang-froid juste sous mon nez. Cela n'avait donc pas été du courage, rien qu'une pulsion probante de lâcheté et d'égoïsme.

– Avais-tu envie de mourir ? Au fait, je m'appelle Camille…

– Mourir ? J'y ai souvent pensé mais… J'ai bien trop peur, Camille Lerieux…

Elle partit d'un léger rire si charmant et si faux à la fois :

– Camille tout court !

Elle sortit du ceinturon de son uniforme, portait-elle une sorte de tenue militaire, un foulard dont elle me banda les yeux.

– Ça te soulagera le temps que tes yeux se remettent de l'opération.

– Mais comment je vais bien pouvoir les habituer à quelque chose si je les exerce pas un minimum ?

– Tu les exerceras en temps voulu… Pour l'instant ils ont encore besoin d'obscurité…

Je n'en crus pas un traître mot. J'étais persuadé que l'on m'aveuglait dans l'unique but de me balader à travers le bâtiment et d'être dans l'impossibilité de déceler le moindre indice visuel capable de m'indiquer dans quel genre d'endroit je me trouvais. Camille conforta mes soupçons :

– Allez lève-toi maintenant, assez flemmardé ! Agrippe-toi à mon bras…

– Une seconde, la retins-je.

– Qu'est-ce qu'il y a encore ? s'irrita la voix de Cat'.

– Vous connaissez mon identité… Allez… Allez-vous faire du mal à mes proches ? Les tuer ?

– Mais ça va pas non ? s'indigna Camille. Nous ne tuons personne…

– Et le militaire que j'ai sauvé ? Votre Moshé n'allait pas le buter peut-être ?

– Ah ah ah ah !!! Ce rire gras, rauque, digne d'un pilier de bar finissant de transmuter son hémoglobine par de l'alcool, bave coulante sur les poils d'un torse dénudé par une chemise dégueu ouverte jusqu'au nombril jaillit des entrailles de Cat'. Mais t'as sauvé personne pauvre bougre !

Je sentis mon sang se stopper dans mes vaisseaux, se raviser et les parcourir en sens inverse. Fut-il possible qu'*ils* l'aient supprimé pendant que j'étais dans les pommes ?

– On ne tue pas nous ! On est pas des criminels !

– Alors qu'est-ce que c'était que tout ce cinéma ? demandai-je. A quoi ça rimait ? Pourquoi prendre le risque de vous faire…

– … tuer ? termina Cat'. Parce que certaines causes le demandent ! Mais nous ne nous rabaisserons pas au niveau de ceux que nous combattons !

Super ! J'étais tombé au sein d'un groupuscule de fanatiques de je ne savais même pas quel bord !

– Je ne sais pas qui sont ces ennemis dont vous parlez, repris-je, mais je sais ce que j'ai vu et ressenti… Vous m'avez agressé, humilié, mis en joue ces gens et, pire que tout, vous avez menacé et terrorisé cette petite fille…

– Un mal nécessaire, se sentit obligée Camille de prendre le relais, nervosité trahie par la voix tremblotante.

Je n'eus aucun mal à conclure que la clownesse glissant la lame sur la gorge de la fillette n'était autre que cette beauté. L'espace d'un bref instant un indistinct, paradoxal et malsain sentiment de compassion m'envahit, non pour la victime mais pour l'agresseur lui-même. Je me ragaillardis aussitôt, pas de syndrome de Stockholm qui tienne avec moi. S'*ils* ne tuaient pas – devaient-*ils* encore me prouver leur bonne foi sur ce point – ils n'en avaient pas moins terrorisé le public. Cela était déjà assez inqualifiable.

– Je te jure qu'on est bien meilleur que tu peux le croire, me certifia la jolie en me serrant le bras.

– On a absolument rien à lui prouver Camille ! Allez ! On l'soulève…

Cat' s'empara du bras resté libre et elles me relevèrent. Je trébuchai. Ce n'était plus de deux jambes auxquelles mon tronc était rattaché mais à deux éponges imbibées de strychnine. On ouvrit une porte, odeur de moisi. L'écho de nos pas me laissa croire que nous traversions de larges couloirs, corridors vides de toute installation mobilière. C'était fou ce que la perte d'un sens, même provisoire, mettait aussi rapidement en exergue les restants ! Non qu'instantanément ceux-ci devenaient surentraînés ou sur-développés, mais les stimuli étaient bien mieux traités, analysés par notre cerveau.

Nous marchions maintenant depuis trois bonnes minutes sans qu'aucun d'entre nous ne décrocha un mot jusqu'à ce que, soudainement, j'entendis au loin une clameur se clarifiant à notre approche. Je tendis l'oreille.

Fou comme il est de constater que seules les natures mortes ont droit de cité dans les arcanes de nos vices. Impossible d'y rajouter un pathos inique à chacune des interventions post-amoureuses.

Une salve d'applaudissement.

– Aristote a encore ébloui son monde on dirait ! dit Cat' à ma gauche.

– Lui et sa poésie à deux balles ! se moqua Camille.

Pour le peu que j'en avais entendu je donnais raison à ma masseuse.

– Oh toi ! A part Moshé !

Le talent ne s'expliquait décidément pas ! Au plus profond de la fantasmagorie la plus sombre, de la plus surréaliste des situations, je réussis à me retrouver épingler au beau milieu d'un règlement de comptes entre nanas. Bravo Moi !

– Mesdemoiselles, m'immisçai-je, si vous me disiez où vous m'emmenez ?

– Tais-toi un peu !

– Cati ! Ça te dirait un peu de douceur parfois ?

Ainsi Cat' était le diminutif de Cati. Mais quelle belle ironie tout de même ! Camille qui n'avait pas hésité à terroriser un enfant d'un couteau de boucher donnant des leçons de savoir-vivre !

– Tu fais chier Cam ! Tu vois pas que ce gugusse va nous rapporter que des emmerdes !

– Ah pour ça j'ai la solution, repris-je un peu d'aplomb, vous me relâchez, vous me rendez mes affaires et je vous promets qu'une fois dehors j'ai tout oublié !

De concert elles me proposèrent énergiquement de me taire. L'une d'un délicat *Ta gueule !*, l'autre d'un venimeux *Tais-toi s'il-te-plaît*. Cette Camille Lerieux me glaçait le sang.

Nous marchâmes encore quelques minutes.

– Nous voici arrivés, dit Cati.

– On se retrouve tout à l'heure pour la conférence ?

– Ça marche Fer, à plus!

Cet échange avait été prononcé par deux voix masculines plutôt affables et amènes qui me réconfortèrent un temps soit peu.

– Le voici grand chef ! On te l'a ramené, parla Cati.

– Ah voici notre Dermidjian national ! fit la deuxième voix d'homme à s'être exprimé.

– Quoi ? fis-je.

– Dermidjian, un grand écrivain arménien du XIXe siècle, espèce d'inculte.

– Je ne suis pas très féru de culture arménienne, me raidis-je, insulté.

Je ne détestais rien de plus que de me faire attaquer sur ma culture, elle qui me faisait office d'unique fierté. Alors qu'un homme, un vrai, se serait jeté sur son interlocuteur pour le démolir, je ne trouvais à rétorquer que :

– A part Aznavour, Boghossian et Djorkaeff !

Je regrettai déjà mes paroles. Je maudissais ce minable orgueil capable de me faire proférer de telles mesquineries.

– Te vexe pas comme ça ! ricana-t-il. Personne n'est vraiment féru de culture arménienne, c'est pourquoi ce soir un membre de notre groupe se propose de nous faire un exposé sur ce pays dont il est en partie originaire et auquel tu es cordialement invité…

– Peux pas, je ne rate jamais la bande à Ruquier le soir.

– Je vois, je vois, murmura-t-il pensivement. Tu es exactement le genre de personnage auquel je m'attendais.

– C'est-à-dire ? m'étonna-t-il.

– Un peureux, un lâche créé par la société, mais dont la nature bravache et rebelle se réveille après un petit moment d'adaptation à son nouveau contexte. Je crois qu'on va pouvoir faire quelque chose d'intéressant de toi…

– Oui, me libérer et me foutre la paix !

– Ou te péter les genoux et te laisser bouffer par les rats ! ne blagua-t-il qu'à moitié.

Comme s'il m'avait coulé du béton dans la colonne vertébrale… Nous n'évoluions pas dans la même division.

– Alors écoute-moi bien M-, à moins que je n'ai lu les deux premiers chapitres de ta biographie, il n'y a ici aucun bon dieu qui pourra venir te sauver !

– Les deux premiers chap… Vous avez osé !

– J'ai osé te foutre mon poing dans la gueule et je n'oserais pas fouiller ton sac ?! Allez ! Reprends-toi ! Et détends-toi surtout, on va te donner les moyens de terminer ton bouquin et, soit dit en passant, tes lignes sont les meilleures que j'ai lues depuis longtemps…

– Mer… Merci, balbutiai-je effaré par la tournure des événements.

– Je suis sincère M-… Mais je manque à tous mes devoirs, mesdemoiselles si vous voulez bien l'installer dans son fauteuil et lui retirer son bandeau… Et asseyez-vous également…

– Moshé chéri – la voix de Camille – il faudrait baisser l'intensité de la lumière, ses yeux ne se sont pas encore adaptés.

– Oui, oui, bien sûr.

Je sentis diminuer de façon conséquente la chaleur de ce que je m'imaginais être des lampes halogènes. On me fit asseoir. Les mains agiles, douces et vaporeuses de Camille me retirèrent l'aveuglant foulard. Je tentai une ouverture de paupières. Les formes dansaient autour de moi. Je réussis tout de même à apercevoir en contre-jour l'imposante silhouette de Moshé dominant son bureau de son large buste. Je crus distinguer de longs cheveux noirs calamistrés lui tombant jusqu'aux épaules. Il poursuivit :

– En tout cas une chose est sure ! C'est que ta maman t'as fait boire beaucoup de lait quand t'étais môme ! J'ai rarement frappé des os aussi durs ! Il rit. Et ta peau est à peine marquée !

– Pourquoi vous en être pris à moi ? M'avoir humilié, battu et kidnappé ?

– Parce que c'était ton destin !

Je crus à une saillie comique, une réplique rendue culte par un trio d'humoriste du début des années 90. Il n'en était rien. On ne put être plus sérieux que ne l'était ce Moshé en cet instant présent. Je ne pus m'empêcher :

– Pardon ?

– Je crois aux rencontres et à la croisée des destinées, pas au hasard.

– Je suis tombé sur un ramassis de frappadingues ou quoi ?

Ma repartie égaya de plus belle mon geôlier alors que Camille,

installée à ma droite, intervint :

– Pour quelqu'un qui mythonne sa vie et voit des dulies et des revenus de partout !

La garce avait été bien plus loin que les deux premiers chapitres ! C'était à croire que mes écrits avaient fait le tour de tous ces tordus !

– C'est un livre, ripostai-je.

– Et un bon, j'insiste là-dessus ! s'enthousiasma Moshé.

– Êtes-vous le gang à l'araignée ? le questionnai-je. *Araignée dans le plafond !* conservai-je pour moi.

– Oui, répondirent Camille et Cati en un même mouvement.

– Est-ce que j'aurais droit à des explications ?

– Mieux que ça M-, mieux que ça, fit Moshé reprenant son sérieux. Tu vas bientôt avoir droit à une part de gâteau…

– Mais j'ai… J'ai rien demandé…

La nervosité me regagna.

– Non. Et comme bon nombre de ceux qui n'ont rien demandé, tu auras beaucoup M-, beaucoup de ce que n'auront jamais les petites merdes arrivistes qui pullulent autour de nous – Il me sembla que Moshé regarda Camille, sensation accrue par ma perception d'une onde glaciale parcourant le corps de la belle – Laisse-moi te demander… Tu ne serais pas au chômage toi ? En accumulant ce genre de petit boulot minable pour survivre ?

Le salopard m'avait percé à jour.

– Tu te sens inapte à ce monde pas vrai ? Tu réponds pas ? Je comprends, c'est normal, il est encore trop tôt, tu te cabres encore… T'inquiète cela viendra plus vite que tu penses… Et bien M- sache qu'ici nous sommes tous comme toi, de ton espèce, des inaptes à cette société. Mais contrairement à toi nous avons décidé de ne plus subir et de ne plus servir ce monde d'égoïstes et de sous-hommes aux valeurs déliquescentes… Nous nous rebellons… Oh oui, je sais ce que tu penses, que c'est peine perdue, que nous ne changerons jamais ce monde, que nos tentatives sont condamnées dans l'œuf, mais c'est justement là que nous différons de tous les autres groupuscules, et notamment ceux d'extrême-gauche… Nous sommes conscients que nous ne ferons rien bouger, seulement nous avons pris le parti de vivre à notre guise sans subir le joug de petites vies… Nous glissons dans l'existence en nous amusant…

– Vous vous amusez en menaçant de mort une petite fille ?

Moshé s'emporta :

– Nous avons sauté le pas, <u>nous</u> au moins ! Nous ne faisons pas qu'écrire notre monde idéal, nous le vivons ! Il se calma : Tu apprendras à devenir cynique… si tu veux t'intégrer…

– Il ne me semble pas avoir émis le désir de faire partie des vôtres ?

Il posa les coudes sur la vieille ferraille lui servant de bureau, joignit les mains et posa le menton sur ces dernières :

– Personne ne t'a jamais dit non plus que tu avais le choix M-…

Mon cœur se serra. Je perdis le fil de ma respiration :

– Mais… Mais… Et ma vie à l'extérieur ?

– Ta vie ? Ta vie à l'extérieur ? fanfaronna Moshé. Mais c'est maintenant que ta véritable vie à l'extérieur va débuter ! Ta vie à l'extérieur de toi-même !

La dernière chose que j'avais envie d'entendre : de la philosophie de comptoir ! Il s'en aperçut et s'employa immédiatement à rectifier le tir :

– Combien y a-t-il de personnes auxquelles tu tiennes vraiment ?

– De… Deux, m'aventurai-je.

– Tes parents j'imagine ?

Il m'impressionnait, dans tous les sens possibles.

– Tu ne perdras pas contact avec eux, au contraire, je suis sûr que vos liens s'en resserreront davantage… A condition bien évidemment que tu ne dises rien à propos de tes nouvelles activités…

– Mes nouvelles… Et en quoi consisteront-elles ?

– Tu le sauras bien assez tôt va ! Pour le moment tu dois, comme nous tous d'ailleurs, te préparer pour notre petite sauterie de ce soir…

– Attends ! l'empêchai-je de se lever. J'ai quelques questions à te poser d'abord !

– Oui ? Vas-y je t'écoute…

– Combien de jours je suis resté dans le coltard ? Comment ça s'est terminé devant le Louvre et… et quel âge as-tu ?

– Quatre jours, tu découvriras par toi-même et 27 ans. Ça te va ?

27 ans. Le jeune con. J'étais beaucoup plus âgé que lui et pourtant je n'avais ni son charisme, ni son envergure, ni son calme et encore moins son intelligence *existentielle.* Ce que je qualifiais à l'époque d'intelligence existentielle était la somme de toutes les qualités permettant à un individu lambda de s'imposer *en* et *dans* la société. J'avais trouvé en Moshé la représentation anthropomorphique idéale de ce concept.

– On se retrouve ce soir, se leva-t-il cette fois définitivement de sa chaise.

Il contourna sa vieille table de travail, me serra la main (une main benoîte et absente), se rapprocha de Camille lui déposant un baiser sur le front avant que de quitter la pièce.

– Allez Victor Hugo, lève-toi et suis-nous ! dit Cati d'un sarcasme prouvant qu'elle ne partageait pas l'avis de son leader à mon égard.

J'obéis. Mes yeux et mes jambes se rétablissaient déjà, indubitablement. Je fus donc en mesure de suivre la mégère dont je pus discerner les traits un peu plus distinctement. Force était de m'avouer que je n'avais rien perdu jusqu'ici. Cati était le cliché de la goudou. Carrure et look de camionneuse comme me l'avait suggérée sa poigne, elle me faisait l'effet de la transcription humaine de la vache qui rit à l'exception qu'elle ne riait pas, ce qui était encore peu dire. Ses yeux marrons-moches décochaient des éclairs de méchanceté comme il m'était rare d'avoir vu. Comme je n'en avais jamais vu en fait. En fait ce regard me dit quelque chose. Il était jumeau de celui que je devisais dans le miroir lors de mes crises de misanthropie. Il y avait une envie de tuer, d'égorger, de trucider dans ces prunelles, des envies littérales. Moshé avait beau jouer les fiers-à-bras vertueux, l'éducateur à l'idéologie sans ambages mais ce qui s'était passé au Louvre ainsi que ce que je croyais déceler en Cati ne validait en rien ses propos et son soi-disant dessein.

– Où allons-nous maintenant ?

– Nous préparer pour la soirée, dit-elle laconique.

– Tes yeux vont mieux ? demanda Camille en un souffle.

– Oui, beaucoup mieux, merci.

Les rôles de méchante et de gentille avait-ils étaient prédéfinis ? Si oui, ils fonctionnaient à merveille. Ma vision s'améliorant de seconde en seconde je pus distinguer dans quel genre de bâtiment nous nous trouvions : une vieille usine désaffectée. Je sursautai imperceptiblement : l'on ne m'avait pas remis de foulard sur les yeux ! Avait-il été possible que l'on me les avait bandés uniquement pour me les protéger de la luminosité ambiante, soit la raison avancée par les filles, ou bien le chemin que nous prenions à présent ne recelait aucun indice accablant concernant leurs activités ? Tout ceci était si romanesque que des friselis glacés me parcoururent le corps de long en large. Si loin de mon quotidien mais en même temps si réel que je n'entrevoyais que malheur et destruction au bout de cet entonnoir représentant désormais mon avenir.

– Umm ! Quelle bonne odeur de rouille ! testai-je les zygomatiques de mes licteurs.

Si je ne reçus aucun signal du garçon (boucher) manqué, Camille m'honora d'un timide sourire fugace avant de baisser les yeux soudainement ennuyée par un trouble infailliblement plus important que ma personne. L'expression de son visage, si grave, me frappa.

– Tiens, c'est ici Stendhal !

Cati me désigna une porte. J'ouvris. Une série de douches. Nous étions dans les vestiaires des employés… remis à neuf. Ce dernier point me rendit perplexe. Cati s'en aperçut :

– Qu'est-ce que tu crois ? Que l'hygiène n'est pas notre truc ? Qu'on est de gros porcs ? Qu'on s'lave jamais après deux-trois coups ?

J'éludai l'importance de la dernière question.

– On a fait de cette vieille usine délabrée notre Q.G, il faut bien qu'elle soit fonctionnelle !

– Mais je n't'ai rien demandé du tout Cati ! me roidis-je tentant de la vexer. J'en fus pour mon compte. Non seulement elle ne se vexa pas mais c'est à peine si elle prêta la moindre attention à ma remarque. La peste ! Je rentrai et, sans que personne ne me demanda rien, je tournai le mélangeur d'un lavabo sur la gauche. Une eau bien chaude comme je la goûtai sortit du robinet. Je pressai le distributeur de savon liquide, en récupérai dans la main, passai le tout sous l'eau et, à l'instant même où j'allai m'en laver le visage, je marquai une hésitation qui ne manqua pas de faire sourire Camille vraisemblablement temporairement remise de ses doutes.

– Il te faudra sans doute un peu de temps pour t'y faire, dit-elle.

– Quel bel euphémisme ! Ça faisait plus de 25 ans que je portais des lunettes ! J'ai l'impression de me retrouver… nu…

– D'ailleurs… intervint Cati s'en revenant de chercher des serviettes dans une des armoires attenantes.

Je me retournai vivement ayant bien trop compris ce qu'elle voulut dire. Le mastodonte femelle me désigna les douches.

– On t'a pas amené jusqu'ici pour faire un brin de causette ! Si t'es là c'est pour te décrasser à fond !

Elle se détourna et déposa les serviettes sur un des supports muraux. Elle m'intima de m'activer d'un mouvement de la tête. De mon côté je restai là, bête, mousse savonneuse à la main. Je me repris, terminant de me rincer paumes et doigts :

– Après tout pourquoi pas… Je me sens bien sale. Combien de temps me laissez-vous pour…

– Non mais tu rêves ou quoi ? ricana la demoiselle j'ai-pas-de-pot-je-ressemble-au-frère-que-je-n'ai-jamais-eu. On est censé te surveiller et on accomplira notre mission jusqu'au bout…

– Je ne vous cache pas que ce jusqu'au bout m'effraie un peu… Ma grivoiserie passa inaperçu. Avez-vous remarqué mesdemoiselles qu'il n'y a aucun rideau ?

– C'est bon… C'est bon… Fais pas ta chochotte et fous-toi à poil…

Ses pupilles, ou ce que je crus en distinguer, ordonnèrent. Je me dévêtis non sans une peine attribuée à une gène conséquente. Je restai en slip.

– T'es un homme ou quoi ?! A poil, fissa !

Pour quelqu'un qui, comme moi, n'avait pas goûté aux joies de l'armée, je comprenais maintenant toute l'horreur véritable de ce genre de situation. Je ne mettais jamais promené nu devant plus d'une fille à la fois. Je n'avais, même dans mes rêves les plus fous, jamais osé imaginer que cela arrivasse et, au vu de telles circonstances, je regrettais qu'aujourd'hui cela eut positivement lieu.

– Pourrais-je régler moi-même la température de la flotte ? dis-je en me plaçant sous le pommeau.

– Tu crois peut-être que je vais le faire à ta place et me tremper ? rétorqua-t-elle toujours aussi rugueuse.

Le jet d'eau claqua sur ma figure. Ce que cela était bon ! Le temps d'une seconde, celui de savourer, tout s'effaça, je ne fis que profiter.

– Y aurait pas du shampooing ou du gel douche qui traînerait quelque part par hasard ?

Je ne reçus en guise de réponse qu'une tape dans le dos si sèche et violente qu'elle me déséquilibra et fit cogner ma tête contre la robinetterie. Elle me lava ! Cati me lava ! N'avait-elle pas pourtant dit un seul instant auparavant qu'elle ne ferait rien à ma place et qu'elle ne se tremperait certainement pas pour moi ? La voilà qu'elle se parjurait. Je n'eus pas le cran de lui faire la réflexion. Ma position actuelle me l'interdit. J'étais à sa merci et il me fallait l'accepter. Ses gestes, hormis la tape initiale, les massages de ses mains furent d'une insoupçonnée douceur en totale contradiction d'avec ce que le personnage avait laissé entrevoir jusqu'ici. Elle me frotta et me décrassa soigneusement du cou jusqu'aux mollets. Cela faisait une éternité que l'on ne me... J'avoue que j'y pris du plaisir.

– Je vais chercher ses vêtements pendant que tu termines de le laver, dit Camille me faisant émerger de ma béatitude.

– Allez p'tit cul qu'on s'retourne qu'on passe au devant ! fit la préposée à mon nettoyage en faisant claquer ma fesse droite.

– Mais... sursautai-je à demi-amusé de cette incongrue et inattendue intimité.

Ce fut là ma seule objection. Docilement je me retournai tout heureux que Camille ne soit plus présente pour l'exhibition de mon sexe. Je ne craignais rien de la part de Cati me doutant fortement que ce n'était pas son truc. Elle confirma aussitôt mes pensées:

– Occupons-nous tout d'abord de ce machin, on en sera débarrassé !

Et de s'agenouiller, de rajouter du gel douche dans la main, de saisir le sexe et de le malaxer dans tous les sens mais toujours d'une infinie… tendresse. Incroyable que j'eusse besoin d'atteindre cet âge-là pour m'apercevoir que le départ et la finalité de notre sexualité était bel et bien notre petite cervelle. Car en toute autre conjoncture, en présence d'une toute autre femme, cet événement aurait réveillé ma libido. Là, rien… Aucune érection, bouffée de chaleur, envie de forniquer, envie de violenter… rien. Mon for intérieur, ou plutôt sa partie primitive, savait pertinemment que je n'avais rien à faire avec celle-ci. Je me laissai donc faire. Mon pubis suivit, puis elle passa aux pieds avant d'entamer sa remontée, tibias, long des cuisses pour finir par le buste non sans s'être occupée des bras. Je m'écartai afin de lui permettre de se rincer les mains sous la douche.

– Allez, la dernière étape et ce sera bon…

Elle sortit le shampooing de sa cachette sur l'étiquette duquel mes yeux purent déchiffrer : bambou.

– Ah non ! protestai-je. Je hais le bambou ! Je t'assure que je…

– Oui, oui, c'est ça, moi c'est les épinards que je déteste, alors maintenant t'es gentil et tu baisses la tête !

Je me résignai une nouvelle fois. Elle s'occupa de mes cheveux comme elle s'était occupée du corps, d'une extrême délicatesse.

– Attention les yeux ! Attention les yeux !

– Oooooouuuuuhhhhh…

Sa dernière onomatopée me fit définitivement taire.

– Allez, rince-toi maintenant !

Je restai encore trois bonnes minutes sous la douche. Elle ne me pressa pas. Je m'imaginais qu'elle s'était rendu compte tout en me lavant que je ne pouvais résolument représenter aucun danger pour elle comme pour eux tous. Et elle avait de toutes façons raison, je me devais bien de l'admettre même si mon orgueil en pâtit. Qu'aurais-je bien pu faire ? Je fermai le robinet, fit volte-face, passai une main trempée sur le visage et m'aperçut que Camille nous était revenu entre-temps.

Elle jeta un rapide regard excluant toute timidité sur mes parties intimes et émit un léger rictus m'indiquant que je ne l'avais pas impressionné.

– Tiens voici tes nouvelles affaires, me les tendit-elle.
Elle me les présenta pendant que je m'essuyais.

– D'accord, d'accord, acquiesçai-je, c'est un nouveau jean avec un nouveau T-shirt et des chaussettes et un blouson en… C'est du cuir ?

– Oui, c'en est.

– Mais, pardon d'être con, pourquoi me faire porter de nouveaux vêtements si c'est pour que ce soit pratiquement les mêmes ?

– Parce que ceux-ci sont à ta taille et qu'ils ne sont pas moches !

Je m'inclinai. Arriverait bien le moment dans cette rocambolesque aventure où j'aurais enfin le dernier mot !

– Habille-toi vite ! dit Cati d'une voix moins insensible qu'au début. Il faut qu'on se prépare aussi pour la soirée…

Mes synapses réagirent sur le champ à ces propos. Les filles allaient donc à leur tour prendre leur douche. Ce qui signifiait qu'elles allaient se déshabiller ! *Maintenant que nous formions tous une grande famille…* La seule idée de voir Camille comme Dame Nature l'avait créée me fit rougir le sang ! Malheureusement le crépitement de mes battements de cœur furent aussitôt calmé par ce que Cati sortit d'une poche de son uniforme : le bandeau.

C'est affairé de mes nouveaux vêtements (m'allant à la perfection, obligé de le reconnaître), bandeau sur les yeux et menotté au radiateur du couloir donnant sur le vestiaire – ultime mesure que je jugeai disproportionnée, injuste et surtout superflue – que j'entendis les ricochets des gouttes marteler la peau de la demoiselle Lerieux.

– … L'Arménie est un pays du Caucase, sa capitale est Erevan, la langue officielle est l'arménien et la monnaie est le dram... Hayastan (Arménie dans sa langue) fut fondée en -782 sur le site de l'actuelle Erevan appelée Erebuni... En 301, l'Arménie devient le premier pays où le christianisme est religion d'état... Historiquement le territoire de l'Arménie s'étendait sur 300 000 km2 aux confins du Caucase, de la Turquie et de la Perse. Au VIIème siècle avant J.C, un peuple indo-européen se mêla à la population locale et donna ainsi naissance aux arméniens...

Cela faisait déjà un bon quart d'heure que je subissais l'enthousiasme exacerbé de celui que l'on m'avait présenté comme Ferdinand. On m'avait remis une montre : 21h45. Je situais mon réveil dans ma *cellule* aux alentours des 16 heures. Un quart d'heure d'histoire chaotique (pléonasme ?) faite d'indépendance et de soumission, de Mèdes, de Perses, d'influence grecque par l'entremise de la dynastie des Séleucides mettant en cause Alexandre le Grand...
Je me redressai le plus doucereusement possible sur ma chaise en osier craquant au moindre mouvement. A croire qu'*ils* avaient exprès choisi cette matière afin de me surveiller parfaitement, jusqu'à la plus banale de mes torsions musculaires. Mais je gardai ma paranoïa pour moi (paranoïa amplement justifiée cela dit), toute l'assemblée étant fournie de ce même type de chaise, une assemblée disparate. Il avait fallu ceci, que l'on m'amène de force en ce lieu de manière aussi extravagante, pour que j'assiste enfin à ces soirées dites culturelles au milieu de cet essaim parisianiste. *culturelle* eu égard au lieu où se tenait la conférence ou aurais-je dû dire one-man show si on se référait uniquement à la prestation du grand dégingandé au crâne rasé et au bouc spartiate qu'était Ferdinand.
L'hôtel Dosne-Thiers.
On m'avait amené jusqu'ici les yeux bandés. Dés qu'elle eut terminé sa toilette, mon escorte, Cati et Camille, me conduisit à travers les dédales de feu l'usine jusqu'à la banquette arrière d'une berline, ou ce que mes quatre sens restants supposaient être la

banquette arrière d'une berline, et rouler, sans mot dire, pendant une vingtaine de minutes avant que l'on ne se décide à me retirer le foulard. J'avais pu apprécier durant cette silencieuse parenthèse le caillouteux chemin emprunté par la voiture. Signe évident m'indiquant que nous n'étions certainement pas partis depuis la banlieue ouest parisienne. Paris, justement… C'est à son abord que l'on me délivra les yeux, premier soulagement avant de me réjouir de l'adaptation progressive de ceux-ci à leur environnement. Les scintillantes lumières artificielles de part et d'autre de la porte dorée, reconnues sans effort et sans mal, achevèrent de m'apaiser. Il était désormais sûr que le praticien m'ayant opéré avait réussi son coup.

– Ça va mieux ? s'exprima enfin Camille.

– Beaucoup mieux.

Elles m'entouraient toutes deux, sempiternellement. L'une sans surprise habillée à la garçonne mais non dénué d'un certain charme dans son costume taillé pour le sexe dit fort et l'autre simplement magnifique, son corps superbe produit par de très inspirés gènes moulé à la perfection dans une robe de soirée des plus chics de couleur noire sur laquelle étaient distillées quelques corolles rouges, avec gants blancs et petit sac de luxe (quelle marque ?) et rose ivoire dans des cheveux délicieusement coiffés.

– T'as réussi à les coiffer toute seule comme ça ? En même pas un quart d'heure ? la flattai-je.

J'entendis l'autre grommeler.

– Pas sûr que Cati t'ait à la bonne toi ! dit en se retournant celui installé à la place du mort. Fais gaffe mec ! Nous on l'adore Cati ! Et en plus j'sais pas si t'as remarqué, mais mieux vaut l'avoir avec soi que contre !

– Je te présente Ferdinand M-, l'introduisit Camille.

– Enchanté de faire ta connaissance M-, me tendit-il la main.

Je la lui serrai.

– J'ai lu quelques pages de ton bouquin, et c'est super intriguant ! Moshé m'a dit que tu l'avais pas encore fini... J'ai hâte que tu le termines ! Et, qui sait, avec un peu de chance, on aura une influence positive sur toi !

J'allai lui répondre abruptement concernant son *influence positive* quand la demoiselle Lerieux me précéda :

— Ferdinand est celui qui donne la conférence de ce soir...

— Ah oui... L'Arménie... dis-je d'un ton que je voulus le plus méprisant possible histoire de rompre avec la bonhomie et l'obséquiosité ambiante.

Ferdinand me lâcha un grand sourire mauvais en guise de réponse :

— Je comprends M-, tu sais... Je veux dire qu'on comprend tous ton ressentiment mais, tu sais, franchement, et je sais que ça va pas te soulager, je ne me sens pas très fier de ce qu'on t'a fait subir l'autre jour au Louvre.

Il venait d'avouer qu'il faisait partie du groupe des quatre à m'avoir chahuté sur le parvis.

— Mais l'Arménie ne t'a rien fait à ce que je sache, tenta-t-il de conclure.

— Pas encore, persiflai-je.

Quelques ricanements partirent de la gorge des filles. Le chauffeur prit enfin la parole :

— Préparez vos cartes d'identités, voilà le premier barrage...

— Le premier barrage ? fis-je, surpris.

— Le résultat qu'on espérait de notre action de mardi dernier, m'informa Cati des pépites lumineuses dans ses iris – les premières d'une longue série.

— Mardi dernier... Ce serait...

— Le Louvre, termina pour moi Camille d'un ostensible mouvement de la tête tout en recherchant ses papiers au tréfonds de son sac.

La peur fut le premier sentiment à s'immiscer en moi, rapidement suivi d'un espoir... un espoir de pouvoir m'extirper de cette extraordinaire situation... Mes papiers... Une des solutions de Moshé pour me garder en son pouvoir fut de me les confisquer... Donc, puisque je ne les avais pas sur moi, j'allais être arrêté et emmené au commissariat le plus proche ! Bref, la fin de ce cauchemar… Je jubilai. Je voyais très mal les quatre autres occupants de la Mercedes s'opposer à mon interpellation ! Allaient-ils sortir des pétards du coffre ou du dessous de leur tenue de soirée et s'amuser à canarder et surtout à se faire canarder par une troupe mixte de CRS et de militaires ? Je notai que ce spectacle m'aurait fait saliver…

Cati attira mon attention en me tamponnant la cuisse et me désigna le haut de mon blouson. Une injonction de dégoût parcourut mon échine. Je plongeai la main dans la poche intérieure gauche de mon nouveau blouson de cuir et y trouvait tous mes papiers, carte d'identité incluse. Surprise ! On ne m'avait donc humilié en public, battu, séquestré que pour mieux pratiquer une opération que je n'espérais même pas dans mes rêves les plus fous, me faire prendre une douche agrémentée de doux massages comme un prince d'un pays chaud, me relooker avec des vêtements enfin dignes de ce nom et me donner les moyens de m'enfuir, de les dénoncer ? … Les dénoncer ? Fus-je stupide ! Évidemment que je l'étais, évidemment que tout ceci faisait partie de leur plan chafouin ! Qu'aurais-je bien pu dire aux agents vigipirates stationnés à ce barrage ? *Eh oh s'il-vous-plaît messieurs, je suis un otage de je ne sais pas qui ou quoi et on m'a kidnappé ! Sauvez-moi !* Qu'auraient-ils bien pu me répondre sinon : *Vous sauvez de qui ? Des demoiselles vous entourant ? Leur présence vous torture ? Ben espèce de veinard je veux bien prendre votre place !* J'imaginais leur rire. *Bon écoutez messieurs-dames, vous allez expliquer à votre ami qu'on est débordé en ce moment, alors on a pas de temps à perdre avec ce genre de conneries ! Faites-en sorte qu'il ne boive plus durant la soirée et débarrassez le plancher !*

- Mais monsieur…

- Allez circulez et bon samedi soir !

Voilà tout ce que je pouvais espérer d'une quelconque action de ma part. De fait, arrivé au dit barrage, je m'étais donc convaincu de ne pas moufter. Une victoire supplémentaire d'*eux* contre moi. Je me renfrognai, bougon, maudissant ne pas être dans un de mes romans me mettant ou mettant un double de ma personne en scène dans lequel j'avais réponse à tout. Ici je me sentais cocufié à chaque instant, comme le dindon d'une farce que je savais très mal se terminer. Si seulement j'avais su comment cela allait effectivement se terminer, j'aurais mieux fait de m'échapper de ce véhicule en espérant que les serviteurs de l'état eurent reçu l'ordre de tirer à vue… *L'apocalypse*… Ma main droite serra comme un étau mon genou. Cependant Camille réussit à glisser ses doigts parmi la crispation de mes phalanges et me les caressa. Elle réussit à me calmer un minimum et à libérer mon articulation du joug nerveux. Je ne fus toutefois pas totalement rasséréné.

– Ne t'inquiète pas, dit-elle. Tu pourras partir où tu voudras après ce soir, Moshé me l'a promis.

Elle avait insisté sur ce *me l'a*, comme si cette promesse avait été arraché à Moshé suite à une de ses propres requêtes personnelles.

– Bien sûr, continua-t-elle, seulement si ce qu'il m'a certifié sur toi s'avère faux…

– A savoir…

– Il m'a dit que ta curiosité t'empêcherait de nous quitter dorénavant…

Je soufflai de mépris. Quelle certitude ! Moshé croyait déjà me connaître par cœur ! Il avait bien perçu ce côté rebelle et bravache qui m'animait et qui aurait pu valider son hypothèse, mais il avait sous-estimait mon incroyable lâcheté ! C'est elle qui se chargerait de m'éloigner de son groupe.

Le passage du barrage se fit dans la plus vomitive des spéciosités. Je ne dis rien, n'esquissant pas le moindre geste pouvant les compromettre non seulement par peur du ridicule mais aussi parce… parce que quelque part au plus profond de mes entrailles je ressentis une filiation…

Nous roulâmes à travers les dédales numérotés de la capitale, un Paris anormalement calme pour un samedi soir. Nous vivions une époque frileuse. Il avait suffi d'une seule action terroriste (à moins qu'*ils* ne s'en fussent fendus d'autres durant mon prétendu coma) pour mettre la faune de la ville lumière au pas et devant ses téléviseurs. Bien sûr le froid ressenti lors de l'ouverture des vitres servant à présenter nos papiers n'engageait pas non plus aux sorties. Nous rejoignîmes rapidement notre destination : l'hôtel Dosne-Thiers, place St-Georges dans le 9ème. J'avais appris, durant mes recherches sur les monuments et autres lieux historiques parisiens pour le besoin de mes livres, que la fondation gérant le site mettait à disposition ses salons pour l'organisation de journée d'études, de concerts, de tournages, d'expos et de conférences. Je n'eus pas l'utilité de m'aligner sur le QI d'Einstein (que j'exécrais, rappelons-le) pour comprendre que ma bande d'arachnide possédaient de puissants soutiens financiers. Une conférence un samedi soir dans un tel endroit ne signifiait qu'une chose : mondanité. Le groupuscule avait donc pignon sur rue.

– Descendez, dit le chauffeur, je vais garer la voiture et je vous rejoindrais plus tard.

Nous lui obéîmes. Nous le regardâmes faire le tour de la petite place puis disparaître. Une légère brise frisquette vint frôler ma nuque faisant frissonner mon organisme en entier. Ferdinand se rapprocha de moi sourire complice aux lèvres (je ne lui avais pourtant rien demandé !) et me tapa l'épaule amicalement. Je dus avouer que son mètre quatre-vingt treize enveloppé dans son costume trois-pièces en jetait d'élégance ! Mais de quel milieu sortaient ces pseudo-terroristes ? De jeunes bourgeois fatigués d'être riche se lamentent de n'être pas nés une cuiller de bousin dans la bouche ?

Nous nous dirigeâmes vers la grille. Ferdinand tapota sur l'interphone. J'aperçus les lumières éclairant la superbe façade de la bâtisse tandis que le brouhaha s'amplifia au fur et à mesure que nous nous rapprochions.

Un peu moins d'une centaine de personne, au milieu desquels mon blouson et mon jean détonaient, se tenait ici petits fours et verres de champagne à la main. Celui qui avait organisé cela avait mis le paquet. Mes trois compagnons se détachèrent et allèrent pratiquer le rite sacré et immuable chez ce genre de population, le salamaléchage.

– Heureux d'être ici ? me dit une voix survenue à ma gauche.

Moshé. Il ne me surprit pas. Je ne lui répondis pas. Je le sentis sourire. Je souris à mon tour. Ce sale con avait eu raison. C'est ici, en ce lieu précis, exactement à cet instant, que je ressentis pour la toute première fois dans mes viscères cette si spécifique chaleur d'excitation qui deviendrait ma drogue et qui nous conduirait tous à notre perte.

Il me quitta, me laissant adosser à l'arbre auprès duquel j'étais venu me réfugier loin de la foule, pour s'en aller vers le perron. Je vis Camille se jeter sur lui. J'observai un peu leur tendresse.

Oui, il avait eu raison. Je n'aurais plus jamais le courage de les quitter définitivement. J'étais bien trop excité par cette promesse d'une nouvelle vie, de l'inconnu, du danger loin de mes sentiers battus et rebattus… J'avais l'intention d'aller très loin dans ce périple… Enfin, si je survivais à la conférence !

Je me fis grâce de me décrire à moi-même l'intérieur du bâtiment, à peine remarquais-je qu'il était moins pétri d'apparat que je ne l'aurais supposé. A peine encombré des dessins et tableaux exposés dans ces pièces aux panneaux moulurés et dorés et aux tentures bleu sombres reflétant les goûts de la majorité des contemporains d'un des fondateurs de la IIIème République dont le lieu avait gardé le nom.

 Des Artaxiades arrivant au pouvoir en 189 avant J.C… Leurs ennemis ? Les Parthes venant à peine de bâtir un empire conséquent en Iran. Tigrane (95-55 avant J.C), grand souverain devant l'éternel – pour le moins ! Les romains indisposés par la prédominance des arméniens de la Méditerranée à la mer Caspienne, vont bientôt leur imposer leur protectorat. Le début de l'ère chrétienne verra le partage du pays entre romains et parthes. Puis, au IIème siècle, ces traîtres de Sassanides, la nouvelle dynastie iranienne, vont profiter de la décrépitude de l'empire romain pour envahir totalement le territoire arménien. Rome devra attendre l'empereur Dioclétien pour récupérer son *bien*. C'est alors que les occidentaux *parachuteront* (le terme choisi par Ferdinand fit glousser cette salle de pompeux suceurs du premier rang social) Tiridate IV qui, en se convertissant au christianisme, fera donc de l'Arménie le premier pays au monde officiellement chrétien comme *il nous l'avait dit précédemment mais ce point si important méritait d'être expliqué* – Vraiment pour ma part je m'en serais très bien passé, d'autant plus si je me fiais à mes vieux souvenirs de lycéens il me semblait que ce point justement était, à ce jour encore, contesté par la Géorgie voisine. Ferdinand ne le mentionna pas. *Le premier pays chrétien* devait rester l'Arménie dans la tête de ses auditeurs… J'y voyais là plus qu'une mauvaise foi patriotique… Comme si cette optique devait brosser certaines personnes dans le sens du poil… La suite me donna raison – Il repartit de plus belle. Les diverses vagues d'invasion : les arabes, les turcs seldjoukides au XIe et les mongols du XIIIe… Une terre de lutte incessante entre les empires ottoman et perse (Ferdinand le maudit ne nous gracia d'aucun détail) qui verra la domination turque s'asseoir à partir du XIVe. 1827 : l'empire russe convoite le nord du pays. Ainsi, à la fin du XIXe siècle, le pays est scindé en deux, une partie contrôlée par la Russie, l'autre par l'empire ottoman.

J'étais sur le point de gerber, manque de nourriture. Je regrettai, fierté mal placée, les toasts, petits fours et autres canapés que Camille m'avait exhortée d'avaler avant le début de cet interminable soliloque me conjurant de reprendre des forces car *j'en avais bien besoin*. J'avais refusé, grand seigneur, de ressembler à ces pique-assiettes aux costumes et toilettes de grands couturiers. Je jetai un regard sur la montre – une Lotus ! – m'apercevant que le fourbe blablatait maintenant depuis plus d'une heure et demie et ceci sans pratiquement reprendre son souffle !

– 150 000 morts… parla Ferdinand. Voilà le résultat du premier génocide arménien perpétré par les turcs de 1894 à 1896 !

– 150 000 et un mort de plus m'aurait arrangé, murmurai-je pensant très fort à l'ancêtre de notre volubile orateur.

Ma réflexion ne passa malheureusement pas inaperçue de mon immonde voisin de gauche, bourgeois teigneux dont le profil m'avait jusqu'ici rappelé Jacques Chazot, mais dont la face qu'il me tendit pour mimer des ses lèvres adipeuses un *chut* précieux, le rapprochait bien plus d'un Gilles de Robien. Sa remarque m'écœura et, je dois l'admettre, je rougis un peu, non de m'être fait rappeler à l'ordre mais d'avoir été capable d'envisager une telle chose moi qui rapportait à qui voulait l'entendre que la vie humaine était le seul sacre que la terre portait en son sein.

– C'est à partir du 24 avril 1915, alors que l'Europe occidentale se déchire, que débute la page que nous connaissons le mieux de l'histoire arménienne…

Une larme roula sur sa joue. Je n'aurais su dire sur le moment si Ferdinand était excellent comédien ou si son être avait été vraiment frappé par la tragédie de son peuple.

– Le gouvernement Jeune Turc de l'empire ottoman déporte et massacre 1 500 000 arméniens vivant sur le sol turc. Et aujourd'hui, se fit-il encore plus solennel marquant ses mots par des mouvements saccadés de l'index gauche, non seulement ce génocide n'est toujours pas reconnu par la Turquie, mais en plus ses lois condamnent quiconque pourrait prendre parti pour la cause arménienne ! Mais, ne vous inquiétez pas messieurs-dames, dit-il d'un ton rassurant ouvrant grand ses bras et présentant ses paumes ouvertes à son public, vous n'assistez pas ici à l'apologie de l'Arménie ni à la diabolisation de la Turquie mais bel et bien à une conférence des plus objectives. Mais, pour moi qui suis un humaniste *Oh oui, les touristes du Louvre s'en souviennent bien !* il est des choses qui me sont inadmissibles ! Et c'est en humain que je réagis ! Sans avoir honte de montrer mes émotions…

Il laissa filer quelques larmes supplémentaires. Grotesque ! Néanmoins une salve d'applaudissement fusa dont je ne suivis pas le mouvement mais un nouveau regard de biais de *Jacques de Robien* m'intima d'imiter ces moutons.

– Reprenons si vous le voulez bien, mit-il ses mains en supination nous remerciant de nos encouragements. De 1918 à 1920, c'est l'époque de la première république indépendante après l'effondrement de la Russie en 17 et de l'empire ottoman en 18.

1920 ! La date résonnait en moi synonyme de glas annonçant la mort prochaine de cette interminable séance de torture… Plus qu'une petite centaine d'années et je pourrais enfin me jeter comme le dernier des morfalous sur le banquet, car il fallait que celui-ci soit encore à sa place ! La décence interdisait que l'on évoque plus de vingt-trois siècles de misère sans pouvoir se remplir la panse par la suite ! Le contraire eut été impardonnable.

Puis l'incroyable se produisit. Ferdinand réussit à m'intéresser. Car, à ce point de l'Histoire, le destin de l'Arménie se mélangea avec celui de l'Union Soviétique pour qui j'avais toujours développé une ineffable passion. La défaite des arméniens face à Kemal Atatürk conduisit ces derniers à accepter la protection des bolcheviques et, dés 1921, naquit la république soviétique d'Arménie ne couvrant qu'une petite partie du territoire historique. Cette dernière fera partie intégrante de la république soviétique de Transcaucasie à partir de 1922 jusqu'en 1936. C'est cette année que celle-ci éclatera pour devenir une république socialiste soviétique à part entière durant 55 années pleines, plus précisément jusqu'au 21 septembre 1991, où l'Arménie obtiendra son indépendance. Une indépendance tronquée car la partie sud de son ancien territoire restera sous contrôle turc. A noter que ce 21 septembre est désormais la date de la fête nationale connue sous le nom de Jour du référendum.

Nous y étions ! Plus que quelques minutes d'histoire

contemporaine et je pourrais enfin m'extirper le cul de cette saloperie de chaise en osier en espérant que ce truc ne soit pas vivant et ne m'ait pénétré le fion pour continuer sa croissance !

— Je conclurai donc rapidement sur l'historique de l'Arménie actuelle...

Cette annonce me glaça d'effroi, elle sous-entendait que...

— Tout ne s'est pas pour autant arrangé pour les arméniens depuis 1991. Depuis 1988 il existe des troubles entre eux et les azéris. En effet il faut savoir *non, non pas essentiel* que l'Azerbaïdjan est divisée en deux par l'Arménie qui revendique la région du Haut-Karabagh essentiellement peuplé d'arméniens et depuis 1993 le corridor de Latchin, qui se trouve dans la partie ouest de l'Azerbaïdjan, est occupé militairement par les arméniens. Tout cela pour vous dire que les victimes d'hier ne se privent jamais d'être les bourreaux du lendemain. Pardonnez cet aparté messieurs-dames, se reprit-il timidement après un bref silence, je vous avais promis de ne plus vous faire profiter de mes réflexions personnelles, réussit-il à faire remonter un vent d'acquiescement et de sympathie depuis l'auditoire. Pour ma part j'avais eu ma réponse. Il en faisait vraiment trop. Ce n'étaient d'ailleurs pas ses sentiments que je mettais en cause mais sa mise en scène, la chorégraphie de sa logorrhée. Il se voulait convaincant, persuasif ; un véritable VRP. Qu'est-ce qu'on pouvait bien s'apprêter à vendre lors d'une conférence sur ce richissime pays qu'était l'Arménie au contexte géographique, politique si arasé ? Mais j'étais serein quant à mon questionnement, je ne tarderais certainement pas à recevoir la réponse clef en main.

— Cet état de fait a entraîné de nombreux déplacements de population dans les deux camps et malgré le cessez-le-feu de 1994, le problème n'est toujours pas résolu. Voici mes chers amis que j'en ai terminé avec la partie historique de notre réunion. Je vous invite donc pour l'instant à vous déplacer dans le salon jouxtant notre salle et à vous restaurer. Il posa un œil sur sa montre-bracelet :

– Je vous retrouve dans un quart d'heure exactement pour enchaîner sur les aspects de ce pays qui vous intéresseront certainement beaucoup, la politique et l'économie. Merci et à tout de suite !

Et voilà comment mon effroi précédent se fit cautionner pas sa provisoire conclusion. Le cauchemar ne s'arrêterait donc jamais ! Ironiquement des crampes d'estomac et un mal de tête naissant m'empêchèrent de me lever aussi prestement que je ne l'avais ardemment désiré durant la séance de torture. Le salon fut pratiquement vidé de ses occupants que je m'extirpais à peine de cette saleté de chaise. Je vis Moshé accompagné de deux filles, dont Cati, et un homme rejoindre Ferdinand sur l'estrade. Ma masseuse m'invita du coin de l'œil à les rejoindre. En souvenance de la douche, je décidai ne pas lui faire offense. L'orgie alimentaire s'éloignait encore un peu plus ! C'est avec l'estomac dans les talons que je grimpai mollement les trois marches séparant le pupitre de l'assistance.

– Ah ! Voilà notre dernière recrue ! me secoua-t-il d'une voix et d'un aplomb caractéristique des séfarades. Tu connais déjà Cati et Ferdinand, laisse-moi donc te présenter, cher M-, mademoiselle Juliette de la Péri et monsieur Aristote Périthanassiou…

Je serrai la main de l'homme au patronyme grec puis je baisai la joue de la jeune fille.

– Nous nous connaissons déjà, fit-elle d'un sourire que j'estimai distant.

– Oui, oui, hi hi hi… ricana stupidement son compagnon.

Le rictus du barbu personnage que je cataloguais déjà chevalier de la jaquette (n'était-il pas grec ?) m'indiqua qu'il s'agissait de deux autres membres effectifs de la compagnie des clowns trucideurs. Cette seule réminiscence de mon humiliation suffit à me refroidir. Je les dévisageais tour à tour. Elle, petit bout de femme d'à peine 1 mètre 55, yeux noisettes et cheveux châtains clairs, visage fusillé de taches de rousseur dont une conséquente sur le bout du nez, ne se distinguant en rien sinon d'un halo de tristesse entourant sa personne et lui, grande baraque d'1 mètre 85 aux cheveux blonds soigneusement gominés, à la barbe cendrée fournie ne parvenant à dégager qu'une énorme bêtise. Je compris de suite que ces deux-là n'étaient que glaise entre les doigts de Moshé.

– Alors qu'as-tu pensé de mon exposé M- ? m'interrogea Ferdinand.

– Que ça m'a foutu une sacré dalle !

Hormis un menu rire étouffé de Cati ce fut le silence seul qui réceptionna ma réponse.

– Mais c'est vrai qu'il n'a pas mangé solide depuis bien longtemps le malheureux !

Camille nous avait rejoint.

Je n'y avais même pas pensé ! Quatre jours dans le coltard et même pas faim à mon réveil ! Ils m'avaient nourri ! Je les quittai précipitamment, si brutalement que je faillis renverser Camille lors de ma volte-face. Aristote s'en amusa :

– Ben alors, on a encore le tournis ?

Personne ne rit. Je ne fis également de mon côté aucune espèce de réflexion, simplement je me promis qu'il paierait chèrement un jour cette galéjade.

Je ne me dirigeai pas de suite vers le buffet comme initialement prévu et comme mon estomac noué me l'ordonnait pourtant. Je repérai les toilettes et m'y engouffrai. Je retirai prestement blouson et T-shirt et inspectai mon buste ; rien. Le miroir mural m'aida à m'apercevoir qu'aucune trace de perfusion n'était pas plus détectable sur mon dos. Je fermai alors la porte à verrou et baissai mon pantalon. Rien, rien, rien… Si ce n'était l'intraveineuse cela signifiait que je devais être un minimum conscient lors de l'absorption des aliments par la bouche. Mais je n'avais aucun souvenir de ceci. Une crise d'angoisse s'empara de moi. Ça n'était pas possible, un indice, quelque chose, une trace au moins ! M'avaient-ils drogué ? Qu'est-ce qu'ils m'avaient fait ? Je laissai filer quelques minutes afin de me maîtriser un tant soit peu. Je tentai de me raisonner en me disant qu'à l'instar de tout le reste j'aurais ma réponse en temps voulu et que si cela tardait trop je prendrais mes couilles à deux mains et j'irais questionner Moshé lui-même. Ma priorité maintenant était de ne plus faire souffrir mon corps autant que ces salopards l'avaient fait. Il me fallait manger.

Le banquet constamment réapprovisionné me rendit tant et si bien l'espoir que je décidai de ne pas le blesser en quittant trop vite sa compagnie et c'est en retard, alors que la conférence avait déjà repris, que j'y retournai. Ferdinand ne put faire autrement que de saisir l'occasion :

– … privatisation des entreprises et gros effort dans le secteur de l'agro-alimentaire… Mais… Mais c'est monsieur G- qui nous fait l'honneur de nous revenir ?

L'auditoire se retourna.

– Je crus que les limbes des toilettes ou celle des petits fours vous avaient définitivement happées loin de nous !

Plus de la moitié de ces imbéciles se sentirent obliger de rire.

– Oh non ! Je n'aurais pour rien au monde voulu rater les préliminaires de ce qui m'a l'air d'être un assaut de charognards sur les richesses potentielles d'un pauvre petit état !

Tous se turent immédiatement. Tous sauf un. Un gros rire guttural bien gras : Moshé. Il comprit que je venais de saisir ce dont tout pourquoi ce cirque avait lieu d'être. Ferdinand nous avait bassiné sa *partie historique* pour dédouaner la bonne conscience de ces gentes dames et sieurs. Le but de cet exposé était bien sûr de faire découvrir à de nouveaux investisseurs qui ne verrait en ce pays d'Arménie qu'une friche propre à fertiliser. Je n'eus aucun doute que les arméniens eux-mêmes ne touchent jamais les fruits de cette réinjection de capital.

– Bon, se rembrunit l'orateur, je résume rapidement pour notre retardataire. Je disais donc, pour faire bref, que les arméniens durent tout ou presque reconstruire après 70 ans de communisme et que la diaspora arménienne s'est montré efficace dans son action de passage à l'économie de marché : privatisation des entreprises et gros effort dans le secteur agro-alimentaire, voilà où nous en étions…

– C'est tout ? fis-je narquois. Et c'est pour ça que tu m'as fait tout ce cinéma ? raillai-je mes propres moqueurs tout en faisant crisser, mais avec délice cette fois-ci, la chaise en osier dans laquelle je me reposai.

– Mais quelle insolence ! s'offusqua le fripé bourgeois de ma gauche s'adressant à sa non-moins défraîchie compagne – visage et allure d'Elizabeth II.

– Et encore, vous n'avez rien vu ! croquai-je à pleine dent la golden rapportée du buffet. Vas-y, tu peux poursuivre ! fis-je à un Ferdinand dodelinant du chef plein de dépit.

Je continuai pourtant mon jouissif cinéma mâchonnant mon fruit et, de ma main restée libre, l'invita à poursuivre son monologue.

Le froissé reprit son incessante litanie impérialiste.

– … les années 90 furent difficiles… l'inadaptation de l'outil industriel, le manque d'énergie, de fonds d'investissements et la pauvreté des moyens de communication… que 3,3% de croissance en 97… Mais, et je tiens à attirer votre attention là-dessus chers amis, le PIB est en constante croissance depuis 2003 avec une moyenne de 10% par an…

Des signes ostensibles d'ébahissement fusèrent dans la salle. C'est bien beau un PIB en progression constante mon bon Ferdinand, mais si tu leur parlais un peu du taux d'inflation, ruminai-je à part mastiquant le plus bruyamment possible, bouche ouverte. Un morceau de pomme profita de ce pertuis pour échapper à l'étau de mes mâchoires et atterrir – accompagné d'une jolie rasade de salive – sur la joue de mon voisin de gauche désormais victime attitrée de mes pitreries adolescentes.

– Cette fois-ci cela suffit ! maugréa-t-il de son ton de vieux pédant.

Il sortit un mouchoir à monogramme de son veston, essuya et récupéra le morceau y jetant un œil dégoûté.

– Maintenant jeune homme, je vous préviens, je vais…

– Que pouvez-vous bien faire contre moi ? le pétrifiai-je du regard.

Je lus la terreur, la vraie, sur ses traits. Je me repris de suite. Ce que j'avais vu de moi en reflet sur son visage m'horrifia. Je me détournai aussitôt, m'excusant.

– Ce… Ce n'est rien mon garçon… considéra-t-il qu'il valut mieux me ménager.

Il prit la main de sa femme dans la sienne :

– Ce… Ce n'est rien… baragouina-t-il encore tandis que son épouse lui murmura à l'oreille quelques mots qui l'apaisèrent. Je tendis la mienne et ne put discerner que *de toutes façons on ne peut jouer à ce genre de jeu innocemment*. Je ne compris évidemment pas ces propos, je n'avais d'ailleurs qu'en faire. J'étais maintenant en pleine introversion. La soudaineté de ma réplique, sa bestialité et sa profonde méchanceté m'avait irrémédiablement secoué. Cela n'avait pas été moi. Jamais je n'avais été ainsi au cours de ma vie. Une telle dureté… Venais-je d'effectuer les premiers pas sur le chemin qu'*ils* attendaient que je prenne ? Et ces yeux, ces tout nouveaux yeux que l'on m'avait offert… Je n'aurai jamais pensé que leur première fonction aurait été de terroriser un vieillard. J'avais honte, mes parents ne m'avaient pas élevé pour ça… Mais l'incident ne fit son effet que dans la dernière rangée où nous siégions et Ferdinand, n'ayant rien entendu, n'en avait toujours pas cessé de palabrer. Il épaulait ses dires à présent d'une photo satellite estampillée du logo de la NASA et d'une carte d'Arménie émise depuis un vidéoprojecteur. Mais la liste des 11 marzer fut désormais bien loin de moi ainsi que l'ébahissement de ces rapaces lorsque, faisant leurs calculs, ils se rendirent compte de tout le fric qu'ils pourraient bientôt se faire avec les ressources minières : cuivre et aluminium et, encore plus beau, de l'or. Leur déception quand ils s'aperçurent que le sous-sol ne contenait aucune source d'hydrocarbure… Ma torpeur s'estompa au moment où notre hôte nous indiqua la capitale Erevan sur la carte à l'aide de sa baguette professorale. Puis s'en vint l'indescriptible :

– Voilà enfin mes chers amis, le moment principal, que dis-je, crucial de notre soirée, fit-il alarmiste pendant que se dessinai sur la toile immaculée une photographie de ce que je devinai de prime abord comme un simple complexe industriel. Au niveau énergétique l'Arménie souffre d'un grave déficit que ni la Turquie, ni l'Azerbaïdjan ne sont prêtes à pallier. La grave décision de redémarrer la centrale nucléaire de Metsamor a été prise alors qu'elle avait été mise à l'arrêt en 1988 sous la pression des écologistes après le tremblement de terre. Et c'est là que nous entrons en jeu...

Je fixai la photo quasi-benoîtement quand soudainement je sentis mon sang se figer, se renouveler, courir, galoper en tous sens et mon cerveau se déconnecter de sa conscience me plongeant...

I

L'espace-temps y est incompressible et malléable à la fois. Tout n'est rien et rien est tout. Dans cet univers rien n'est impossible, étriqué ou corrompu. Son origine se perd dans la nuit des cellules. Ici l'évolution a fait et marqué son œuvre. Un nouvel éden constitué de créatures quasi-divines aux yeux des mortels qui ignorent tout de leur existence : elles se sont elles-mêmes nommées les dulies en référence aux cultes d'honneur rendus aux anges et aux saints par les humains. Car leurs origines remontent aux humains et même avant si l'on considère la non-linéarité temporelle de ce plan de la réalité. Rien n'y est tangible, mais cela pourrait l'être si les dulies le désiraient. Mais elles ne le veulent pas. Leur plan d'existence – immatérialité – leur suffit amplement. La plénitude guide leur vérité. Mais au fond de cette plénitude règne une boule d'angoisse : l'espoir. Ces créatures n'ont toujours pas renoncé à l'espoir et celui-ci consiste à ce que tous les plans, toutes les dimensions de la Création viennent les rejoindre pour ne former qu'un grand Tout. Car la plénitude ne s'acquiert que par l'oubli, ce que chaque être vivant de cet univers – et des autres – sait parfaitement. Et les dulies étaient des êtres amnésiques. Étaient-elles nées ? Elles ne le savaient pas. Et si oui, étaient-elles nées dulies... ? L'idée de la naissance les ramenait à la mortalité. Aucune d'entre elles n'en savaient plus que les autres. Elles avaient l'impression de se connaître depuis toujours mais leurs connexions n'étaient que purement fonctionnelles. Quoiqu'il en soit, elles connaissaient parfaitement leur mission. C'est ainsi que, dans chaque monde comportant des êtres conscients de chaque réalité, elles se choisissaient un héraut qui se ferait messie parmi les siens et ramènerait ces âmes dans leur giron.

II

Car c'est dans l'espoir que réside la mortalité et l'inconscient sourd des dulies qui le percevait, ineffablement. Ce qui ne pouvait être perçue était la nature de cette mortalité. Elle ne pouvait être existentielle, les connexions fonctionnelles reliant les dulies auraient remarqué l'absence de l'une de ses composantes. A moins que cet espoir sournois tendit à camoufler quelconque perception allant en ce sens.
Alors la mission des dulies perdait tout son sens, son idéal. Consciemment elles voulaient que s'intègre en elles les autres réalités, pour le bien commun. Inconsciemment, elles avaient

faim. Il leur fallait se repaître de ces nouvelles âmes.

III

Mais les dulies n'étaient pas les vampires cannibales de la Création. Elles avaient, comme chaque créature de l'existence, un but bien précis, celui de rééquilibrer le Cosmogone.
Le Cosmogone étant le royaume de Latre dont la Terre, le système solaire, la Voie Lactée, notre univers et tous ses afférents, ses semblables aussi faisaient partie. Ainsi affublées d'un rôle, leur utilité n'était plus à démontrer.

IV

Le Latre est un être, un élément, une philosophie ou une pensée inconnue des dulies. Elles ne le considèrent pas, mais elles le sentent par l'entremise de l'espoir. C'est par l'espoir que le Latre dirige les dulies.

V

C'est par l'aspect séditieux et indomptable de l'espoir que le Latre muselle ses dulies. On ne peut se rebeller face à la curiosité. Voici une constante de la Création. L'espoir fait taire au fond de chaque dulie toute velléité révolutionnaire. La nature et le but mystérieux de l'espoir préserve le Latre d'un soulèvement des dulies. Il les contrôle totalement en leur donnant un but. Trouver un sens à son existence est une autre constante de la Création.

VI

Le chaos a pourtant déjà pénétré le royaume de Latre, bouleversant la Création. L'absence de linéarité temporelle empêche d'affirmer si cet événement a eu lieu, a lieu ou aura lieu. Une des créatures happée et choisie par les dulies pour revêtir le costume de Dieu des siens s'est perdue sur le chemin de la toute-puissance du démiurge initial. Ainsi au lieu de se détacher de sa personnalité de mortel et asseoir son ordre mathématiquement objectif de son univers, ce fut sa propre personnalité, ses propres sentiments, ses propres schismes et schémas de pensée qui absorbèrent l'infinité faisant de lui le *"premier?"* Dieu subjectif. Toute la sagesse humaine cumulée, tous les sentiments humains ressentis n'y purent rien. Il échoua dans sa tentative de recréer l'univers selon ses propres valeurs. Il alla jusqu'à affronter le Néant. Le duel tourna au match nul. Le Néant ne peut s'accommoder de la Passion et vice-versa. Ce Dieu finit par imploser, introspection céleste avant d'être recueilli et aimer pour tout ce qu'il a apporté au royaume de Latre. Le Latre espère que cet événement ne se répétera pas, n'aura pas lieu et qu'il faut tout faire pour réparer les dégâts.

VII

Les dulies ne sont pas toujours sages. Leur nature éthérée s'amuse parfois, souvent, avec le désir des créatures vivantes durant leurs pèlerinages sur les mondes de ces dernières. Ce qui exaspère le Latre. Mais il décide de ne pas les sanctionner, il doit d'abord comprendre.

VIII

Le Latre a connaissance de la nature évolutive des dulies. Leur rôle les y contraint. Le monde des dulies est d'ailleurs lui-même une évolution d'une ancienne forme de vie organique, forme de vie certes très primitive mais bizarrement la plus apte à cumuler les connaissances. Tel est le but des dulies : rassembler au plus possible les âmes des formes vivantes pour étancher la soif, la faim de connaissance de Latre. Le bien commun n'étant qu'un leurre que le Latre a disséminé au fin fond de chaque dulie sous le nom d'espoir. Mais le Latre s'inquiète tout de même de la nature évolutive des dulies. Elle va à l'encontre même du concept de non-linéarité temporelle voulu par la Création. Le Latre espère que le prochain Dieu choisi parmi les mortels résoudra ce douloureux dilemme.

IX

Le Latre réduit le potentiel de ses dulies en manipulant leurs interconnexions et en modifiant leurs perceptions vis-à-vis de leurs congénères tout comme elles-mêmes le commettent avec les créatures mortelles lors de leurs pèlerinages. Le Latre muselle le potentiel danger des dulies : leur réalité de pion dans un univers où elles ne seraient plus l'ultime forme de vie.

X

Le Dieu renégat avait, a réussi ou réussira à apporter cette liberté de conscience aux dulies. Elles s'étaient, se sont ou se rebelleront face au royaume de Latre. Le Latre fut colère. Il décima, décime actuellement, décimera ces dulies perdues pour lui. Le Latre détesta-déteste-détestera-aima-aime-aimera le Dieu renégat pour cela.
Le Latre croit énormément au prochain choix des dulies pour le rôle de Dieu.

XI

La Création n'est pas le Latre. Le Latre n'est pas la Création.

Le Latre est une partie de la Création tout en en étant distinct. La Création est un concept de Latre.
Le Latre espère qu'il sera éveillé par le nouveau Dieu.

XII
Le Cosmogone est le début et la fin de toutes choses. Rien ne survit au Cosmogone. Rien n'y survit. Le Cosmogone est un pourvoyeur dispendieux, il est aussi un usurier sans pitié. Le Cosmogone comprend tout, y compris le Néant.
Le Cosmogone compte sur le nouveau Dieu pour comprendre le Dieu renégat.

– Il a l'air de se reprendre…
– Quelqu'un a-t-il vu quelque chose…
– Oui, moi, j'étais assis à ses côtés…
– … combien de temps ?
– 2-3 minutes à peine… Le temps de le transporter jusqu'au canapé…
– Il aura pas fait long feu ton nouveau protégé dis donc !
– Ari ?
– Oui ?
– Ta gueule…
– Chéri… ? Tu crois qu'il va bien ?
– Docteur ?
– Calmez-vous vous tous ! Et écartez-vous ! Il a besoin de respirer correctement…
Le raffut m'extirpa de mon inexplicable coma. J'ouvris mes yeux avec immensément de peine. Seule une bouillie lumineuse me fut visible dans un premier temps. Puis au fur et à mesure de mon réveil, les chuchotements se firent encore plus discrets et je sentis l'attention d'une dizaine de personnes m'entourant. Ma vue s'affina. Je les scrutai, pétrifiés, médusés. Ces visages me fixant n'avaient plus rien d'humains. Ils étaient devenus difformes, labourés, grêlés, dévastés, des faciès sortis tout droit d'une cour des miracles ou d'un musée des horreurs atomiques.
Je réussis à baragouiner une unique parole :
– Schizo… Schizomorphes… Puis je sentis une nouvelle défaillance de mon organisme.

– M-, reprends-toi ! s'agenouilla Camille à mes côtés.

Luttant contre moi-même pour ne serait-ce qu'apercevoir son joli minois, je réussis à retenir ma chute pour le royaume des limbes. Ses traits avaient repris leur aspect normal. Tout ceci n'avait donc été que le fruit d'une distorsion de mes perceptions visuelles.

– Reste avec nous ! T'endors pas s'il-te-plaît ! On veut pas que tu partes…

Je remarquai d'incroyables larmes pleuvoir sur ses joues rosâtres. Mais les caresses de ses gants blancs de satin agirent à l'inverse des intentions de sa propriétaire et je m'évanouis progressivement.

– Moshé !

– Est-il possible, bordel de merde, que j'ai pu provoquer quelque chose de pire qu'un simple décollement de rétine ?

– Docteur... ?

– Le coup violent que vous lui avez…

Le premier rayon de soleil accompagné de pépiements d'oiseau me tira du sommeil. Une unique réflexion ponctua mon réveil : j'étais en vie. Rien d'autre ne comptait. Je souris, me retournai dans ce grand lit inconnu me détendant, me relaxant. Il ne me fallut pas attendre longtemps pour me replonger dans un sopor.

Un flot lumineux réussit à percer les persiennes de mes paupières. Je me redressai brusquement, animalement, paume gauche en guise de visière, m'apprêtant à enguirlander le responsable de ce crime.

– Désolé mon garçon, mais j'ai jugé que vous aviez assez dormi ces derniers temps, taquina la frêle silhouette masculine en contre-jour.

– Je... Je reconnais votre voix, parlai-je.

– C'est alors que vous allez mieux, reprit-il en se rapprochant de mon lit.

L'homme, dont une rapide estimation de ma part lui donna entre 65 et 75 ans, plissa ses traits ridés en un rictus de sympathie et de bonhomie. J'eus, l'espace d'une brève remontée hypnagogique, cru avoir remonté le temps, tant ses cheveux blancs plaqués et ses vêtements d'allure coloniale le caractérisaient d'une autre époque, mais la montre digitale portée au poignet me remit les idées en place.

– Où suis-je ? me redressai-je disposant mes oreillers en conséquence sur la tête du lit avant de m'apercevoir que j'étais totalement nu.

Le vieil homme s'amusa de ma gène et s'assit au bord de ma couche :

– Allons bon, monsieur G-, je suis docteur, et hétérosexuel qui plus est... Même si j'avoue que durant ma jeunesse..., me mima-t-il la voile et la vapeur à l'aide de sa main gauche.

Je ne goûtai pas la plaisanterie.

– Vous êtes beaucoup trop sérieux M-, fit-il, même si je trouve que vous vous en sortez plutôt bien pour quelqu'un que l'on a totalement débarqué de sa vie...

– Vous trouvez aussi ? lui souris-je.

Je lui souris car je connaissais la raison exacte de ma formidable capacité d'adaptation à cette nouvelle situation : pour être débarqué de sa propre vie encore fallait-il en avoir une !

– Je dois contacter mes parents ! fis-je abruptement.

– Bien sûr M-, bien sûr, on ne vous l'empêchera jamais, me répondit-il pensif.

Puis, après quelques instants de réflexion :

– Vous manquent-ils ?

– Oui.

– Vous les aimez comment ?

– Jusqu'à l'adoration.

– Mais ?

– Nous ne nous comprendrons jamais.

– Permettez-moi une dernière question M-, ... Moshé m'a assuré que vous ne nous quitteriez plus désormais, est-ce vrai ?

– Pas avant d'avoir compris, répliquai-je sans l'ombre d'une hésitation.

– Très bien, je vois. Alors vous êtes peut-être bien celui qu'il nous faut... Je vous envoie quelqu'un de suite pour vous apporter vos vêtements, dit-il en se levant.

– Docteur ? tendis-je la main.

– Eric Dinant, me la serra-t-il. Mais pour vous ce sera Eric tout court.

– Merci Eric.

– Mais de quoi ? s'étonna-t-il.

– D'une de m'avoir opéré des yeux et ensuite de m'accueillir chez vous…

– Comment…?

– Votre façon de me fixer les yeux tout d'abord. Vous aviez le regard d'un homme s'enquérant des suites de son travail…Quant à ici… Je sais pas… Une intuition ou votre liberté de vous promener dans une telle tenue…

– Ah ah ah, rit-il de bon cœur. Vous êtes perspicace M- et je vais vous confier un secret, je vous aime bien.

– J'ai déjà le leader et le docteur de la bande dans la poche, c'est le principal.

– Vous ne tarderez pas à tous nous mettre dans votre poche… Croyez-moi !

Il se retira. Je me retrouvai seul dans la chambre. Quoiqu'il fût d'autre monsieur le docteur ne s'emmerdait pas. La chambre d'invité dans laquelle *ils* m'avaient installé (je savais être dans la chambre d'invité car il n'existe aucune autre pièce sentant moins le vécu que celle-ci dans toute une demeure) faisait à elle seule une vingtaine de mètres carrés, soit plus du double de celle que je possédais chez mes parents ! Au premier coup d'œil les meubles anciens l'ornant avaient l'air d'être d'excellentes factures. Quelle époque et quel style ? Je n'en avais pas la moindre idée. Le mobilier à travers les âges n'avait jamais fait partie de mes grandes passions. Mes yeux roulèrent sur les boiseries, les moulures, le grand bureau sur lequel on pouvait distinguer un grand nombre d'ouvrages de médecine – heureux invités ! – dont une inestimable édition du *Chirurgien dentiste, ou traité des dents* de Pierre Fauchard qui me parût datée du XVIIIe siècle même. Ce genre de pièce que je pensais ne pouvoir trouver que dans des départements sciences et techniques dans une des

Bibliothèques Nationales de France, mais non, un de ces exemplaires trônait ici, nonchalamment, sans la moindre protection contre l'usure au milieu d'un essaim de bouquins sans la moindre importance. Je ne sais véritablement pourquoi mais ce fait me rendit sympathique le personnage d'Eric Dinant. Je détournai à présent mon regard vers la droite là où se trouvait l'unique fenêtre de la pièce. Mes yeux s'étaient enfin accommodés à cette lumière que je pensais être celle de la matinée. J'aperçus en face les devantures de bâtisse m'indiquant que je me trouvais toujours en plein Paris dans ce que, je ne sus ni comment, ni pourquoi, j'estimais être le 5ème arrondissement.

Je soufflai lourdement et laissai mon dos retomber sur les oreillers. Mes pensées se focalisèrent sur le fait qu'il faudrait bientôt que je redevienne maître de ma destinée. Mais il me fallait encore piocher jusqu'à posséder la bonne donne. Je me laissai à rêvasser. Camille. Elle représentait ce genre de bout de femme me faisant fantasmer et pas forcément uniquement sexuellement, petit mètre 60 de pur bonheur. En tout cas c'est ce qu'elle laissait présager. Ce type de fille à fréquenter qu'épisodiquement sous peine de tomber amoureux, sentiment insidieux qui ne pourrait, qui n'a jamais pu qu'envoyer invariablement aux mêmes déboires ; injure de l'intellect. Je ne comptais d'ailleurs pas Moshé dans cette liste de déboires, non, lui dans le cas présent n'était qu'une pièce rapportée. Les filles que l'on croît correctes ne sont-elles toujours pas maquées aux pires salauds ? Les déboires en question traitaient plutôt de ces états perfides et pernicieux dans lesquels vous plongent ces sentiments. Je n'abhorrais rien de plus que l'amour. L'amour était immobilité. L'amour était possession. Il réduisait le champ de perception, d'appréhension, de vision indispensable à toute évolution. L'amour était la mort de tout apport extérieur. Que ce sentiment existe, bien… Qu'il existe chez les autres, bien mieux…

– Je peux entrer ? dit-elle ayant déjà pénétrée la

chambre.

Mon cœur battit la chamade. Je crus que ce fut elle.
Juliette de la Péri fit son apparition plateau à la main, plateau sur lequel étaient disposés quelques tartines beurrées, un grand verre de jus de quelque chose et depuis lequel je pus humer les effluves d'une tasse sentant bon le café chaud. Son visage, entouré du même halo de tristesse que la dernière fois où je le vis, s'illumina d'un léger et troublant sourire.
– Je… Je croyais que quelqu'un allait me ramener mes vêtements ? fis-je embarrassé.
– J'allais le faire, mais je me suis dit qu'une petite collation t'aiderait à te remettre en forme, répondit-elle d'une rougeur lui envahissant la peau et révélant la tonalité pastel de ses taches de rousseur.
– C'est gentil, dis-je sincèrement mais sérieusement gêné.
Elle se rapprocha de moi et me demanda de bien vouloir détacher les pieds. Absolument stupide je me baissai vers ses jambes. Elle rit d'un petit souffle tout à fait charmant.
– Mais non gros bêta les pieds de la tablette !
La tablette ! En fait le plateau était une table servant à prendre son repas à même le lit ! J'exécutai sa demande en rougissant de ma formidable connerie. Elle me fit signe de m'adosser correctement. J'obéis. Elle posa la table avant de faire mine de s'en aller. Je la retins me disant que c'était un minimum de politesse que d'échanger quelques mots avec la personne qui avait eu la délicate idée de me nourrir. Elle ne se fit pas prier s'asseyant exactement au même endroit que le docteur précédemment :
– Tu ne manges pas ?
– C'est que… je mange salement, mentis-je pour ne pas la vexer.
La vérité était que je détestais manger en présence d'inconnus.
– T'inquiètes pas pour ça ! dit-elle. Si tu voyais manger Ari… !
– Ari… Aristote Périthannassiou ?

– Waouw ! Quelle mémoire ! Tu n'as entendu son nom qu'une seule fois et tu t'en souviens !

– C'est pas difficile, fanfaronnai-je, dans la mesure où la déclinaison est la même que celle de Vangelis...

– Qui ?

– Vangelis Papathanassiou... Le comp... Laisse tomber !

– Désolé, je ne connais pas.

– C'est pas grave et... Où est-ce que j'en étais ? Ah oui, le début de son nom est le même que le tien...

– C'est vrai ça, écarquilla-t-elle ses grands yeux noisettes, je n'avais jamais remarqué !

Je ne sus déceler si sa réponse fut un cruel cynisme ou une pure candeur. Soudainement un étau tenailla mon ventre et la chambre se fit l'écho d'un épouvantable gargouillis d'estomac. La jeune fille en rit de plus belle :

– Allez mange, tu vois bien que ton corps réclame à manger !

Je ne me fis plus prier :

– C'est toi la plus curieuse du groupe ou alors t'as pas eu de chance et on t'a envoyée ?

– Arrête la parano ! T'es quand même traité comme un prince non ?

– Oui, engloutis-je une tartine, mais j'imagine que tout ce luxe aura un prix...

– Tu sais, moi je sais pas grand-chose, à part que Moshé ne fait plus que parler de toi... ! Et que Cati te trouve mignon...

J'en restai coi :

– Par... Pardon... Mais je croyais... Enfin je pensais que Cati était... enfin est...

– Oui, elle l'est... Bi... Alors ça l'empêche pas de te trouver très mignon et très... Comment a-t-elle dit déjà... ? Très vulnérable, voilà !

– Tu m'étonnes ! retrouvai-je passablement mes esprits. Vu la situation dans laquelle elle m'a...

Mais une nouvelle vague de chaleur rougissant sur sa peau de lait m'interrompit.

– Juliette... me risquai-je. As-tu... As-tu participé au truc du Louvre ?

– Oui.

Je n'en revins pas. Comment une si fragile créature d'apparence aussi friable avait-elle pu participer à un tel attentat ?

– Tu sais que personne ne m'a informé sur comment toute cette merde s'est terminée !

– Ça s'est terminé sur le fait que le gouvernement français actuel est sur le point d'imploser…

– Explique-toi…

– Nous avons balancé des fumigènes au moment où tu t'es évanoui et…

– Moshé a-t-il tué le militaire qui était venu me défendre ? me fis-je grave.

– Non. Nous ne tuons pas.

– Mais vous terrorisez sans vergogne vos pauvres concitoyens !

Elle se leva du lit sans mot dire. Alors qu'elle se dirigeait vers la porte, elle bifurqua soudainement vers la fenêtre, s'y arrêtant, regardant durant quelques instants le paysage de macadam et de béton puis se retourna pour me fixer d'un œil hostile. On ne badine pas avec le fanatisme.

– Excuse-moi d'avoir été agressif, je crois que je suis encore sous le choc…

– Je comprends, s'illumina-t-elle à nouveau.

Naturellement, mes excuses furent de nature factices. Quels moyens n'aurais-je pas utilisés à cet instant afin de soutirer la moindre information…

– Que s'est-il passé par la suite ? lui demandai-je faussement apaisé.

– On a profité de la confusion générale pour prendre la poudre d'escampette… Moshé a juste eu le temps de t'embarquer avec nous.

– Quoi… Mais comment ça la poudre d'escampette ? Comment est-ce que vous avez fait ? Avec toute la circulation…

– On a pas eu à prendre de véhicules…

– Alors…? Oh s'il-te-plaît ne te fais pas prier, explique-moi !

– On savait qu'en agissant comme ça à découvert, avec en plus la police à fleur de peau depuis nos premiers casses, on aurait eu droit à tout ! Voitures, hélicoptères, etc. Et on a eu raison…

– Et vous l'avez quand même fait !

– Parce qu'il fallait prouver au monde entier ce dont on était capable ! déclama-t-elle d'une inquiétante lueur dans les pupilles avant de ne se taire.

Cette pauvre fille n'était qu'un pantin, manipulée sans effort par un éhonté marionnettiste.

– Juliette ? Juliette ! la ramenai-je à moi.

– Ou… Oui ?

– Si tu terminais l'histoire ?

– Bien, d'accord. Le plan était simple. Se débarrasser des costumes de clowns pendant que les fumigènes faisaient leur effet et se mélanger à la foule…

– Mais… Mais la police n'a pas arrêtée ou au moins inspectée les gens restés sur la place ?

– Pourquoi c'est ce que tu aurais fait ? me demanda-t-elle plissant bizarrement ses lèvres.

– Mais… Mais évidemment ! me laissai-je emporter. C'est ce qu'il y aurait eu de plus logique à faire ! Avec la place bouchée et le nombre d'homme sur les lieux…

– Oh oui, il y avait au moins une centaine de soldats et autant de policiers !

– Tu vois ! Ben moi à leur place, puisque l'affaire était si sérieuse, j'aurais interdit à quiconque de quitter la place, demander l'envoi d'un labo volant et pratiquer des tests ADN sur chacune des personnes présentes. Comme ça avec les traces laissées sur les costumes de clown abandonnés, cheveux, poils et autres trucs, on aurait tout de suite trouvé les coupables !

Son étrange plissement se fit sourire :

– Tu es très fort ! Tu as les mêmes idées que Moshé !

Je n'étais pas sûr de ma réaction quant à cette dernière réplique :

– Alors vous avez fait comment ?

– Eh bien ça s'est passé comme ça ! fit-elle d'une bouille d'enfant satisfaite.

Je compris. Le docteur Dinant. Je détournai ma tête vers la gauche devisant le bureau sur lequel s'amoncelait les livres de médecine. Décidément ces gens avaient de très, très larges épaules. Juliette repris sa place sur le lit, passa sa main sous la couverture et s'en vint la poser sur mon tibia. Je tressaillis. Heureusement la tablette n'en fut pas affectée. La gamine avait pris de l'assurance à mon égard. Cela n'avait pas pris longtemps ! Ma colonne fut parcourue d'un friselis réfrigérant. Si mon peu de charisme avait réussi à l'embobiner avec une telle facilité, je n'osai pas même imaginer à quel degré de servitude Moshé avait dû annexer sa volonté ! Je la sentis prête à m'avouer tous les liens existants (et à sa connaissance) entre le *gang de l'araignée* et les hautes sphères des mondes politiques et industriels. Je lui fis signe de la main de ne pas dire un mot. Cela ne m'intéressait pas, j'avais vu de mes propres yeux tous ces capitaines d'industrie et autres personnages influents assistés à une conférence donnée par un clown ! Je n'avais pas besoin d'avoir d'autres détails, des noms de personne que je ne connaîtrais de toute façon pas !

– Je ne voudrais pas paraître grossier Juliette mais est-ce que tu ne pourrais pas me ramener mes vêtements maintenant ?

– Mais… Tu ne finis pas de manger ?

– Si, je finirais pendant que tu me les chercheras, lui clignai-je un œil.

Vraisemblablement la jeune femme ne prit pas ma demande pour une insulte et s'en alla accéder à ma requête non sans m'avoir au préalable adressé un large sourire. Je le lui rendis de bon aloi. Je n'avais, je le croyais sincèrement, aucune raison de lui en vouloir particulièrement. Durant son absence je m'imaginais toutes sortes de scénarios de thèses possibles et probables concernant son appartenance à ce groupuscule. Sans doute *Papa* était-il lui même un de ces grands entrepreneurs immensément riche aux relations influentes – syndrome de la pauvre petite fille friquée… La seule chose qui me parût évidente et certaine était que ni Dinant ni Moshé n'aurait accepté une telle candide parmi eux si ce n'était pour une cause solide. J'étais persuadé ne pas être éloigné de la vérité la concernant… Mes pensées bifurquèrent brusquement. Mes parents. Ils rentraient aujourd'hui ou peut-être étaient-ils d'ailleurs déjà rentrés de leur maison de campagne – convaincu que j'étais que nous étions Dimanche – et, même si j'avais l'habitude de découcher plusieurs fois par semaine (même les plus téméraires des solitaires ne touchent à l'ascétisme qu'en cas de dépression) il me faudrait leur rendre visite bientôt. Je soulevai la tablette et la déposai à terre. Je me rallongeai immédiatement après avoir ingurgité mon petit-déjeuner, conscient que cet acte ne faciliterait pas un transit déjà soupçonneux préférant ainsi privilégier une aérophagie déjà triomphante en mon corps depuis une bonne décennie ! Je croisai les mains derrière la nuque fixant le lustre que je rêvais être un phare de cristal éteint perdu au milieu d'un scintillant océan. Leur raconterai-je ce qui m'était arrivé ? Sûrement pas. Ils seraient terrifiés et me paniqueraient en retour... Légitimement. Je décidais donc de le leur cacher. Juliette se faisait bien longue... Où donc était-elle partie chercher mes vêtements ? A moins qu'elle ne s'était arrêtée le temps de rapporter notre conversation aux autres. Tout était envisageable. Ah ! Je n'en pouvais plus d'être allongé ! Je tirai sur le drap supérieur, me levai (en évitant soigneusement de renverser la tablette au sol), m'enroulai dudit drap et me dirigeai vers la fenêtre. J'écartai légèrement les rideaux de tulle et jetai un coup d'œil en contrebas. J'étais au deuxième étage. Un bus estampillé 27 passa bientôt suivi d'un numéro 21 : rue des feuillantines. J'avais vu juste. J'étais bel et bien dans le 5ème. La porte de la chambre s'ouvrit.

– Eh bien, t'en as mis du temps pour de malheureuses frusques !? lui dis-je de mon ton le plus désagréable dédaignant même retourner la tête en sa direction.

– T'as l'habitude d'montrer la raie d'ton cul ? Moi ça va je l'ai déjà vu mais...

Cette voix :

– Cati ! me retournai-je.

Je m'étais effectivement mal recouvert et le haut de la raie de mon arrière-train était visible. Je rectifiai le tir.

– Garde ta pudeur, fit-elle balançant mes vêtements

sur le lit.

Je la voyais vêtue de son quatrième accoutrement depuis que je la connaissais. Il y avait d'abord eu le clown puis l'uniforme viride, le costard-mec et celui avec lequel elle se présentait à moi aujourd'hui et que je devinai être son habituel. Un large T-shirt arborant fièrement un message à la con dont celui du jour *F*** me, I'm a bitch !* qu'elle accompagnait d'un jean cradingue et d'une vieille paire de baskets. Elle se rapprocha de moi :

– Comment ça va aujourd'hui ? Mieux ?

– C'est pas vrai ! Vous allez quand même pas tous venir un à un ? Vous pouvez pas faire passer le message ?!

Elle me donna une forte tape sur l'épaule qui me déséquilibra :

– C'est ça, on s'inquiète pour toi et toi tu joues au con !

– Kidnapping, séquestration, attouchement…

– Oh, oh oh ! s'amusa-t-elle de ma dernière plainte. Ne me dis pas que ça ça t'as gêné !

Je crus entendre les propos d'un violeur :

– Tu crois peut-être que c'est dans mes habitudes de me faire déshabiller de force, de me faire laver et toucher mes… mon intimité par une inconnue ! C'est uniquement parce que j'étais complètement désorienté et foutrement à l'ouest que j'ai été si docile !

– Ose me dire que c'était désagréable quand je t'ai massé les couilles…

Ce degré de mensonge n'était pas dans mes cordes :

– Non, mais là n'est pas le problème…

– Ah oui ?

– Oui, lui soutins-je son regard de mes cerces gris-verts. D'ailleurs tu remarqueras que je n'ai eu aucune… enfin que je ne réagissais pas…

– Bref, tu bandais pas !

– Ouais, si tu veux…

– Ça m'aurait quand même bien étonnée que tu bandes comme un cheval ! Tu m'as déjà bien assez impressionnée à tenir sur tes pattes avec les doses de médocs qu'on t'a refilé !

– Les doses de médocs que vous m'avez… C'est quoi ces putains de doses ?

– C'est vrai que t'as de beaux yeux tu sais ? tenta-t-elle de se défiler.

– Tu serais sympa de pas changer de sujet OK ? Je te demandais donc…

Merde ! Mes yeux… Mes yeux. Je n'avais plus besoin de lunettes, comment expliquer ça aux parents ? Ils savaient bien que je n'avais pas les moyens de l'opération, ce qui impliquerait forcément un mensonge de ma part. Mais que leur dire ? Ils me savaient tout aussi bien allergique aux lentilles de contact et je me voyais mal tous les matins et tous les soirs m'enfermer dans la salle de bain prétextant la pose et le retrait de ces dernières ! Je passai mentalement et en l'espace de quelques microsecondes toutes les solutions possibles : porter mon ancienne paire – et me détruire les rétines ! En changer les verres correcteurs par des verres blancs… Mais oui bien sûr j'avais été si myope que mon indice de correction rétrécissaient mes yeux, phénomène visible au premier coup d'œil pour le premier quidam venu, alors mes parents… Mes doigts ne cessaient de passer, de repasser sur mes arcades oculaires… Ce simple geste incompréhensible pour certains, aberrant pour d'autres représentait pour moi le plus grand bouleversement possible : je rentrai de plein pied dans une nouvelle phase de mon existence. Mon majeur pouvait enfin atteindre des parties de mon visage sans être forcé au préalable de contourner une monture… Et le tout en gardant une vue parfaite…

– M-, tu vas bien ? s'enquit gentiment Cati.

– Oui… Oui…

– Écoute, tu devrais aller te prendre une douche, un bain, bref te laver pour que tu te réveilles complètement et que tu nous rejoignes au salon, d'accord ?

– D'accord Cati…

– Tu veux peut-être un coup de main pour te laver ? dit-elle tout en mimant un vulgaire malaxage de testicules.

Mal à l'aise :

– Écoute Cati, tu… Tu n'es pas…

– Oh, ça va, tu sais j'ai compris ! J'suis pas totalement conne ! J'suis bi, j'ressemble à un routier et tu kiffes Camille ! Seulement Camille elle est prise et…

– Mais qui parle de Camille ? Si t'as un problème avec elle dis-lui directement ! haussai-je le ton.

Puis, me reprenant :

– Franchement Cati, tu crois sincèrement que dans la situation de merde dans laquelle vous m'avez foutu j'puisse penser au cul ? J'ai peur, je ne sais toujours pas ce que vous attendez de moi, de quoi demain sera fait, non pire, de quoi la prochaine heure sera faite sans compter que le semblant de vie que je menais jusqu'ici a explosé ! J'ai plus mes repères, j'ai plus rien…

– Pardon, chuchota-t-elle comme prenant conscience pour la première fois de la conséquence de ses actes. Mais Moshé a dit…

– Foutez-moi tous la paix avec Moshé ! Il vous a tous lavé le cerveau ou quoi ?

– Quand vous vous connaîtrez mieux tu verras tu l'aimeras toi aussi ! Et tu comprendras qu'il a toujours raison…

– Et qu'il prévoit toujours tout aussi pas vrai ? retournai-je à ma fenêtre.

– Oui aussi.

– Il l'a prévu aussi ma perte de conscience d'hier soir ?

Seul le silence se fit l'écho de mon interrogation. Je n'eus pas besoin de distinguer son visage pour en deviner l'expression.

– A tout à l'heure M- !

Elle se retira.

Je m'engourdissais, collé à la vitre, à deviser les rares passants dominicaux armés de baguettes de pain frais et de quelques provisions jusqu'à ce que le hurlement strident des freins d'un nouveau bus 27 vienne me tirer de ma torpeur. Cati avait évoquée l'idée d'aller me laver. Je décidai de lui faire plaisir. Je me sentais souillé. Et violé je l'avais été certainement. C'ette histoire de médocs... Moshé... Non je ne pourrais jamais l'aimer. L'apprécier ? Peut-être. L'admirer ? Possible. Le tuer ? J'aurais été probablement amené à le faire. Un génie de 27 ans... s'il était vraiment l'instigateur de tout ça ! Il avait réussi en seulement quelques jours l'incroyable tour de force de totalement détruire et reconstruire le patron, les modèles de mon âme à sa guise afin d'être en mesure de jouer le rôle qu'il m'avait alloué dans son ordre nouveau. Frappé, assommé, séquestré, opéré, attendu à mon réveil par deux créatures féminines jouant au chaud et au froid, déstabilisant chacune de mes peurs, chacun de mes espoirs, déplacé dans un aquarium mondain me présentant au passage ma future compagne, créant un pseudo-conflit appelé à disparaître les jours suivants, il avait tracé, ceci en quelques heures d'éveil simplement, les nouveaux contours de mon existence et à en rendre les attaches et les amarres solides comme du plomb.

Je le haïssais pour sa brillance. Je... *Ma future compagne ?* Quoi ? Cette idée, cette pensée m'avait échappée... L'implacable esprit analytique de Moshé ne me laissait donc ni répit, ni aucune chance. Il m'avait si bien jaugé, évalué la moindre de mes caractéristiques qu'il avait saisi que j'étais incapable d'avoir une compagne. Il s'était décidé à changer cela, me rendre amoureux, soit dépendant. Seul ce sentiment noble à bien des égards, putassier pour la majorité, fut capable d'assujettir un esprit aussi rebelle et dépravé que le mien. Il pensait ce stratagème assez astucieux pour lui permettre d'asseoir enfin une domination sans partage sur ma conscience et me permettant d'embrasser à corps perdu ses idéaux. Peut-être lui-même d'ailleurs...Ne m'avait-il pas délibérément plongé dans un univers féminin depuis mon *réveil* ? Camille, Cati n'avaient-elles pas été présente afin d'étouffer toutes velléités, une éventuelle rébellion à l'égard du sort qu'il me réservait ? Son vice ? Ce n'était ni Camille (moins sa propriété que sa complice amoureuse) ni Cati (bestiale valetaille au grand cœur) qui m'était destinée. Non car son impressionnante déduction m'avait ciblée. Toute ma douceur, toute ma tendresse ne pouvait être assignée qu'à une personne encore plus perdue que moi, perdue mais néanmoins fanatisée aux idées du commando cela s'entendait. Cette personne avait pris les formes d'une frêle jeune femme : Juliette. Je ne sus comment cette hypothèse pris naissance dans mon for intérieur mais elle m'apparut sur le moment comme la plus splendide des évidences : Juliette de la Péri avait été choisie pour être ma compagne et le moyen de pression de Moshé.

Je balayai mentalement le malaise s'installant en moi à l'évocation de toutes ces manipulations dont je faisais l'objet et détournai mon regard en direction du bureau. Je remarquai à la droite du meuble une porte dont je ne m'étais pas rendu compte de l'existence jusqu'à présent. Ce devait être la salle de bain. Je laissai tomber mon drap à terre, m'y dirigeai et m'y engouffrai.

L'eau agit sur moi encore mieux que je ne l'avais osé espérer me libérant de mes entraves, préoccupations et questionnements pour me focaliser uniquement sur mes actions futures. Le shampooing ruisselait depuis mes cheveux. Je fixai mes pieds sur lesquels s'en venait mourir le liquide savonneux.

– … tu rigoles ? Mais c'est juste à côté d'ici ! Tu n'as qu'à tourner sur ta gauche après la place et remonter un peu la rue !

– Pourquoi, c'est rue d'Ulm ?

– Ben oui au 31 !

– Vous avez l'intention de dévaliser le musée des Arts décoratifs cette fois ?

Mon intervention surprise jeta un froid dans l'assemblée. Immergés dans leur conversation assis autour d'une table basse dans le salon, aucun d'entre eux ne m'entendit arriver.

– Ah tiens M-, tu nous fais enfin l'honneur de ta présence ?

Moshé décocha la première flèche.

– Assis-toi, continua-t-il, tiens il reste un pouf entre Juliette et Tristan.

Je m'exécutai faisant de mes pupilles nouvellement fonctionnelles un rapide tour de table. Devant moi, dans un fauteuil vert-bouteille, se tenait Eric Dinant, toujours habillé de ses frusques sortis tout droit d'un album d'Hergé des plus humanistes où d'un vieux catalogue de coopérants du Congo-belge. Sur sa droite, sur le canapé de même couleur, Camille incroyablement séduisante dans son haut découvrant épaules et nombril en jean moulant lovée dans les bras d'un Moshé décidément par trop musculeux. Adossée au pied du canapé, popotin siégeant sur un pouf oriental, la timide Juliette me gratifiait d'un sourire tout aussi discret tandis qu'à sa dextre se pavanait l'archétype même du bourgeois bellâtre parisien, mélange de dandysme paradis du fruit et regard éveillé oscillant entre la Marguerite (marque déposée de vache normande) et Benjamin Biolay (marque déposé de veau francilien). Enfin, Cati et Aristote faisaient face au couple d'amoureux.

Tristan me tendit la main sitôt que je fus assis :

– Bonjour M-, moi c'est Tristan.

– Enchanté, la lui serrai-je.

– Bienvenu parmi nous.

Je ne répondis pas.

– Tristan est ce qu'on pourrait appeler notre génie de la logistique, n'attendit pas longtemps Moshé pour s'emparer de la parole. C'est lui qui a organisé toutes nos opérations, que ce soit celle de la galerie du Jeu de Paume ou notre évasion du Louvre.

Je portai à nouveau mon regard sur le personnage qui m'ignora préférant se concentrer sur l'absorption de son martini bianco. Je fixai ses yeux, globuleux et statiques. Le seul de la bande à arborer ce genre de regard vide, sans grâce ni éclat particulier.

– Sans lui rien n'aurait été possible, poursuivit Moshé.

– Un véritable génie M-, je vous l'assure, renchérit le docteur.

– Et pourquoi le génie fait-il tout cela, l'attaquai-je de

front.

Tristan posa son verre, remisa ses cheveux filasses avoine lui mangeant la moitié du visage derrière son oreille et, toujours sans me regarder, me répondit :

– Parce que le monde a besoin d'être secoué, parce que j'aime faire partie des agitateurs et parce que ça m'amuse.

– Je crois entendre le leitmotiv d'un môme de quinze ans s'en allant faire un jeu de rôle pour la première fois de sa vie ! persiflai-je.

– Les jeux de rôles ? C'est pour les neuneus ! C'est peut-être pour ça que tu sais de quoi tu parles ! s'immisça Périthanassiou.

- Vaudrait mieux que tu muselles ton chien de garde Moshé ! lâchai-je un regard noir à l'encontre du grec.

Ce dernier se redressa aussi sec avant de n'être rappelé à l'ordre par son maître :

– Ari ! Assez !

– Mais tu vas quand même pas le laisser nous insulter ! bouda, pathétique, le barbu.

– Il fait partie des nôtres maintenant.

– Mais…

– Et il nous teste, c'est son droit. Maintenant assis-toi…

L'hellénique obéit instantanément. Tristan s'exprima :

– Quelle fougue ! Je l'aime beaucoup cet Ari ! se moqua-t-il. Et toi, es-tu prêt à assumer tes responsabilités pour le groupe ? m'adressa-t-il à nouveau la parole.

– Je n'en ai aucune…

– Pour l'instant, me coupa-t-il.

– Et si on s'calmait tous une bonne fois pour toutes hein ! intervint Cati.

– Tu as raison ma chérie, la suivit Camille. On est ici pour se détendre après tout, pas vrai ? M-, qu'est-ce que je te sers ?

– Un martini blanc pour moi aussi, ça m'ira très bien…

Je saisis mon verre rempli d'alcool quand, inexplicablement, je retournai mon chef vers la jeune fille :

– Et toi Juliette, tu ne prends rien ?

– Non, je n'ai pas beaucoup petit-déjeuné et puis, l'alcool c'est pas trop mon truc…

– Donc Moshé ? reprit Aristote comme si de rien n'était. C'est rue d'Ulm c'est ça ?

– Oui, au 31, répondit Camille à la place de son homme.

– Tu vas présenter tes œuvres ? demanda Tristan à son méditerranéen de partenaire.

– Oui.

– Qu'est-ce que tu fais ? lui demandai-je à mon tour feignant oublier notre précédent accroc.

– De la peinture sur céramique.

– Tu utilises des émaux ?

– Oui, tu connais ? sourit-il benoîtement comme heureux que l'on s'intéresse enfin à son travail.

– Très, très peu, coupai-je court.

Il n'avait certes pas mérité que je ne lui accorde plus d'attention.

– Ah… Dommage…, fit-il, déçu.

Ah ! Putain de nature morale ! :

– Et tu utilises quelles mesures de protection pour…

– Ah rien ! Rien du tout ! m'interrompit-il outré. Tu sais M-, il n'y a rien de tel que le contact avec les…

Je détestais que l'on me coupe en plein milieu de mes phrases, surtout quand je faisais l'effort de soutenir une discussion uniquement afin de faire plaisir à mon interlocuteur ! Alors, de manière très adulte, je le coupai à mon tour :

– Je comprends ce que tu veux dire, moi-même pour l'écriture je n'ai jamais réussi à me résoudre au traitement de texte ! Mon premier jet est toujours le fruit de l'encre et du papier… A la différence prés que je ne risque pas ma peau et ma santé ! Les émaux sont extrêmement nocifs au niveau pulmonaire !

– Tu vois Ari, se baissa le docteur Dinant vers son interpellé tout en agitant de manière professorale son index, je te l'ai dit plus d'une centaine de fois…

L'accusé se rabougrit à cette réflexion faisant naître sourire et affection chez chacun de ses pairs.

– Et tu as rendez-vous quand ? repris-je.

– Demain à 15 heures. Mais par contre je ne sais absolument pas où me rendre et…
– C'est un atelier de rencontres ?
– Oui…
– A l'Ensad non ?
– Oui, c'est exactement ça ! s'enthousiasma-t-il.
– Alors c'est Camille qui avait raison, c'est bien au 31 que tu dois te rendre et tu n'auras qu'à demander l'amphi Rodin…
– Amphi Rodin ?
– Oui, c'est là en général que se tiennent les ateliers de rencontres.
A peine finis-je ma phrase que la sonnette de l'immense appartement retentit. J'adressai un coup d'œil interrogateur au docteur.
– Nos invités… se leva-t-il. Nos invités pour le déjeuner… Soufia pouvez-vous les accueillir pour moi s'il-vous-plaît ?
– Oui ! retentit une voix par-derrière moi, se répercutant sur les murs du couloir.
Je me retournai pour apercevoir la jolie silhouette d'une beurette habillée en soubrette se précipiter vers la porte d'entrée.
– Jolie hein ?! Le docteur enrichit ses propos d'une œillade. Et elle a plein d'autres effets thérapeutiques…
Le ton guilleret du sexagénaire ne fut pas très loin de la plus pure et gerbante grivoiserie, confirmation de mon entrée dans une nouvelle dimension orgiaque. Je préférai autant m'en jeter un autre quand tous se redressèrent, la mine dure.
– Il va falloir la jouer serrer Eric…
– Je sais mon bon Moshé, je sais, lui posa-t-il la main sur l'épaule.
– Que se passe-t-il ? m'enquis-je sempiternellement mal installé dans ce pouf de merde.
– Une partie de poker menteur M-, me répondit Moshé. Eric et moi on vous demande à tous de quitter les lieux, sauf toi Tristan bien sûr…
– Chéri ? s'inquiéta Camille ne décrochant pas de son amoureux.

– Écoute-moi bien ma chérie, lui dit-il, je veux éviter au maximum possible les contacts entre notre groupe et eux... Moins il y aura de personnes concernées, moins il y aura de possibles représailles... C'est pour ça que je n'emmène avec moi que les indispensables, Eric et Tristan...

J'étais à nouveau largué... Mais ça n'était pas pour me déplaire. Revigoré par cet appel de l'inconnu, je me levai d'un bond.

– Alors ça veut dire que cet après-midi c'est off chef ? le taquinai-je. Super, ça a été sympa de faire votre connaissance à chacun, maintenant si quelqu'un pouvait bien me dire ce qu'il a foutu de mon coupon de carte orange !

– Non toi tu restes, fit fi de mes fantaisies Moshé.

– Pardon ? tonnai-je d'un mélange de surprise et d'aveuglement. Mais... Mais je croyais que seuls les éléments indispensables étaient...

– C'est vrai, conclut-il d'un aplomb interdisant de le contredire.

J'étais ainsi déjà un des éléments indispensables du groupe ? Quel bonheur ! Quelle joie ! Pour moi qui m'étais plaint tout au long de mon existence de ne jouer que les inutilités, je me voyais déjà exaspéré par cette opportunité de défier la longue litanie des dés pipés.

Juliette s'en vint m'embrasser sur la joue :

– Bonne chance ! sourit-elle toujours emmitouflée de son trop-plein de timidité.

– Mes amis je vous invite à sortir par la deuxième issue, fit la mine rassurante d'Eric Dinant.

Camille échangea un baiser avec son ténébreux compagnon puis sortit en compagnie de Cati, Aristote et Juliette. Aucun d'entre eux n'omit de me jeter un dernier regard avant de quitter la pièce. Cati réapparut soudainement alors que je me servais le Martini du courage :

– Bonne chance M- ! Je ne t'en veux pas mon trésor ! mima-t-elle un baiser de sa bouche en cul-de-poule.

Cette soudaine tension d'un groupe par-déjà habitué à des taux d'adrénaline élevés (n'étaient-ils pas cambrioleurs professionnels ?) n'était pas faite pour me rassurer. Moshé attendit que j'avalasse ma dernière gorgée pour s'en venir me tapoter l'épaule :

– Allez M- ! Il est temps de nous montrer tes grands talents maintenant ! Suis-moi...

Je l'aurais bien envoyé chier si j'avais eu le choix... Si seulement j'avais eu le choix ou au moins du cran... Cela aurait pu tout changer...

Je le suivis jusqu'au salon principal faisant prés d'une cinquantaine de mètres carrés à lui seul ! Je crois que je n'avais jamais eu conscience jusqu'ici que de tels appartements pouvaient exister en plein centre de Paris ! Et, a fortiori, que j'en foulerais le parquet un jour ! C'est dans cette salle entièrement dominée par une immense table m'ayant inévitablement fait penser à celles du banquet de *Festen*, recouverte d'une non-moins immense nappe blanche brodée main et agrémentée de l'argenterie familiale de sortie pour l'occasion, que Moshé me désigna la place patriarcale me proposant de m'y installer. Je m'exécutai. Je lui demandai silencieusement la signification de tout ceci. Ses pupilles, brumeuses et quasi-inaccessibles derrière ses boucles noires retombant sur le haut de son visage, se firent aussi sombres que les ténèbres. Il resta un long moment immobile, à ma droite, les mains sur le haut de sa chaise tellement crispé que je crus un moment qu'il allait briser celle-ci. Au loin le bruit de la conversation de nos visiteurs approchait, alimentée par la voix du maître de maison. Ils entrèrent précédés de Soufia leur désignant la salle. Ils restèrent pétrifiés dés qu'ils passèrent le seuil du salon.

Je mis quelques secondes à réaliser que *j'*étais la cause de leur étonnement. Je reconnus au sein des six nouveaux arrivants (je ne comptais ni Dinant ni sa servante) les traits de mon voisin de rangée lors de la conférence de la veille. Gilles de Chazot, comme je l'avais surnommé, était accompagné de son épouse Elizabeth II. Je me raidis à mon tour et compris leur stupeur. Je devinai que les autres devaient être, eux aussi, présents hier soir et qu'ils devaient se demander ce qu'un goujat de mon espèce, capable d'une telle esclandre, faisait ici.

– Voilà donc votre fameuse surprise ! soupira tout en souriant amèrement le vieux bourgeois fripé.

Je me levai, histoire de me montrer quelque peu plus courtois que la veille.

– Vous feriez mieux de rester assis jeune homme ! me dit d'un ton amicale un gros homme d'âge mûr alopécique et à l'accent teuton. Vous nous en avez assez fait voir durant la conférence… Vous nous faites tous peur ! rit-il bravement forçant le docteur Dinant à l'imiter.

Je restai interdit cherchant du soutien chez un Moshé qui ne répartit que d'un sibyllin haussement d'épaules. Puis mes prunelles furent attirées par la soubrette restée en retrait. Son jolie visage ainsi que ses jolies formes friponnes prisonnières de la tenue achetée sans aucun doute dans un catalogue de VPC aux envois discrets me sourirent à leur tour de nos incompréhensions mutuelles. Puis les lèvres *lipstickées* m'envoyèrent quelques vœux muets mais aux consonances arabes que je rattrapais seul tandis qu'elle prit congé.

– Asseyez-vous, je vous en prie, les pria le médecin.

Ils satisfirent à sa demande. Quatre hommes et deux femmes. La distribution des places se fit sans prédisposition : Eric Dinant garda ses distances en se plaçant au bout de la table me faisant directement face, pendant qu'à ma droite s'installèrent Moshé ainsi qu'une visiteuse entourée de deux compagnons et qu'à ma gauche le couple Chazot - Elizabeth ainsi que le gros homme affable finirent de s'accommoder. Soufia revint bientôt soutenant un large plateau que l'on aurait pu croire bien trop lourd pour ses frêles épaules. Sur ce dernier trônaient de nombreuses bouteilles d'alcool.

– Que voulez-vous boire chers amis ? s'enquit Dinant.

Chacun commanda jusqu'à ce que vint mon tour. Mais avant même qu'un seul son ne franchisse ma barrière lippée, la domestique se laissa aller à la plus intolérable des insolences :

– Il vaudrait beaucoup mieux que monsieur Ms'abstienne, il a déjà assez bu depuis ce matin !

La remarque aurait probablement fait rougir monsieur M- de confusion s'il avait été lui-même habitué à évoluer dans ces sphères sociétales ; sans doute d'ailleurs s'en se serait-il sorti difficilement socialement ou, tout du moins, mondainement. Mais le M- G- assurant cette improbable présidence de réunion ne fut que touché par cette attention, à peine fut-il chagriné par le fondement de celle-ci. Soufia pensait que des origines exotiques communes suffisaient pour se sentir investie de responsabilité envers l'autre. Mais ni monsieur M- ni moi n'avions rien à foutre de ces prétendues origines communes ! Je n'avais jamais soumis, interprété ma quiddité comme le legs de générations d'ancêtres. J'étais ce que j'étais et je ne le devais à personne d'autre. Et en ce moment j'étais passablement gêné.

– Je… Je prendrais un coca alors Soufia…, merci.

– C'est plus sage ainsi, dit un des deux nouveaux arrivants à ma droite d'origine antillaise ou en tout cas mixte me sembla-t-il, cela nous évitera, espérons-le, d'autres spectacles aussi affligeant…

– Ambroise, je vous en prie, dit le gros, ne soyons pas inconvenant avec notre hôte, ou plutôt nos hôtes, n'est-ce pas ? me fixa-t-il.

– Je… Je…

– Oh, s'il-vous-plaît ! Pas à nous ! poursuivit-t-il toujours à mon égard. La servante qui vous appelle par votre prénom… Enfin, monsieur M-…   Accordez-nous un minimum d'intelligence... !

Je perdis totalement pied. Je n'osai même plus rechercher Moshé du regard par peur de leur interprétation… On m'aurait pris pour une sorte d'usurpateur. Ce que j'étais assurément ! J'étais acculé, obligé de sortir une quelconque énormité qui détruirait tout ce que pour quoi…

– Messieurs ! Et Mesdames bien évidemment… Quel plaisir de tous vous revoir !

Tristan ! Je l'avais presque oublié ! La silhouette dégingandée du bourgeois aux cheveux filasse venait de faire son apparition. Je justifiai son absence au fait qu'il avait certainement raccompagné les autres quelques temps avant de préparer le plus théâtralement possible et au meilleur moment son entrée en scène. Que choisir son moment avait été une de ses préoccupations effectives n'était d'ailleurs plus important, il m'avait sauvé la mise !

– Ah ! Monsieur Tersen ! Quel plaisir pour nous de vous revoir ! tomba le gras teuton sur le dossier matelassé de sa chaise en ouvrant bien large ses deux jambonneaux lui faisant office de bras. Je savais bien que le docteur Dinant nous faisait marcher en nous disant qu'il n'était pas sûr de votre présence ! C'est sûr que ce n'est pas avec monsieur Calixte que nous aurions pu discuter pendant des heures ! Sans offense mon ami, adressa-t-il à Moshé une paume pacifique.

– Ne vous inquiétez pas Gerhard, balaya ce dernier l'insulte d'un revers de la main, je vous sais taquin et joueur…

– Et je vous sais gré de me supporter tel que je suis mon jeune ami, conclu l'autre d'un étrange ton hypocrite. Mais venez donc vous installer à côté de moi Tristan…

Le donc dénommé monsieur Tersen s'exécuta et s'assit à la gauche de l'apparent amateur de bonne chair.

– J'ose croire que vous soyez vous-même au courant de la présence de cet énergumène à notre table Tristan, le laissa à peine s'installer Ambroise.

– Pour exactement les mêmes raisons que vous mon cher, lâcha Tristan du tac au tac sans se départir de son sourire vicieux.

La répartie fit mouche. Le bronzé se carra au fond de sa chaise, moue boudeuse mais néanmoins informée. Ce qui n'était toujours pas mon cas. Tristan reprit :

– Maintenant que nous sommes tous au complet je propose de présenter, par pure politesse, notre… Comment dirais-je… Notre *collectif*…

– Ou notre *crew* comme disent les animaux de banlieue, cracha Chazot les traits déformés par le mépris le plus absolu.

– Saurez-vous nous apporter toute l'efficacité que

votre présence semble indiquer ? me dévisagea Gerhard d'un œil soudainement assombri.

– Testez-moi.

Ma réponse fusa sans que j'eusse pris la peine de la réfléchir.

– Très bien. J'ai toujours aimé les gens plein d'assurance, continua-t-il. Et de toutes manières, la moindre incartade, la moindre fuite condamnerait chacun d'entre vous à une mort certaine.

Je sentis, malgré la distance, se raidir Moshé, non de peur, j'en fus intimement persuadé, mais de haine.

– Monsieur M- ? reprit l'alopécique personnage.

– Oui ?

– Quel est votre plus gros défaut ?

– Je n'en sais rien, je dois en avoir une quantité astronomique. Et puis surtout je vous ferais pas le plaisir de vous les dévoiler !

– Trop tard, nous le connaissons déjà mais j'aurais préféré vous l'entendre dire…

– J'ai une légère tendance à m'endormir lors de conférences super chiantes ! ricanai-je.

Personne ne s'amusa de ma boutade.

– D'accord. Ce genre de comportement ne m'étonne pas de la part de gens tels que vous. Heureusement que cela se corrige. Je vais vous aider M-. C'est un point commun que vous possédez avec Ambroise ici présent.

L'homme à la peau plus sombre que ses comparses se contracta. Je ne mis plus une seconde de plus à comprendre :

– Peut… Peut-être n'ai-je pas les mêmes gènes que vous… des gènes de blanc… des gènes d'enc…

Tristan coupa court une réplique vouée à la catastrophe diplomatique. Il s'esclaffa :

– Ah… ah… ah… Quel comédien je vous jure ! Après son cirque d'hier soir pour se faire remarquer, le voilà qui joue les puceaux ! Ah… ah… ah… C'est trop drôle !

Ni Gerhard ni aucun de ses complices ne furent dupes. Tersen soutint alors le regard de l'homme à l'accent germanique :

– Faites attention à lui ! C'est un manipulateur... Il fera tout pour arriver à ses fins en se déresponsabilisant... Il est prêt à toutes les ignominies pourvu qu'il garde les mains propres... Comment pensez-vous donc qu'il soit parvenu en vie jusqu'à vous ? Il est redoutable mais il lui arrive de se trahir parfois: Ne vous-a-t-il pas balancé le mot gène en pleine figure ? Combien de chances y avaient-ils pour qu'il emploie ce terme en particulier ? Combien ?
Un pourcentage infinitésimal, c'était certain. J'avais spécialement aimé la manière dont Tristan m'avait dépeint. Cette description me protégea quasi-immédiatement de toute tentative d'assassinat envers ma personne et en la rendant déterminante et cruciale quelque fut leur quête. Tristan... Brillant... Tristan l'intriguant... C'est à partir de ce moment-là, et pour le reste de ces vies, que je lui affublai le sobriquet de *Talleyrand.* C'est également à cet instant que Gerhard, loin d'avoir cru un traître mot de Tristan, perçut mon importance pour les années à venir. Les mystères de l'instinct...
– Le gène, M-, reprit-il d'un sourire de carnassier. Le gène ! Le gène ! rit-il désormais. Bienvenu à la confrérie du gène M- ! Portons un toast à notre nouveau collaborateur ! leva-t-il haut son verre de porto, imité en ceci par toute l'assistance hormis Talleyrand.
– Attendez chers amis, m'indignai-je faussement, je n'ai toujours pas mon verre de coca !
Ces retors cafards conditionnés par l'humeur de leur porte-parole pouffèrent d'une rare pédanterie.
Paradoxalement je me sentis à l'aise dans ce rôle que l'on venait de m'attribuer :
– Soufia ! hurlai-je dans l'intention de continuer d'amuser la galerie. Et mon verre de coca mon petit poussin ?
Elle apparut sur le pas de la porte sitôt que j'eus fini de brailler.
– Voilà monsieur M—.
Elle traversa le salon jusqu'à moi, portant le plateau où ne figuraient que le verre empli de cola et glaçons

qu'elle déposa sur la table et le reste de la canette de 33 centilitres qu'elle disposa à ses côtés n'omettant cependant d'y glisser un sous-verre entre cette dernière et la nappe.

La jolie fille me tourna le dos durant cette opération et je profitai de sa cambrure pour lui passer la main sous la jupe et lui serrer fort la fesse gauche. A ce contact un friselis me parcourut la bite.

– Ah ! sursauta-t-elle.

J'eus tout de même le temps de lui effleurer le string et de lui gifler le cul avant qu'elle, rouge de honte, ne quitte précipitamment la pièce, plateau vide collé contre ses seins. Système des vases communicants, mon manque de pudeur lui en avait ajouté. Tous furent outrés.

– Quand je touche et je sens une créature comme ça, fis-je en humant mes doigts ayant frôlés son anus, je me demande si on ne devrait pas en garder quelques-unes pour notre consommation personnelle.

Gerhard me scruta longuement, pensivement avant de n'éclater d'une toute nouvelle jovialité :

– Ah ! Mein Gott ! Vous me plaisez mon garçon ! Et si je ne vous fais toujours pas confiance, au moins vous avez le sens du spectacle ! A la confrérie du gène ! releva-t-il son verre.

– A la confrérie Gerhard ! soulevai-je le mien. Et à la disparition de la bouillie génétique !

L'assemblée entière suivit ce toast. Tous sauf Tristan qui n'avait pas encore été servi et qui n'était pas prêt de l'être après ce que je venais de faire subir à la malheureuse Soufia.

Une nuée rose s'évanouit devant mes pupilles... L'inspiration... ? Car inspiré je l'étais, sans l'ombre d'un doute...

– Quels sont les buts exacts, les moyens et les projets que vous avez pour votre... pour notre confrérie Gerhard ?

– L'extermination mon cher... L'extermination... Nous ne pouvons plus saquer la raclure qui envahit nos pays chrétiens, blancs et civilisés, dit Ambroise. Ils nous envahissent, nous souillent, nous *médiocratisent*, nous humilient de leur nullité convenue,... ils se permettent en plus de nous haïr, de nous mépriser alors que chez eux le moindre pet de travers est passible d'une balle dans la tête... Sale vermine, sale racaille, incapable de s'intégrer, de comprendre quoi que ce soit... Ce sont des idiots génétiques dont il faut épurer l'humanité... !

Le plus ignoble ? Ce fut qu'une partie de cet infect discours toucha mon âme.

– Mais, et nous alors Ambroise ? l'interpellai-je. Nous sommes, tout du moins en partie, issus de ces ethnies dont vous jurez la perte...

– Nous disparaîtrons également, rétorqua-t-il sans la moindre once d'émotion, nous ne pouvons permettre que notre sang colporte la semence impie de cette lie...

– Donc vous pensez vous suicider...

– Oui.

– Quand ? Je veux dire pourquoi ne pas l'avoir déjà fait ?

– Le professeur Thiard ici présent – Il me désigna le vieil homme assis à la droite de Moshé – m'a convaincu d'assister d'abord à l'éradication totale de ces populations avant de me faire disparaître...

Je ricanai sournoisement :

– C'est bien pratique... de retarder l'échéance... et en plus c'est pas demain la veille !

– Dois-je lui montrer ? s'adressa-t-il directement à Gerhard.

– Si tu le désires... Il a le droit de savoir.

Ambroise retira le gant de cuir noir lui recouvrant la main gauche et remonta la manche de son costume jusqu'au coude. Le spectacle me glaça le sang. Une prothèse, son bras gauche en son entier n'était qu'une prothèse.

J'évaluai son propriétaire d'un regard halluciné et interrogateur. Ce fut ce vieil homme au visage boursouflé, lunettes lui en mangeant la moitié, aux cheveux et à la moustache blancs et hirsutes, agrémenté de quelques poils au menton de même tenue, qu'Ambroise m'avait présenté comme le professeur Thiard qui prit la peine de répondre à ma silencieuse supplique d'une voix que l'on aurait cru sorti d'outre-tombe ou, plus prosaïquement, d'un goitre :

— Ambroise a voulu prouver son allégeance à la confrérie en se suicidant devant nos yeux. C'est lors d'un de nos rites d'expiation qu'il a perdu son bras…

— Et qu… ?

— Laissez-moi finir jeune homme. Le rite consiste à ce que le pénitent choisisse lui-même sa façon de mourir. La haine qui habite Ambroise envers les saletés de notre monde le poussait à les écraser. C'est ainsi qu'il a choisi d'écraser physiquement son impureté à l'aide d'un rouleau compresseur.

Mon organisme et mes pensées furent secoués par l'atroce idiotie de ce que je venais d'entendre. J'étais à mi-chemin d'un fou rire nerveux et d'une envie de gerber le cubage des chutes du Niagara.

— C'est mon propre fils qui pilotait l'engin, continua le professeur, mais devant le courage d'Ambroise qui n'avait pas encore sombré dans l'inconscience malgré l'incroyable douleur due à la perte de son bras, nous avons estimé, nous, les maîtres de cette loge, que les gènes impures étaient minoritaires dans le corps de cet homme et que son âme était celle d'un martyr qui mourrait pour la cause. Nous avons alors ajourné sa disparition et fait de lui un de nos exemples.

Je n'en revenais pas. Dans quoi Moshé et les siens s'étaient fourrés ? Et du coup moi-même ! Moshé et Dinant voulaient certainement m'utiliser contre eux… La confrérie du gène voulait m'utiliser *pour* eux… Moi… Moi, bêtement, crânement, je restai planté là, intimement persuadé que j'avais un rôle à tenir dans ce gigantesque et bordélique capharnaüm. Tout un pan d'une réalité que je soupçonnais mais que je n'avais jamais vu jusqu'ici s'offrait enfin à moi. État de fait plus qu'excitant si cela n'avait été ma propre vie que je mettais en balance en prix de cette découverte.

— Je voudrais rebondir sur un de vos propos, intervint Gerhard à mon intention. Il y a un instant quand vous avez provoqué Ambroise vous avez dit que *ce n'était pas demain la veille…* Pourquoi ?

Je n'interprétai que trop bien le sens de sa question. Leur intérêt à mon égard s'arrêtait à ma capacité d'intégrer leur groupe dans l'unique but de faire avancer leurs projets insensés ! Qu'escompter d'un sceptique ? Je sais à quelles extrémités pour le moins antipathiques m'aurait amené une certaine réponse. D'autres nuées roses s'accaparèrent de ma vision périphérique :

– Comme vous l'avez fait remarquer mon cher Gerhard, ce n'était que pure provocation. Je crois effectivement nécessaire la disparition d'êtres tel Ambroise, et je crois également que la décision de votre loge de le maintenir en vie jusqu'à ce que le but ultime soit atteint, fis-je à l'attention de Thiard, est judicieux. Mais maintenant me voilà, et je peux simplement vous dire, Ambroise, que vous n'assisterez pas à votre vieillesse.

L'intéressé eut un demi-sourire méphitique. Doute, peur et espoir se lisaient sur ses lèvres bien trop charnues et charbonneuses selon les critères des compagnons de route qu'il s'était lui-même choisis. Au tréfonds de mon être ma partie charitable, morale aurait voulu aller à son encontre, lui tendre la main, le gifler, le baffer, n'importe quoi pourvu que cela le sorte de sa torpeur… le sauver… Mais on ne sauve personne d'elle-même. On ne peut que lui désigner la voie, pas la prendre pour elle, et l'âge et l'expérience aidant on se rend compte que, souvent, les choix pris sont inéluctablement irréversibles. Je ne pouvais donc décemment pas me sacrifier ainsi que tous ceux dépendant de mes futurs actes, de mes prochaines paroles, pour ramener vers nous cette brebis égarée. Ce qui arrangea bien sûr ma suprême lâcheté : ni le clan de Moshé et encore moins la confrérie du gène ne m'aurait pardonné cette légère digression idéaliste. Et puis je n'étais même plus sûr d'avoir raison. Son discours précédent poursuivait son petit bonhomme de chemin au travers de mes neurones et autres carrefours synaptiques. Moi qui me croyais inflexible, je découvrais à ma plus grande horreur ma malléabilité.

– Et comment comptez-vous procéder ? cracha Gerhard son scepticisme. Ambroise allant sur sa quarantaine, vous n'avez plus qu'entre vingt et vingt-cinq ans pour atteindre votre objectif !

– *Notre* objectif Gerhard ! rétorquai-je surpris et dégoûté de les voir aussi rapidement se laver les mains des responsabilités associés à la mise en œuvre de leur idéologie de malades mentaux cinq minutes après m'en avoir fait l'apologie.

– Simple lapsus M-, voyons, vous n'imaginez tout de même pas que…

– Tout est envisageable Gerhard, même que vous ne soyez que des menteurs, des tricheurs et, encore une chose, ne me la jouez pas petit chef avec moi… Ce sera le premier et l'ultime avertissement.

N'était-ce pas Moshé qui avait mentionné le poker menteur quelques temps avant l'entrée en scène du groupuscule eugéniste ? J'étais en quelque sorte en train d'abattre mon jeu, fâcheuse impression d'être un gamin de 12 ans tentant d'impressionner ses pairs de par une autorité et une assurance qu'ils ne possédaient pas. Mais nous étions allés si loin dans l'ignominie, dans la bêtise et le surréalisme que ma psyché ainsi que mon inspiration se foutirent bien si j'allais être cru ou non. L'important était que j'étais sur le point de croire à mes propres réponses,… pour le meilleur des mondes et surtout pour le pire.

– Ne vous emportez pas M-, nous sommes ici entre gens de bonne compagnie…

Je me marrai.

– Pourquoi riez-vous donc maintenant ? reprit l'opulent.

– Parce que j'ai la désagréable sensation de me retrouver en pleine série B de fin de soirée sur TF1. *La confrérie du gène...* ! Ridicule… Emmené qui plus est par un large gaillard chauve germanique, ben voyons ! Un allemand fasciné et déterminé à appliquer les principes aryens… Nazi… Cliché… De vieilles peaux desséchées – Chazot et Elizabeth s'indignèrent une énième fois – prêtant obole à tous ceux qui seraient capables de les débarrasser de ces anciens colonisés, l'archétype du savant fou complètement à la ramasse et le fou du village honteux de ses origines et si bien embrigadé qui ira jusqu'à se tuer… Vous m'avouerez qu'il y a de quoi s'en taper une bonne tranche !

– Et quelle tranche vous réserverez-vous monsieur M— ? parla la femme coincée entre le scientifique et le noir n'ayant pipé mot jusqu'ici.

Les phosphènes rosâtres m'éclairèrent l'esprit. Gerhard n'était que le héraut de cette dame âgée d'une cinquantaine d'années enveloppée d'un tailleur au ton grisâtre, aux cheveux blonds garnis de mèches blanches coupés au carré avec lunettes de vue monture Valentino dont les traits secs reformulèrent leur demande :

– Quelle part allez-vous prendre monsieur M- ?

– La meilleure évidemment.

– La meilleure… répéta-t-elle tout en évanescence.

– A qui ai-je l'honneur ? me fis-je courtois.

– Madame la vicomtesse Isabelle de Chaunay, intervint le docteur lui-même persuadé que cette dernière se fasse un malin plaisir à ne pas me répondre. Je remerciai Dinant de son intervention et agressai immédiatement l'aristocrate :

– Je pense que nous avons assez tourné autour du pot madame la vicomtesse…

Elle ne me considérait déjà plus.

– Je veux savoir, non j'exige, repris-je en haussant le ton, de connaître votre plan de couverture pour vos futurs actions,… et immédiatement !

Bouches bées et yeux de merlan fris accueillirent mon harangue. Gerhard dévisagea tour à tour Tristan, Dinant et Moshé quêtant la moindre information pouvant répondre à ses muettes interrogations. Aucun des trois ne lui en fourni. Il se retourna vers moi pour me déclarer :

– Comment avez-vous appris notre plan pour une couverture de…

– Mes amis ici présents ne nous ont pas mis en contact uniquement pour que nous discutions tricot…

Le sourire de Moshé Calixte apparut par trop ostentatoire.

— C'est alors que monsieur M- est l'homme de la situation, conclut la noble rejoignant ses mains en une supination attablée. Gerhard, si vous le voulez bien…
Je souris à mon tour. Je crus discerner mes nuées rose bonbons en faire autant à mon égard… Qu'étaient-elles ? Fruit de mon cumul de fatigue ? Séquelle de ce que ces salopards m'avaient injecté dans le sang ? Signe que mon opération de la myopie avait dérapé quelque part ? En tout cas j'en étais quitte pour une névrose toute fraîche !
Gerhard obéit à sa mégère de supérieur et retira de son attaché-case un volumineux dossier relié qu'il me tendit aussitôt.

FONDATION ESTELLE LE LITTRE, pus-je lire sur la couverture. Je fis tourner les pages sur le boudin. Je parcourus les quelques paragraphes de la partie titrée "Historique". *A l'aube de la guerre eugénique, Mme Estelle Le Littré épouse de feu Jérôme-Henri Le Littré décide de participer activement aux affrontements futurs de manière financière en créant une structure capable de renverser les conditions d'attribution des allocations sociales afin que celles-ci ne soient plus destinées qu'aux familles blanches judéo-chrétiennes selon les critères déterminés par le code général de la Confrérie du gène, dont monsieur De Harant est le dépositaire mandaté. C'est en raison de son grand prestige et de sa longue expérience en tant que "tampon" entre la plèbe basanée et les valeurs intrinsèques du catholicisme, et de fait de notre nation, que monsieur Grouard a été choisi comme l'exécutant de cette délicate charge de répartitions des dons de l'État {…} Nous estimons à cinq ans maximum le temps nécessaire afin d'entériner dans les esprits des français le bien fondé de ce que nous nommerons désormais le prix "Jérôme-Henri Le Littré". Nous répertorierons toutes les familles françaises correspondantes à nos critères dont les parents ne seront pas séparés et auront au moins 3 enfants obligatoirement du même lit. Une prime annuelle de 25 000 euros leur sera reversée. {…}Nous exhorterons la jeunesse pure à procréer en ajoutant une condition dont la contractualisation viendra après un ajournement délibéré* *de notre part dans l'attribution du gain. Cette condition concernera la limite d'âge. En effet les parents ne devront pas être âgés de plus de 40 ans avant le 1er janvier en cours. Entre 5 et 10 ans plus tard, nous mettrons le prix "Estelle Le Littré" toujours dans l'optique de grossir les rangs de nos familles blanches et de nous les affilier en vue du grand affrontement. Ce "prix" sera destiné aux jeunes ménages dont les parents, nés français, vivants, non séparés, ayant au moins 2 enfants obligatoirement du même lit, et qui ne seraient pas âgés de plus de 30 ans au 1er janvier de l'année du concours. Le montant du prix s'élèvera à 10 000 euros. {…}Nous nous efforcerons les quelques mois précédant le conflit de créer un antagonisme interne à la société blanche que nous mettrons sur le compte de manipulations des états subsahariens dominant l'économie française à ce moment-là (cette partie du projet reste conditionnée par la réussite des entreprises des loges de Mastaba). Ainsi les conditions d'attribution subiront quelques modifications. Les prix des 2 Fondations ne seront plus attribués que tous les 2 ans et alternativement dans notre pays : * une année aux candidats de moins de 40 ans au 1er janvier de l'année et ayant au moins 3 enfants à charge (1ère Fondation)*

       ** l'année suivante aux parents n'ayant pas dépassés 30 ans et ayant 2 enfants (2ème Fondation)*

*{…}Après la guerre dont nous estimons la durée minimum à quatre années pleines, les Fondations serviront de catalyseur et de moteur à l'unité de notre race supérieure. Les nouvelles conditions d'attribution : * le prix de la 1ère Fondation sera attribué, chaque année, aux familles dont les parents seront âgés de 40 ans au 1er janvier, ayant au moins encore 3 enfants vivants, dont 2 au moins encore à charge et tous domiciliés en France.*

       **le prix de la 2ème Fondation sera attribué, chaque année, aux familles dont les parents seront âgés de moins de 30 ans au 1er janvier, ayant 2 enfants encore à charge et tous domiciliés en France.*

{…}En raison de l'impact de la guerre sur l'économie, nous diminuerons l'importance matérielle des prix mais non sans caractère honorifique.

Le montant des prix décerné sera de :

1000 euros pour le prix de la 1ère Fondation

750 " "

" " " " 2ème "

Conditions générales d'éligibilité quant à l'obtention des prix

   Première Fondation : prix de 1000 euros

   Les familles devront être composées d'au moins trois enfants légitimes (le cas échéant des tests ADN seront effectués) dont 2 au moins à charge, vivants et du même lit.

   Le père et la mère devront être vivants, de nationalité française, ne pas avoir atteint, ni l'un ni l'autre, l'âge de 40 ans au 1er janvier et ne pas être séparés.

   Deuxième Fondation : prix de 750 euros

   Les familles devront être composées de deux enfants légitimes (le cas échéant des tests ADN seront effectués) encore à charge, vivants et du même lit.

   Le père et la mère devront être vivants, de nationalité française, ne pas avoir atteint, ni l'un ni l'autre, l'âge de 30 ans au 1er janvier et ne pas être séparés.

Pour toutes questions concernant le projet émis par cette circulaire merci de contacter monsieur Grouard ----- – secrétariat du prix de la Fondation Estelle Le Littré –

———

45 000 Orléans

Tél.
02.44.55.17.41

ou
02.45.42.44.01

N.B : Un test grandeur nature de ce projet sera mis en branle au cours des mois d'Octobre et Novembre de cette année. Nous communiquerons dessus à partir du mois de Juin.

Des malades... De beaux grands malades... Tout ce qui pouvait ressortir de cette ignominieuse lecture... Une lancinante envie de gerber me tarauda à nouveau... Je feuilletai rapidement le reste du document... Rien d'autre qu'une liste de noms et d'adresses... Comme l'envie se fit grande en mon sein de m'accaparer de cet appendice de *Mein Kampf,* de m'enfuir avec, de le déposer aux flics pour qu'ils viennent choper cette bande de tordus ! Et ma putain d'imagination d'interférer d'avec ma logique dans les moments où il m'aurait avant toute chose fallu rester lucide... Je me fis alors tout un film sur les origines de ces dangereux farfelus... Je m'imaginais des nazis déchus, obscures officiers transmettant dans l'ombre et dans le temps leur sombre héritage, ce qui avait été le terreau même de leur dictature : la haine. Cette fois-ci aucune vague rose ne vint heurter mes cornées, preuve que je me trompai sur leur provenance. Rien d'aussi romanesque ne justifiait leur existence, tout juste une matérialité triste à en pleurer : la haine n'avait jamais eu d'embryon, elle n'était pas un vice indu mais simplement une constante des tripes de l'homme. Et de la haine ces tarés en avaient à revendre, certainement peut-être encore plus que les fonds déposés sur leurs comptes aux îles Caïmans, car fallait-il bien qu'ils en soient dotés et que ceux-ci soient bien fournis s'ils désiraient que leur récit de science-fiction que je venais de parcourir soit solvable ! L'infrastructure financière de leur folie... Et cette histoire de loge... C'était déjà la deuxième fois qu'ils en mentionnaient l'existence... La première fois par l'entremise du récit de Thiard et maintenant dans le texte dactylographié évoquant celle de Mastaba dont la mission serait un total renversement de situation en Afrique subsaharienne... Au temps pour Moshé et les siens... Donc pour moi... Cette théorie de doux-dingues m'apparut de plus en plus hypothétique – si toutefois la haine, le racisme et la xénophobie n'avaient jamais été autant d'attributs relatifs à la douceur.

Mes nuées roses dansèrent tout autour de moi comme

autant de volutes assassines.

Elles me redéposèrent. Là où je m'y attendais le moins en compagnie de qui je m'attendais le moins. Mais l'être humain du haut de sa vanité logique et empirique est-il préparé à l'extraordinaire ? Il posa sa main brunâtre sur mon épaule. Je me retournai, les entrailles toujours déphasées, pour m'inquiéter d'un sourire de sa part, sourire qui aurait paru encore incongru il y a quelques instants.

– Il faut y aller, prononcèrent les lèvres charnues d'Ambroise.

Je lui adressai un signe d'assentiment et continuai de le deviser tandis qu'il me devança. Sa chemise pourpre striée de liserais roses verticales rentrée dans son pantalon à pinces noir dénota toute la classe du suicidaire même sous cette température. Mais n'étais-je pas moi-même sempiternellement affublé de ma veste en jeans ? Il stoppa sa marche me laissant ainsi le rattraper.

– Le Grand Palais de Constantinople est un ensemble architectural constitué de palais, débuta-t-il, l'existence de plusieurs campagnes de construction s'explique par l'influence du grand nombre d'empereurs l'ayant adopté. Nous nous trouvons ici dans la khatisma…

– … que l'empereur Constantin fit construire ainsi que les éléments qui le relient au palais et également la Grande Porte et les premières extensions, conclu une voix de basse à l'inimitable accent turc provenant de derrière moi. C'est cette grande porte que…

– Non, coupai-je court sans même me retourner.

– Kamal, l'accueillit Ambroise en l'embrassant.

Je leur laissais le temps de deux-trois salamalecs pour leur lancer perfidement :

– Un turc, un nègre et un arabe réunis pour l'édification suprême de la race blanche ! C'est à mourir de rire ! ne me retournai-je toujours pas.

– Est-ce lui ? tonna la voix de basse apparemment touchée à vif.

– Oui, répondit un Ambroise proche du laconisme, un Ambroise semblant avoir pris parti de mon caractère atrabilaire.

Tant bien lui fasse ! Lui au moins s'y était habitué. Moi toujours pas.

Je restai passablement étourdi. Comment étais-je arrivé ici ? De mon côté je venais juste de glisser d'un macabre dimanche matin suivant Pâques…

– Quel jour sommes-nous ? daignai-je enfin demander à Kamal.

Le *nain* ventripotent me fixa de ses deux gros yeux noirs globuleux prêts à quitter leur orbite à la moindre secousse sismique, ce qui lui devait être bien gênant si l'on considérait la zone géographique. Il portait une cravate à demi-desserrée et tachée d'une quelconque sauce et estampillée d'un signe que je n'arrivais pas à remettre et qui, paradoxalement, m'était familier. Il rit.

– Il est vraiment fou ton ami ! tournoya-t-il son index prés de sa tempe.

– Il est spécial, lui accorda Ambroise, énigmatique.

– Ambroise… La date ! exigeai-je.

Le noir, comme habitué à la soumission, ne se fit pas prier plus longtemps :

– Lundi 6 juin… L'aurais-tu oublié ? me questionna-t-il à son tour du ton le plus sérieux du monde.

– Je crois surtout que je ne l'ai jamais su, soufflai-je dans un murmure me détournant une nouvelle fois des deux complices.

Une lame rosâtre me fendit le crâne. Je hurlai dans le Néant. Je venais subitement de prendre la place de mon environnement. Seul. Seul dans ce néant. Une vision d'amour. Une Déesse. Un corps sublime se dessina devant moi. Nu. Charline.

– M-… me dit-elle, sais-tu où tu te trouves ?

– Non, rassemblai-je autant que faire se peut mes neurones pas encore tout à fait cramés afin de pouvoir faire face à cette nouvelle folie. Chérie, explique-moi…

Le Grand Palais fut utilisé jusqu'en 1204, ensuite son immensité le rendit – par extension – insalubre. Les empereurs lui préférèrent par la suite les remparts de Théodore et la Corne d'or entre la porte d'Andrinople et celle de Kaligaria. C'est à cet endroit-là – celui où tu te trouves actuellement – que l'empereur Constantin Porphyrogénète bâtit le palais de Blachernes sur des ruines du Xe siècle.

Merci Chérie.

Je compris ce qu'il en était. Je compris pourquoi la linéarité était fausse. En distillant ainsi uchroniquement les informations dans ma cervelle elle me dessinait pour ce que je devais représenter par la suite si *par la suite* avait encore la moindre signification. La plus grande des bâtisses, la plus grande des œuvres se détériore irrémédiablement sous le poids de sa propre domination ainsi que par son interprétation par des tiers. Cela équivalait aux monuments, aux religions, aux hommes et même à Elle… Elles ? Elle(s) m'avai(en)t recherché… Tenté de me débusquer… M'avai(en)t elle(s) trouvé ? Étai(en)t-elle(s) venue(s) me récupérer au milieu de ces scènes champêtres et bucoliques, mais aussi de chasse, vie quotidienne et autres iconographies mythologiques constituant les thèmes majeurs des mosaïques du sol s'offrant désormais à mes prunelles. Je relevai mon chef, à demi-agenouillé, décrivant de ma tête un arc de cercle découvrant, comme en filigrane de ma réalité, une colonnade formant un porche là où ne subsistaient plus que des ruines.

C'est dans cet ancien péristyle que me rejoignirent Ambroise et Kamal.

– On t'a cherché partout M- ! Ça fait une demi-heure que tu nous as faussé compagnie, m'apostropha le suicidé en suspens.

– Ça va pas être évident de traiter avec celui-là, lâcha péremptoirement le turc.

Je le laissais à sa réflexion, ni elle ni lui ne m'intéressai, bien trop accaparé à remettre de l'ordre dans mes circonvolutions synaptiques et à faire le lien entre tous ces événements dont j'étais le point névralgique. Je me savais d'origine turque… Ma présence en ces lieux ne pouvait être le fruit du hasard…

– Écoutez, fit Kamal, il est plus de 13 heures, si nous allions manger un morceau ?

Je souris et acceptai cette heureuse initiative.

Nous prîmes un de ces fameux taxis stambouliotes. Je vis depuis ma banquette arrière et à l'aide du rétroviseur central, la mine dégoûtée de celui-ci d'avoir en plus de deux touristes à bord de son véhicule, un local. Ce simple fait l'empêcha de rouler dans la farine les deux étrangers au teint ébène et blafard que nous étions Ambroise et moi. Je vis se former dans mon champ de vision à l'extérieur de ma vitre, tout d'abord cachée par les branchages d'arbres voluptueux, la majestueuse mosquée bleue avant que sa splendeur et sa magnificence ne vienne m'écraser de ses minarets. Plus impressionnante encore, en continuant notre route, se dessina devant nous Hagia Sophia qui avait depuis toujours exercée sur moi une inexplicable fascination, sans doute l'influence de Philip K. Dick et de son *Siva*. L'aimable (selon les critères turcs) taximan nous déposa devant *Le Médusa* non sans nous avoir au préalable gratifié de quelques jurons bien sentis car nous avions refusé de lui laissé la totalité de la monnaie sur notre billet de 20 000 000 livres turcs (plus des deux tiers du prix de la course !). Il redémarra sèchement s'en faisant de peu qu'il n'estropiât Ambroise ayant à peine refermé sa portière.

Nous traversâmes la terrasse du *Médusa*, salon de thé-restaurant réservé aux classes aisées et aux touristes, en franchîmes le seuil tandis qu'un des garçons se précipita vers Kamal l'accueillant chaleureusement. L'employé nous invita à le suivre jusqu'au premier étage où nous attendait dans une alcôve simplement illuminée d'une bougie, une table nous étant réservée. Le commis de salle alluma les lustres parant l'alcôve qui diffusèrent une douce luminosité vermillon, et disparut à la recherche des menus.

Ambroise s'installa à côté de son débonnaire associé turc tandis que je m'attablai en face d'eux. Je ne pus refréner un rictus de satisfaction en repensant au discours et aux piques de Ferdinand concernant le peuple turc… Dire que la concrétisation de son idéal passait par l'acoquinement avec un des descendants de cette *chienlit* ! Comme d'habitude cette situation me retrouvait en position de médiateur, soit plus prosaïquement, le cul entre deux chaises : identifiable comme traître pour les uns, délateur pour les autres, menteur pour tous et schizophrène pour lui (moi) même.

Une pesante forfaiture se fit subitement sentir en moi. J'essayai tant bien que mal d'en dissimuler les facteurs extérieurs mais ceux-ci n'échappèrent pas à l'inquisition de ma nouvelle connaissance :

— Ça fatigue de vouloir détruire le monde à tout prix, pas vrai ? se gaussa-t-il piochant dans les amuse-gueules ramenés par le garçon en même temps que les menus.

— Merci, dis-je en me saisissant de la carte avant d'ajouter à l'égard de Kamal : Comment se fait-il que vous maniez si bien notre langue ?

— Ah ah ah ! éclata-t-il de son timbre de baryton. Comment vous évitez la réponse… !

— Je me suis associé à votre organisation non pas pour répondre à vos questions, mais à vos attentes ! l'éludai-je définitivement.

Une terrible lueur d'espoir illumina à cet instant les pupilles d'Ambroise :

— J'ai une confiance absolue en M- Kamal… Fais-lui confiance à ton tour, il ne te décevra pas… Il m'a déjà prouvé des choses…

Déjà prouvé des choses ? J'étais en incapacité totale de m'en souvenir… Mais me souvenir de quoi au fait ? D'événements que je n'avais de toute façon pas encore vécus ? Car c'était bien de ça dont il s'agissait : le passé d'Ambroise constituait mon futur. Ainsi en allait-il dans la réalité uchronique. Charline m'avait prévenu. Mais qui était cette Charline ? Bizarrement, bien que je ne l'eusse jamais rencontré, les réminiscences de sa présence étaient fortement ancrées en mon for intérieur. Un autre plan d'existence… Unique interprétation… Ou alors c'est que j'étais complètement maboul ! Encore une fois quelle cochonnerie m'avait injecté Moshé et les autres ? M'étais-je jamais réveillé ? Et pourtant rien au cours de mes trente années sur cette terre ne m'eut jamais parût plus réel que ce que je vivais maintenant… Charline existait, obligatoirement. Elle était l'Amour. Mon Amour, tant pis pour Juliette… Trop tendre pour moi, trop terre à terre… Je cherchais l'Amour subliminal, la perfection. Je cherchais Charline depuis toujours… Charline en catharsis de mes aspirations… Charline ou le Yi King. Une fulgurante souvenance : j'avais écrit mon premier roman en pariant sur le Yi King, soit en laissant le hasard décider l'ordre d'écriture des différents chapitres. Déstructurer le plus possible le roman afin de créer au final une œuvre-bloc, la plus logique et la plus cohérente qui soit. Une œuvre inconcevable autrement… A ce niveau-là (seulement à celui-là ?) l'entreprise réussit. Le résultat fut largement probant. Mais l'accomplir sur pages blanches n'était que jachère, le vivre tenait plus de la gageure. L'ironie faisait-elle partie intégrante de la psyché de mes nuées mystiques ? Car me laisser vivre un sort d'une temporalité chaotique ne se résumait qu'en un seul constat : elles me prenaient pour plus qu'un simple être humain. Ce que j'étais loin d'être et que je ne suis toujours pas au moment où je relate ces faits. Mon existence méritait au moins quelques efforts pour que je la reprenne personnellement en main. Même si cela signifiait écraser tous les autres.

– Prouver des choses hein ? ricana le petit gros. Que pourriez-vous faire qui m'impressionne ? Hein monsieur M- ?

Ma fièvre hectique me pourfendant le cortex jusqu'à l'hypothalamus fut accentué par son harangue. C'est uniquement à ce stade semi-comateux que je reconnus l'estampille sur sa cravate sale : deux lettres de l'alphabet occidental de couleur jaune dégueulasse sur fond bordeaux. FO.

– Que fait un des leaders de la loge turque de la confrérie du gène avec une cravate de syndicaliste hexagonal ? demandai-je à cet affamé se goinfrant de petits gâteaux bouche grande ouverte me permettant d'aviser de la parfaite santé de ses molaires actuellement recouvertes de détritus d'arachides, de farine, d'huiles bien crasseuses et d'une non-négligeable couche de liquide organique desservie par un notable dérèglement de la glande productrice d'amylase salivaire.

– Pour quelqu'un d'impressionnant, dit l'écœurant personnage me rappelant invariablement à chaque seconde s'écoulant l'ignoble Jabba the Hutt.

Il donna un grand coup de coude à Ambroise :

– Je pensais qu'il m'aurait fait la remarque beaucoup plus tôt ! Mais je vais quand même accéder à votre requête mon ami, se cristallisa-t-il sur moi tout en s'essuyant les mains au-dessus des amuse-gueules s'assurant de cette mesquinerie être le seul à y avoir accès, j'ai bien connu Alexandre Hébert dans ma jeunesse quand j'étais en France…

Alexandre Hébert ! Mon sang ne fit qu'un tour dans mon circuit veineux. Je me revoyais en train de tourner et de retourner les pages de quelques exemplaires de *L'Anarcho-syndicaliste* tombés-on-ne-sait-comment-entre-mes-mains… Très vite, jeune, je voulus calquer ma destinée sur celle de cet homme. Hébert représentait tout ce que je souhaitais devenir, anarcho-syndicaliste, rationaliste et, surtout, libre-penseur. Il symbolisait mes idéaux d'enfance ainsi que le cynisme et la désillusion de l'adolescence, stade d'évolution dont, à bien des égards, ni lui ni moi n'avions su émerger. Je lui enviais par contre d'avoir traversé des périodes historiques autrement plus intéressantes et formatrices que la mienne. Enfant des années 1920, il entra en politique dès son plus jeune âge et prouva rapidement son horreur de la dictature des doctrines en rompant avec le stalinisme dés les premiers procès de Moscou. Il intégrera peu de temps après les jeunesses de la SFIO avec les pivertistes où il y pistonnera son ami Robert Hersant. Il se retrouvera alors dirigeant fédéral des Jeunesses Socialistes à un âge où je me demandais encore si Musclor devait en finir une bonne fois pour toutes avec Skeletor d'une mandale du gauche ou du droit… J'aurais rêvé de telles circonstances, Front populaire, guerre d'Espagne, développement de logique de guerre pour mon propre dépucelage politique. Je ne fis que partie de la première génération aseptisée du tout-cathodique.

– Mon père était là quand Hébert a eu l'idée de reconstituer l'UAS en 75…, poursuivit Kamal avant de s'interrompre devant l'incompréhension émise depuis les pupilles dilatées du noir.

– Union des Anarcho-Syndicalistes, précisai-je à l'encontre d'Ambroise.

– Tu as été syndicaliste toi ? eussé-je l'impression qu'il somma presque au turc de s'expliquer.

– Mon père Ambroise… Mon père… comme s'il redoutait que son compagnon ne le frappe d'un coup de prothèse propre à lui fendre le crâne en deux.

– Pourquoi vous balader avec cette cravate ? dis-je.

– Donne-moi du tu ! Vu le sort qu'on s'apprête à faire subir au trois-quarts de l'humanité, on peut se laisser aller à quelques familiarités ! ricana-t-il bien que mal à l'aise sous l'œil inquisiteur du fanatique soufflant rauquement.

Il partit d'un discret rire frénétique qu'Ambroise ne releva pas apparemment habitué aux petits délires morbides de son comparse. De mon côté pour ne pas me dépareiller de mes mauvaises manies, à savoir dans le cas présent enfiler pensées triviales sur élucubrations anodines, je réfléchissais à cette irréfragable preuve qu'une pratique réduite d'une langue amenait inévitablement à l'appauvrissement des idées exprimées. Concept étrange alors que l'on me proposait si simplement le leadership dans l'émondage des *raclures génétiques* de notre bonne vieille Terre ! Mais ce côté lunaire me permit de comprendre la substance ironique de la réflexion de Kamal. J'avais cru dans un premier temps que le turc s'était mal exprimé. Mais la boutade foireuse n'avait été exprimée que dans l'intention de tromper Ambroise. Sa substantifique moelle cachait bien autre chose. *On pourrait se laisser aller à quelques familiarités...* parce qu'après ce que nous nous préparons à commettre nous ne serons plus beaucoup nombreux à nous partager cette planète. Les survivants ne formeront plus qu'une seule et grande famille. NOUS, les survivants ! Bien qu'à l'instar d'Ambroise Kamal soit d'origine impure selon les critères de la confrérie, il n'avait aucunement l'intention de se donner la mort une fois son objectif atteint ! Voilà la vérité que le descendant des sultans et de leurs putes souhaitait escamoter à Ambroise... Dommage pour la race humaine que les ancêtres de Kamal le porc ne soient restés bien au chaud dans les testicules improductives des eunuques !

Et le turc de ne cesser de me dévisager sûr que moi non plus je ne me sacrifierais pas pour ces fous. Je me mis à maudire mes... Dulies... Le mot crépita et crépita encore dans mon esprit...

Dulies...

– Excusez-moi une minute...

Je me levai suivi des regards du visqueux ventripotent et du suicidaire. Je me rendis aux toilettes, tournai la poignée dorée et me retrouvai dans un décor luxueux. Mes deux mains tombèrent sur le lavabo, haletant, suant spectaculairement du front. J'eus, au bout de quelques secondes, le courage de soulever ce qui ressemblait à une quelconque hure et me dévisageai dans le miroir découvrant un opposite hagard, stupide. Mes traits s'évanouirent bientôt laissant la place à un autre reflet que le mien, celui d'une divine créature qu'aussitôt je reconnus : Charline...

– Comment vas-tu mon amour ? Pas trop désorienté ?

– J'en peux plus... Mon crâne va exploser, j'ai une terrible envie de gerber mais j'y arrive pas... ! J'suis en train de crever c'est ça ?

– Ne t'inquiètes pas mon dieu, tu es en train de muter, c'est tout...

– De muter ? Mais en quoi ? soufflai-je par saccades.

– En un monde meilleur.

Si la possibilité d'une telle métamorphose échappa totalement à mon intellect, la réponse eut au moins l'avantage de faire baisser ma température. C'est alors que ses traits roses s'évadèrent de leur prison de verre pour s'en venir me rejoindre de l'autre côté du miroir et m'embrasser du plus sensuel des baisers. Je fermai les yeux.

– Baise-moi ! m'ordonna-t-elle d'un ton ne souffrant aucune discussion.

Ce fut toujours en sueur mais exposant désormais ma nudité, sexe pendouillant sur le ventre chaud de la femme allongée sur mon lit, que je retrouvai instantanément ma chambre chez mes parents. Ma terrible envie de vomir s'était muée en un irrépressible besoin de forniquer. J'estimai l'âge de la femelle se languissant sous moi à une quarantaine d'années. Les couleurs et les dimensions humaines de Charline en firent une créature moins magique mais autrement plus désirable.

– Tu as encore besoin de ça, hein mon dieu ? me taquina-t-elle d'une langue féline passée sur des lèvres glossées.

Elle rit ; me vexant. Je m'employai à lui ravaler cette offense lui colmatant sa gorge de mon gland. Le reste de ma verge ne se fit pas prier plus longtemps pour se durcir. Je sentis glousser la chatte lubrique tandis qu'elle me léchait la partie immergée de ma verge. Ni ma fierté, ni mon orgueil ne purent m'empêcher de lâcher un furieux râle de plaisir. D'alors m'en foutant royalement de la raison de ce nouveau saut dans l'espace-temps ou, pire encore, de la possible présence de mes parents dans l'appartement, je fourrai sans ménagement le reste de ma bite dans sa cavité buccale. Je frottai mes corps caverneux dilatés par l'afflux du sang excité contre sa glotte me faisant affreusement gémir spasmodiquement. Plus la salope semblait savourer cette situation plus ma libido nerveuse m'éteignait tout semblant d'intellect, de compassion ou de morale. Elle alla jusqu'à s'amuser de tourner doucereusement son visage de gauche à droite, histoire de me caresser les couilles avec son menton. Jamais aucune garce ne m'avait gobé le chibre ainsi jusqu'au fond de sa gorge. Je me vis mécaniquement effectuer des va-et-vient ! Agrémenté de coups de langue dévastateurs le coït bucco-labial arriva précipitamment à son terme. Elle me repoussa alors violemment sous les yeux condescendant d'un Orson "It's Terrific" Welles, fixa les miens d'un profond et ténébreux regard en me regimbant : *Donne-moi tout maintenant ! Je veux te boire… jusqu'à la dernière goutte !* Quel mâle se respectant pourrait prétendre résister à une telle invitation ? Elle m'agrippa la queue de la force de ses dix doigts pour me branler fort, frénétiquement. Je retins autant que je pus l'éjaculation mais la divine péripatéticienne avait plus d'un tour dans son sexe et c'est au son d'un *Crache-moi tout dans la gueule ! Crache sur la chienne que je suis ! Crache !* que je la contentai.

C'est littéralement vidé que je m'écroulai sur elle. Elle ne me laissa pourtant aucun répit, et ce fut par la chevelure qu'elle redressa ma tête venue se blottir contre sa joue afin de m'ordonner de l'embrasser à pleine bouche. Nos langues se mélangèrent me transmettant par le circuit de nos fluides son inextinguible désir. Mes papilles tâtèrent pour la première fois ma propre semence lui engluant les lèvres jusqu'au pharynx. La sensation me fut répugnante. Et dire qu'elle en avait avalé le plus gros ! Ce ne fut pourtant pas suffisant pour me défaire de son étreinte, au contraire, je lui desserrai les cuisses sentant une nouvelle érection poindre le bout de mon manche. Je le lui introduisis délicatement dans sa chatte toute trempée la butinant doucettement. Elle s'exprima enfin :

– Dis donc ! Tu sais que tu as bon goût toi ? C'est un peu collant mais j'ai toujours préféré le salé au sucré ! dit-elle d'un sourire canaille, nez retroussé tandis qu'une goutte de sperme, revivifiée et réhumidifiée par nos salives conjointes, lui coula depuis la commissure des lèvres dévalant sans obstacle férir le long de la peau crayeuse de sa joue et de son cou pour s'en venir mourir dans sa chevelure bouclée. Elle m'agrippa à présent mon cul de ses deux mains m'intimant par là de mieux la bourrer pendant qu'elle écarta ses jambes autant que le lui permettait notre environnement, sa gauche posée au long du mur bordant le lit et l'autre comme flottant dans le vide. J'eus beau mettre volition et vice dans chacun de mes coups de rein, rien n'y fit je commençai à débander et dus me faire à cette cruelle évidence, cette érection n'avait été que feu de paille.

Aaaaaah !!! éructai-je.

Je me laissai à nouveau retomber sur elle, en pleurs cette fois-ci.

Elle me serra fort dans ses bras pendant que mon sexe rendit les armes au fond de son con :

– Chut, chut… Pleures pas chéri… Pleures pas pour ça… Ça arrive à tout le monde… Tu viens juste d'éjaculer… T'arriveras bientôt à me faire jouir tu sais…

Elle pointa son regard dans le mien :

– Oh toi, tu vas me faire jouir durant toute l'éternité…

Je la fixai hébété, épuisé de mes yeux crétinisés et bouffis par la détresse :

– Qui es-tu Charline ? Qui es-tu mon amour et que veux-tu de moi… ?

– Que tu prennes conscience de ta grandeur et que tu en assumes enfin les responsabilités, me répondit-elle en me caressant le torse.

Elle s'amusa à rouler mes poils de poitrine autour de ses métacarpes et prit un air évasif :

– Qu'est-ce que t'en penses ?

– J'en pense que j'ai été privé de penser, dis-je d'une froideur et d'une distance toute soudaine.

Je me levai me retirant entièrement d'elle :

– Mes parents sont-ils là ?

– Non, Martine et Tahar sont en Normandie, dit-elle absente.

J'allai franchir la porte de ma chambre quand sa réponse me fit me retourner brusquement :

– Tu appelles mes parents par leurs prénoms ?

– Oh, oui, c'est vrai, je n't'ai pas dit ! Je n'en ai pas encore eu le *temps*, fit-elle se positionnant sur le ventre et faisant balancer son pied gauche en l'air, tableau lui conférant un irrésistible air mutin. C'est par leur entremise que nous nous sommes rencontrés !

– Quoi ? Ma main glissa de la poignée.

– Te souviens-tu mon dieu de la fois où tes parents sont partis passer une semaine dans leur maison, vers les vacances de Pâques ?

– Comment pourrais-je oublier ? C'est... C'est à ce moment que tout à com... mencé...

Mon trouble l'attrista :

– Je suis désolé mon seigneur que cela te rende mélancolique...

– C'est pas tant la mélancolie que...

– Le fait que tout ait débuté à Pâques ? empli-t-elle ses lèvres d'une apaisante chaleur. C'est juste un hasard mais tout de même un joli symbole que ce soit cette date qui célèbre ton retour parmi nous pour nous guider...

– ... Retour...

– Ton existence est un éternel recommencement mais aussi un grand espoir pour tous ceux de notre espèce...

– Vous n'êtes pas humains...

– Nous sommes plus que ça, nous sommes l'amour et l'aliénation à un seul dieu. Le *Réunificateur*, le Pacificateur...

– Arrête... Arrête ton charabia et range tout dans tes bagages à conneries... C'est bon...

Je lui tournai le dos bien décidé cette fois-ci à m'extirper de cette chambre dont le confinement, sensation accrue par la pénombre due aux rideaux fermés et à la chaleur humide crée par nos ébats, vint rappeler à mon bon souvenir de vieux relents de claustrophobie. Une douleur vive me lacéra la cervelle. Je vagis... De gracieux bras vinrent alors m'entourer, de délicates et fines mains me serrèrent la poitrine, de délicieux seins s'écrasèrent contre mon dos tandis que son visage souffla sur mes omoplates. La rasérénante créature chuchota :

– Personne ne peut te manipuler M- G-, seule ta liberté nous sauvera tous.

Je me laissai aller à ses caresses depuis prés de deux

heures. Deux heures où non seulement nous ne discutâmes pas mais durant lesquelles nous ne nous étions même pas parlés, silence dû à mon unique désir de ne pas vouloir mettre des mots sur un désarroi par trop ostensible. Elle respecta mon choix et s'échina, après un accord sclérotique (notre seul moyen de communication), à me détendre. C'est ainsi qu'au cours de cette fin d'après-midi je n'eus de cesse, allongé sur ce canapé du salon, de me faire sucer, chevaucher, lécher. Alors qu'elle me branlait je ne pus réprimer un sourire en égard à une tasse de thé, une serviette et une vidéo porno… Cette réminiscence de famine sexuelle me requinqua et je l'agrippai puissamment la plaçant dans la position qui fut la mienne une seconde plus tôt, lui écartai les cuisses, lui rentrant un doigt dans le col, le ressortant humide prêt à lui frotter le clitoris avec, tout en me branlant de mon côté. Une coïncidence, le hasard, le destin voulut que nous jouissions en même temps. Tout son corps se contracta cependant que ma jute bombarda ses seins. Les salves liquides vinrent exploser sur de petits tétons ardents à l'aspect rosâtre sur fond crémeux. La vision enjoignit à mon pied d'enfer un sépulcral cynisme. Une coïncidence ? Le hasard ? Le destin ? Signifiants et signifiés de ces derniers n'avaient pas leur place dans ce monde que me réservaient Charline et ses pareils, ma destinée étant le calque de leurs désirs… Elle n'avait pas joui en même temps que moi. C'est *moi* qui avais joui en même temps qu'elle. *Personne ne pouvait me manipuler* m'avait-elle dit. Bien sûr que non. Étaient manipulables les choses vides, sans âmes, moi on se contentait de me *diriger* comme le plus vil, le plus servile des êtres. Mon plus profond désespoir à ce sujet ? Je n'y pouvais strictement rien. Quelles pouvaient-être la teneur de mes prétentions lorsque mes propres voix et voies prenaient la même allure que les desseins de ces créatures ? Charline redressa son joli minois lui arborant un doux sourire. Elle savait. J'étais fou d'elle. Je fis un dernier aller-retour de ma main sur mon pénis débandant, libérant ainsi une ultime goutte qui vint s'écraser sur ses lèvres qu'une langue gourmande vint aussitôt caresser.

Nous entamâmes notre second tour de marche du parc Georges Brassens, le plus proche endroit boisé du logement HLM où m'accueillaient mes parents. Je n'avais toujours pas prononcé la moindre parole. Mutisme conforté par ce picotement dans ma gorge confirmant que nous étions en plein automne. Ma gorge… Depuis toujours ma plus grande faiblesse physique, pas un seul changement de température, pas un seul changement du taux d'humidité de l'air n'échappaient à ces maudits tissus cellulaires m'en constituant le rapport en de terribles angines. Charline avait insisté pour que je porte une écharpe même si j'avais vérifié les 20 degrés extérieurs sur le thermomètre avant de sortir. Force m'était de constater qu'elle avait eu raison. Le fond de l'air était véritablement frais. Elle-même s'était guipée dans un pull en angora blanc aux manches trop longues. La détaillant si nonchalamment dressée dans ce pull lâche, dans cet exquis jean moulant dessinant ses si jolies formes et ses baskets taille bébé, mon sang ne fit qu'un tour : elle était la représentation même de la femme de ma vie, celle que l'on ne croise jamais si ce n'est au détour d'un rêve. Elle m'avait promis, tandis qu'elle me serrait le cache-col, que mes petits désagréments organiques n'appartiendraient bientôt plus qu'à mon passé. Je ne lui fis pas l'offense de la reprendre sur ce point. Comment quelque chose ou quelqu'un (en l'occurrence il s'agissait de ma personne) condamnée à la palingénésie pouvait-il se sentir soulagé en renvoyant une souffrance derrière soi ? Cette dernière n'était-elle pas, elle-aussi, condamnée à me revenir en pleine figure ?
Mais nous marchions côte à côte sans mot dire depuis une dizaine de minutes. N'y tenant plus, elle m'écarta le bras du corps, passa le sien dans l'interstice ainsi formé entre mon appendice et le reste de mon organisme et c'est ainsi que nous continuâmes notre promenade, bras-dessus, bras-dessous, sa tête venant à

se reposer sur mon épaule. Je ne tins plus à ce qu'elle s'humilie davantage. C'est ainsi que je pris sur moi de débuter la conversation :

– Qu'attendez-vous donc de moi ?

– Je te l'ai déjà dit M-…

– Non ça je l'ai compris, je veux dire maintenant… matériellement, quelle est la suite du programme ? Quelle conduite dois-je tenir ?

J'aperçus au loin une enfant dans une poussette gesticulant sa minuscule mimine afin de saluer des canards flottant sur le lac artificiel comme s'il se fut agi d'êtres conscients. Je souris à cette inattendue réplique de ma compagne.

– Je vois, repris-je. Moins j'en sais… Mieux ça vaudra, n'est-ce pas ?

– Je ne l'aurais pas exprimé de cette façon mon seigneur…

– Mais alors pourquoi ? Pourquoi interfères-tu à chaque instant si c'est un parcours que je dois emprunter seul ?

– La dernière fois on t'avait laissé toute l'autonomie nécessaire et ce fut un échec… Cette fois-ci on a décidé de te guider…

– … et de forcer le karma…

– Je dirais plutôt un coup de pouce…

– Mais si je suis moi-même uchronique et que je reproduise à chaque tentative exactement les mêmes choses, il est inéluctable que cette fois-ci encore ce soit un échec… !

– Le canevas de ta réelle entité est indissociable de l'univers et reproductible à l'infini certes, mais tous les chemins que tu as empruntés et que tu emprunteras ont été et seront de lumière…Nous attendons simplement que tu empruntes celui où tu nous emmèneras avec toi…

Constante universelle : l'altruisme est une valeur désuète même au royaume des déesses-dulies !

– Vas-tu me laisser me reposer un peu ? quasi-implorai-je après un long moment de silence.

Je la sentis gênée, hésitante :

– Je… Je ne peux pas mon dieu… Il… Il faut

absolument…

– … que je prenne le maximum de coups dans la gueule en un minimum de temps…, ironisai-je, dégoûté.

– Je…

– Oui je sais, tu ne l'aurais pas dit comme ça. Mais, que veux-tu, je suis brut de décoffrage et c'est d'ailleurs l'une des raisons pour laquelle vous m'avez sélectionné, pas vrai ?

– Nous ne t'avons pas sélectionné…

– Je me suis imposé de par moi-même c'est exact ! me détachai-je de son délicieux corps. J'avais oublié ! J'ai quand même beaucoup de mal à me faire à cette idée que je suis la clef de voûte de tout un univers ! persiflai-je m'éloignant de plusieurs pas alors qu'elle s'immobilisa.

– Chéri, je…

– Ah non ! hurlai-je en me retournant. Pas de mon dieu, de seigneur, ou d'autres douceurs de ce genre sinon…

Ses pupilles s'embrumèrent. Cette vision me pétrifia un petit moment. Os, organes, muscles, tous se virent réunis en un seul embrasement, un seul désir : l'enlacer, la serrer, la réconforter, l'embrasser. Mais je balayai promptement cette inepte envie par un regain de flamboyante énergie de résistance. Rites sexuels et autre sentiment d'amour le plus pur, le plus diaphane ne pouvaient s'opposer à l'inextinguible flamme qui sommeillait en mon être depuis des éons : celle d'une existence induite à l'autodestruction, la peur, l'introversion, à l'égoïsme et au doute ; le sublime doute, divin enchevêtrement de phantasmes, de bouquets de nerfs, de violence frustrée et de putréfaction de l'âme : pica de l'esprit. Des gouttes de sueur perlèrent mon front au fur et à mesure de mon énervement. Charline le sentit du plus profond de ses limbes mystiques lui servant d'entrailles et, d'un télépathique feed-back, fit goûter à mes propres viscères le mal qui la rongeait lorsque je me mettais en ces terribles états.

– Je… Je comprends, bredouillai-je à peine digérée

ma colère. Tu, enfin, vous n'avez pas le choix… et donc je n'ai pas le choix…

– Si nous voulons survivre…

Des badauds, curieux impertinents, stationnaient entre nous, certains en attente de la conclusion de la dispute de notre si charmant couple, d'autres se moquant de nos propos leur paraissant (à juste titre !) incohérents et d'autres encore, composés d'une majorité de petits vieux catarrheux, pestaient contre le boucan que déployait nos lèvres, s'insurgeant que leur pauvre ouïe eut encore à subir cela à leurs âges si avancés qui plus est dans un endroit public… Enfin, restait un individu jeune, noir, que je sentis prêt à consoler ma Charline si jamais nous venions à nous séparer. Il me donna une intempestive envie de vomir.

Le temps, tout autour de nous, s'arrêta. Charline…

– Ainsi nous serons beaucoup mieux pour parler…

– Pourquoi ne pas nous téléporter dans un autre endroit au lieu de… de geler… la ligne temporelle de ces parasites !

Le terme m'échappa.

– Ces parasites comme tu les nommes n'en saurons jamais rien, me reprocha-t-elle mon mépris.

Je fixai le jeune noir au regard lubrique. Hormis la couleur de sa peau, ses traits possédaient de nombreuses similarités avec ceux d'Ambroise. Je me découvris de la compassion :

– Dois-je le sauver ? repris-je. Suis-je là aussi pour le sauver ?

– Non, ton rôle est de t'occuper de nous.

Je serrai les mâchoires.

– Mais le fait de leur venir également à leurs secours n'est pas incompatible avec la mission que l'on t'a assignée…

– Le fameux libre-arbitre hein ?

– Tes choix seront les bons mon… M-…, sourit-elle tristement. Dis-moi… Dis-les moi maintenant ces paroles que je redoute depuis toujours et que tu t'apprêtes à réciter…

– Charline, je ne veux plus et en aucune façon que tu interviennes de façon aussi intrusive dans ma vie…

Laisse-moi trouver ma voie seul…
– Tu sais bien que ce n'est pas ce que nous avons décidé…
– Je sais… Dans ce cas n'interviens pas aussi ostensiblement et… s'il-te-plaît… Laisse-moi… Permets-moi de connaître enfin… de te rencontrer pour la toute première fois…
Des billes de liquide salé coulèrent le long de sa peau crayeuse.
– Je te comprends…
– Je veux savoir comment j'ai appris à aimer Charline… Car, crois-le ou non, c'est de toutes les choses incroyables que je suis amené à vivre, la plus extraordinaire…
– Laisse-moi t'enlacer mon amour…
Nous nous câlinâmes longuement.
– Renvoie-moi, lui susurrai-je à l'oreille. Renvoie-moi…

Vladimir Illich Oulianov dit Lénine qui signifiait "l'homme de la Léna" né en 1870 et mort en 1924 est un révolutionnaire et homme politique russe, fondateur du POSDR, la section russe de la Deuxième Internationale, fondateur et dirigeant du parti bolchevik, âme de la Révolution d'Octobre et fondateur de l'URSS. Le timbre pâteux et néanmoins impeccable du fragile André Dussolier m'extirpa de mon incompressible langueur. *C'est en avril 1870 que naît Lénine fils de Ilya Nikolaievitch Oulianov né en 1831, fonctionnaire russe militant pour plus de démocratie et d'une éducation gratuite en Russie et de Maria Alexandrovna Blank née en 1835 ; ses origines ethniques et religieuses sont, comme pour une majorité de russes, métissées : d'origine kalmouks pour ses grands-parents paternels, allemand pour sa grand-mère maternelle de confession luthérienne et d'ascendance juive pour son grand-père maternel, un grand-père qui se convertit tout de même au christianisme en cette période d'antisémitisme slave. Lénine fut lui-même baptisé dans l'Église russe orthodoxe.*

Nous sommes tous des enfants du Grand Tout et de l'omnipotent Nawak. N'étais-je pas moi-même tunisien de par mon père lui-même mélange de turc et de berbère, et de ma mère française, mélange de je ne sais plus trop quoi ? *Il se distingua par l'étude de deux langues mortes: le latin et le grec.* Mortes ? Sur ce coup-là je suis innocent ! J'avoue simplement que ce crime m'aurait été possible uniquement si on avait essayé de m'imposer ces matières-là au bahut… *Deux tragédies vont déterminer son destin et le radicaliser.* Sacré Bon Dieu de Moi ! Je n'avais plus eu si mal au crâne depuis… depuis je ne savais plus. J'avais toutes les peines du monde à soulever mes paupières, à croire que l'on s'était amusé à les lester d'enclumes ! *Son père meurt d'une hémorragie cérébrale en 1886 et, plus encore, son frère Alexandre est, l'année suivante, pendu pour avoir participé à un complot menaçant la vie du tsar Alexandre III.* Hémorragie cérébrale ! La plus grande de mes terreurs ! La seule frayeur, la seule puissance que je savais capable de me réveiller, de me chercher jusqu'aux entrailles du plus profond d'un emphytéotique coma… *Il sera, cette même année, arrêté et exclu de l'université de Kazan pour sa participation à des manifestations étudiantes.*
– Le cas typique du psychotique délaissé par la vie cherchant à se venger en manipulant celle d'autrui… Quel salopard ! tonna une voix que je reconnus de suite. *Nonobstant ces difficultés il réussit à obtenir en 1891 une licence l'autorisant à pratiquer le droit.*
J'ouvris enfin les yeux suivis de mes autres sens à l'unisson. Ils analysèrent ma position et mon environnement. J'étais allongé sur un canapé. Je plantai alors mes pupilles au plafond. Celui-ci était perturbé, dérangé, envahi par des rayons lumineux en provenance du téléviseur, zébrure de sa tonalité ocre accentué par l'obscurité régnant dans la pièce. Je me redressai dans un parfait silence et détournai le regard vers l'écran plasma indiquant France 5 en haut à droite. Devant celui-ci, assis en demi-cercle sur des poufs à même le sol, se tenaient des dos dont

j'identifiai immédiatement les propriétaires : de gauche à droite, Cati, Ferdinand, Juliette et Aristote. Je m'assis.

– Enfin réveillé ! tonitrua une voix à ma dextre.

Dinant, cheveux éternellement plaqués, sirotait un verre de whisky si je me fiais à mon odorat sous-développé qui crût reconnaître d'âcres effluves de malt. Les autres se retournèrent dans la seconde.

– Hey ! Enfin réveillée la marmotte ! hurla Cati d'un cri me transperçant les pariétaux gangrenés par la migraine.

– Merci, merci pour tout ce boucan, m'appuyai-je le front contre ma paume gauche. Si quelqu'un pouvait me chercher 2 kilos de doliprane ou une nouvelle boîte crânienne ça serait pas de refus... !

Juliette se leva mais une simple pression d'une main de Cati l'invita à se rasseoir.

– J'm'y colle ! J'ai l'habitude de lui servir d'infirmière ! Je reviens de suite, t'inquiète pas ! crus-je discerner un clin d'œil malgré la pénombre.

– Comment voyez-vous l'avenir après vos exploits de cet après-midi ? me questionna le docteur.

– Je crois que je vais attendre le retour de ma nounou avant de vous répondre, retins-je une remontée gastrique.

– N'est-ce pas que l'histoire de ce nègre est édifiante ? insista le praticien.

Je sentis percer une saine ironie dans l'utilisation du terme raciste. Eric Dinant devait mépriser ces gens à peu prés autant que moi. Mais un gros trou noir me faisait office de mémoire immédiate... et je ne savais combien d'heures s'étaient écoulées depuis ma rencontre avec la confrérie du gène ni... ni ce qui s'était passé depuis... Depuis...

Je voulais savoir, non j'exigeai, avais-je repris en haussant le ton, de connaître leur plan de couverture pour leurs futures actions, et immédiatement.

Bouches bées et yeux de merlan fris accueillirent mon harangue. Gerhard dévisagea tour à tour Tristan, Dinant et Moshé quêtant la moindre information pouvant répondre à ses muettes interrogations. Aucun des trois ne lui en fourni. Il se retourna vers moi pour me déclarer :

– Comment avez-vous appris notre plan pour une couverture de…

– Mes amis ici présents ne nous ont pas mis en contact uniquement pour que nous discutions tricot…

Le sourire de Moshé Calixte apparut par trop ostentatoire.

– C'est alors que monsieur M- est l'homme de la situation, conclut la noble rejoignant ses mains en une supination attablée. Gerhard, si vous le voulez bien…

Gerhard obéit à sa mégère de supérieur et retira de son attaché-case un volumineux dossier relié qu'il me tendit aussitôt.

FONDATION ESTELLE LE LITTRE, pus-je lire sur la couverture. Je fis tourner les pages sur le boudin. Je parcourus les quelques paragraphes de la partie titrée "Historique".

Des malades… De beaux grands malades… Tout ce qui pouvait ressortir de cette ignominieuse lecture…

– Vous ne pensez pas mettre la charrue avant les bœufs ? me forçai-je à me reprendre en jetant le dossier à nouveau fermé au milieu de la table.

– Il est traditionnel, en ce qui concerne nos confréries, d'émettre au préalable à la disposition de tous nos membres un plan directeur avant de passer à l'action, me rétorqua la vicomtesse.

– Un plan directeur soit, mais aussi détaillé…

– Pensez-vous pouvoir faire mieux monsieur M- ? intervint Thiard.

– Si je m'écoutais professeur, je laisserais les 90% de l'humanité suivre ses instincts et je vous promets qu'en quelques années seulement ils nous mâcheraient tellement le boulot qu'ils ne vous resteraient plus qu'à balayer les derniers indésirables…

– *Ils ne <u>vous</u> reste*… remarqua Gilles de Chazot l'œil sempiternellement empli d'un petit éclat mesquinement visqueux.

– Désolé messieurs-dames, souris-je suffisant, j'ai encore du mal à me sentir faire partie de cette grande, belle et majestueuse famille !

En face de moi, le visage du docteur s'ombragea. Il savait, tout comme moi d'ailleurs, qu'il était préférable de ne pas les braquer. Ma mission ne pouvait se le permettre. Puisqu'il m'était impossible de gagner leur confiance, et a fortiori en cinq minutes d'entretien, il m'en fallait faire des alliés en leur soumettant des solutions concrètes concernant leur but ultime.

La gracile silhouette de Soufia passa tel un fantôme devant l'entrée de la salle de réception. Eric Dinant la remarqua également puis, prétextant devoir donner quelques ordres à la domestique touchant le déjeuner, s'excusa et prit congé.

Moshé se renfrogna. Lui connaissait les travers de son acolyte en période de grand stress et prit peur que ces mêmes travers portent préjudice à la réunion d'aujourd'hui. Je sentis une pression supplémentaire sur mes épaules. Je devais me rendre à cette évidence : la bande qui m'avait enlevé, séquestré puis obligé à participer à leur tambouille proto-révolutionnaire n'était qu'une troupe de gentils rigolos en comparaison des intérêts que représentaient les invités de notre médecin libidineux sous grande tension.

– J'avoue pour ma part avoir été incroyablement surpris par vos exploits *artistiques* monsieur Calixte, lui adressa Gerhard cet inattendu compliment.

L'imposant jeune homme aux cheveux noirs calamistrés en fut presque choqué :

– Mer… Merci Gerhard…

– Non, non, je suis sérieux, reprit le chauve. Avoir eu le cran de monter cette opération en plein jour et s'en sortir aussi brillamment... !

– Tout le pays et son gouvernement de corrompus est en émoi ! rajouta sincère madame Chazot.

Pour ma part je souriais car je découvrais enfin ce que put signifier la locution *plénitude amnésique* que l'on devait à cette bande de trublions audiovisuelle ayant bercé ma jeunesse citée plus tôt, tant il est vrai qu'il me fallait me raccrocher à quelque chose de positif en moi si je souhaitais ne pas me faire définitivement submerger par tant d'incongruité.

– Et vous, qu'en pensez-vous monsieur M- ? me demanda Isabelle de Chaunay.

– Il pense que…, débuta mon Talleyrand, se remisant une énième fois ses cheveux filasses à l'arrière des oreilles avant que je ne l'interrompisse :

– Il pense qu'il n'y a pas de meilleure diversion pour la confrérie du gène que le gang de l'araignée noire.

– Un peu théâtrale non ? persifla le plus âgé des lieux.

– Professeur ! me carrai-je le séant dans le siège style Louis et un numéro compris entre le 13 et le 18. Vous faites vous-mêmes partie d'une congrégation constituée de loges avec une structure, si j'ai bien entendu, hypra-hiérarchisée ! Que l'hôpital ne se foute pas de la charité !

– Mais je ne vous permets pas ! s'indigna le vieillard.

– Mais moi oui professeur Thiard, et c'est là toute la différence… affichai-je un large sourire. Au cas où vous ne l'auriez pas compris, je suis la pierre d'angle de votre édifice… Je suis l'électron libre de votre organisation et c'est moi qui vais vous emmener jusqu'aux objectifs fixés, l'élément aux coudées franches et à l'immense marge de manœuvre apportant la victoire finale… Demandez donc à votre vicomtesse et à Gerhard s'ils n'ont pas fait appel à quelqu'un comme moi uniquement pour mes qualités et ces raisons…

Thiard osa un timide regard vers les intéressés.

– Vous voyez ? continuai-je. Les grands desseins ont besoin de structures hiérarchisées, prédéfinies afin de leur faire bénéficier de bases, d'appuis solides à la hauteur de leurs ambitions. Mais la condition *sine qua non* de leur réussite passe invariablement par un facteur, un vecteur unique : un être exceptionnel capable de faire basculer le destin… en l'occurrence pour vous,… moi.

Ambroise, dans un bruit sourd, laissa lourdement tomber sa prothèse sur la table :

– En tout cas en voilà un qui y croit !

– Je ne voulais pas vexer votre mentor Ambroise, repris-je. Mais simplement expliquer que le théâtral fait partie du jeu, qu'il est nécessaire si l'on veut détourner l'attention des autorités et du public loin de la confrérie du gène...

– Je suis d'accord avec votre explication sur la théâtralité monsieur M, s'exprima le mutant *Robien-Chazot*, mais je ne vois pas comment on pourrait faire plus confidentielle que la Confrérie du gène...

– Des fuites sont toujours possibles, l'interrompis-je. Et que la proximité désormais de la mise en œuvre du plan directeur...

– ...

– Monsieur Grouard... qui sera responsable du secrétariat du prix de la Fondation est un élu n'est-ce pas ?

– Oui, je comprends, acquiesça mon interlocuteur.

– Quand pensez-vous réitérer vos exploits ? s'adressa de Chaunay à Moshé.

– Nous avons pensé avec Eric faire une pause d'une ou deux semaines, répondit-il. Histoire de jouer avec leurs nerfs...

– Voilà qui me paraît satisfaisant, se gratta le menton le germanique personnage.

Un pesant silence s'abattit abruptement dans la salle. Nous espérions tous le retour de Dinant synonyme de déjeuner. Mais notre docteur s'était prescrit un calmant – prise en levrette de sa domestique. Pauvre Soufia... Que pouvait-elle bien penser de tout ça ? J'appris par la suite que la charmante beurette donnait dans le nihilisme et que tous les membres du gang, moi y compris, n'étions que des enfants de chœur en sa comparaison concernant le manque total de foi en l'humanité, sentiment-rejeton d'une enfance passée sans mère (morte en couche), au milieu de trois frères et d'un père pédo-incestueux à la conscience aussi peu nette que son fanatisme religieux. Elle avait trouvé en Dinant une nouvelle figure paternelle plus respectueuse, tendre mais aussi arque-boutée sur ses principes et amateurs de jeunes et fermes croupes. Chacun des membres masculins du groupe eut droit aussi à la douceur de ses services privés. Des hommes, hommes, hommes... Son trauma l'empêchait de deviner l'acte sexuel autrement que phallocrate. Elle pensait à moi en se faisant remplir à ce moment-là. Elle me l'avouera plus tard. Je fus le seul à ne jamais la toucher (hormis un baiser) et en qui elle reconnut des signes de gémellité.

Rapide tour de table : un couple pète-sec décrépissant bougonnait tandis que la lumière sèche de ce jour d'avril faisait se resplendir une perle de graisse sur le cuir chevelu (?) d'un Gerhard n'en finissant plus de se gratter le menton, un Tersen furieux de n'avoir pu répondre à ma place quelques instants plus tôt, une impassible et continuellement glaciale Isabelle de Chaunay dont la placidité venait à trouver un Ambroise perdu pendant que son professeur Thiard s'égarait dans sa toux ; enfin un Moshé dévirilisé sans sa cour. Et mes propres paroles me revenant comme en écho ! Pas de simples mots prononcés en l'air... J'étais vraiment la pierre d'angle de leur édifice ! Le gang de l'araignée noire m'avait introduit à la confrérie comme étant le sauveur, l'auxiliaire inespéré... plutôt comme un médiateur oui ! Responsable devant les deux camps. Mais cette soudaine théophanie ne m'effondra pas, bien au contraire ! Elle me rendit plus solide et plus confiant comme si une profonde intuition ou une indicible preuve m'assura que tout allait bien se passer ! C'est armé de cette certitude victorieuse que l'initiative me revint :

– Moshé, Tristan, voulez-vous avertir le docteur que nous souhaitons tous ici présent déjeuner ? Il se fait tard, merci...

Je ne les regardai même pas persuadé que j'étais de les avoir choqués en hasardant ainsi leur adresser la parole. Je perçus de perceptibles arcs électriques parcourir la peau de Moshé mais... Ils l'avaient bien cherchés. Spéculant ainsi sur ma fonction au sein des deux groupuscules ils s'étaient amusés à jouer aux apprentis-sorciers... Bonne nouvelle pour eux, j'étais une expérience réussie, ils avaient fait de moi ce qu'ils souhaitaient, un odieux et omnipotent connard. Ils le savaient aussi bien que moi alors, surmontant leur crispation, ils acquiescèrent, se levèrent afin d'obéir à mes injonctions.

– En espérant que les plats soient encore chauds, m'acharnai-je une ultime fois sur leur sort.

– Quelle sensation éprouvez-vous monsieur M- ? fit la vicomtesse.

– Ce serait plutôt à moi de vous poser cette question madame, compris-je immédiatement où elle voulut en venir.

– J'ai toujours eu l'habitude que l'on se plie au moindre de mes caprices, dit-elle amusée, mais pour vous, ce doit être relativement nouveau... C'est pourquoi je venais à m'enquérir de l'effet que pouvait bien procurer un sentiment de ce genre... Vous êtes empli d'une toute nouvelle autorité, rajouta-t-elle non sans astuces.

– Autrement dit qu'est-ce que cela fait d'avoir enfin l'attention des autres ? ne me détachai-je pas de son visage lunetté.

Ambroise ricana sous cape.

– Rien.

Elle fut déçue de cette réponse qu'elle jugea mensongère :

– N'est-ce pas jouissif d'être enfin écouté et obéi des autres ? poussa-t-elle plus loin.

– Cela aurait pu le devenir si au préalable les autres revêtaient une quelconque importance à mes yeux... n'eussé-je même pas à mentir. Mais je considérais déjà auparavant les gens, honnêtes ou malhonnêtes, comme de la vermine, alors, maintenant, ce ne sont ni plus ni moins que de la vermine servile...

– Mais... Mais vous parlez bien de la racaille nègre, asiatique et basanée, n'est-ce pas ? réussit à s'exprimer entre deux glaires le catarrheux vieillard.

– Pas uniquement...

– Mais vous ne...

– Excusez-moi de vous interrompre professeur, dit Ambroise, mais monsieur M- ne nous a jamais fait l'honneur de nous expliquer ses réelles motivations pour nous épauler ?

– L'épuration... Mais l'épuration enfin Ambroise !

ris-je. Et il faudra bien commencer un jour quelque part, et je ne le pourrais pas seul… D'où l'importance de vos assises et celle de ma motivation…
Seul le silence se fit l'écho de mes ukases.
– Sérieusement, persistai-je, combien de groupuscules, de comités ai-je pu rencontrer d'après vous partageant mes opinions sur la race humaine ? Hein ? Eh oui ! Vous êtes les premiers avec lesquels j'ai des accointances ! Comme c'est bizarre n'est-ce pas ? Et qui a, qui plus est, les moyens de ses ambitions ! Je ne rencontre pas ce genre de société tous les jours au coin des rues ! Alors j'ai une occasion je saute dessus ! Profitons les uns des autres et atteignons déjà nos objectifs communs ! Pour le reste on aura le temps de voir…
– Le reste ? se renfonça les sourcils Gerhard.
– S'il reste encore quelqu'un à sauver… ajoutai-je hermétique à ma propre conscience.
Je ne compris pas ma dernière sentence mais je la sentis affirmative, puissante, intelligible et surtout rapidement prouvable. Mon corps fut alors parcouru de multiples mini-convulsions fruits d'une sourde et indistincte terreur en provenance directe de mes viscères, une terreur légitime. Car nulle tromperie, nulle supercherie n'était venu entacher mes invectives : ces convictions indignes, pour tout ordre moral au moins, étaient bel et bien les miennes. Moshé et sa troupe de branquignols avaient d'eux mêmes fait entrer le loup dans la bergerie. Le loup…
– Le docteur nous rejoint de suite, revint Tristan, air ravi plat de crevettes et autres fruits de mers à la main.
Moshé le suivit de peu muni du plateau soutenant les diverses bouteilles de vin.
– Soufia a pris son après-midi ou quoi ? me moquai-je.
– On s'est proposé de l'aider, s'en tira à très bon compte Tersen.
Malheureusement pour lui Calixte possédait moins de finesse lorsqu'il s'agissait de son orgueil. Vexé de n'avoir pas eu la répartie nécessaire il se sentit obligé d'ajouter :

– Elle est en train de surveiller la cuisson du plat de résistance…

Je me fis un vil plaisir de sauter sur l'occasion qu'il me fournissait :

– Qui sera ?

– Comment ça ? s'étonna le jeune homme sémite en déposant le plateau sur la table, suffisamment dégoûté de jouer les larbins pour des gens qu'il méprisait.

– Oui, le plat de résistance, poursuivis-je sans la moindre once de pitié, quel sera-t-il ?

Il ne répondit pas, embarrassé, tendant ses flèches visuelles en direction de son complice, escopetteries composées d'un mélange de contrariété et d'appels de détresse. Tristan en accusa bonne réception de sa moue lasse et résignée. Il s'y collerait donc. Ce qui se résumait à abdiquer devant ma suprême sournoiserie. Mais n'était-ce pas justice ? Ne m'avait-il pas forcé à jouer ce rôle ? Ils en étaient remerciés. Je me promettais que tout ceci ne serait qu'un début.

– Tartare de… bredouilla le dandy.

Il s'interrompit seul ou plutôt il stoppa la progression de son assertion sans que personne ne l'y invitasse explicitement. Il ne resta rien à ajouter, à redire. Talleyrand stationna immobile un long moment, période durant laquelle je sentis fondre sur moi le regard ténébreusement mauvais de Moshé et, pis, l'indignation de l'entière compagnie, cette bande d'imbéciles salopards et hypocrites prête à sacrifier les quatre cinquièmes de la population mondiale afin d'assouvir leur névrose hystérique, mais insupportée et indignée de mon comportement à son égard !

Je défiai leurs taiseux reproches me carrant le mieux possible dans mon siège et me permettant de les dévisager tour à tour. Tous, excepté Calixte, baissèrent les yeux à mon passage. La rébellion de Moshé me fit sourire car l'on n'évacue pas si aisément les sentiments dominant une première rencontre. Mais Moshé avait passé son existence à rater les gens de mon espèce, ce genre de personne propre à s'effacer, à baisser l'échine le temps de s'acclimater. Une acclimatation destinée non pas à une intégration dans le nouvel environnement non, cette acclimatation servait un but de domination sans partage, l'asservissement des valeurs découvertes par les siennes ! La fureur suintait de tous ses pores à l'instar des gouttelettes glissant le long des bouteilles de vin blanc. Je sentis cette fureur s'accentuer de seconde en seconde, au fur et à mesure que son cerveau imaginait toutes les possibilités de vengeance, de sédition envers ma personne et que – Il ne revint pas que ce fut arrivé si tôt – il se rendait enfin à l'évidence... J'étais devenu par lui intouchable ! Incroyable tour de force que de se rendre indispensable aussi rapidement... Le sempiternel retour de manivelle ! Qui sème le vent...

– Excusez-moi ! Je manque vraiment à tous mes devoirs d'hôtes ! réapparut Dinant soulageant tout le monde. Mais qu'est-ce qu'il se passe ? scruta-t-il intrigué tout d'abord ses deux comparses avant de nous considérer un à un.

– Il semblerait... débuta Moshé.

– Il semblerait que vous nous ayez dégoté une personne à poigne nanti d'une très grosse personnalité, partagea ses conclusions Gerhard sans se soucier que le jeune leader du gang eut pris la parole en premier.

Ce dernier, excédé par cette ultime preuve d'irrespect général, baissa les paupières et émit de petits souffles rauques.

L'allemand ne manqua pas de le remarquer et vint enfoncer le clou :

– Allons Moshé, mon cher, nous espérons un peu plus de maîtrise de soi de la part du meneur de nos fantassins !

– De vos *fantassins* ?! se retourna-t-il vivement vers le chauve. Vous...

Mais la vue des mines réprobatrices de Dinant et Tersen refrénèrent sa colère :

– Je vois, se contint-il, vous n'avez donc plus besoin de moi pour le reste de cette réunion...

– Vous visez juste, lui confirma Gerhard d'un méprisant signe de la main s'agitant comme pour lui signifier de dégager le plancher, vous pouvez disposer... Vous avez quartier libre pour cet après-midi…

– Merci, merci bien, détourna-t-il rudement les talons.
J'adjoignis à son égard une fois qu'il fut arrivé au pas de la porte :
– Tu pourrais peut-être en profiter pour vérifier la *cuisson* du tartare en passant ?
Gerhard et Ambroise *exultèrent* chacun à sa manière de mon invective. Le premier rit de ces rires propres aux tortionnaires se régalant des tortures prodiguées à leurs victimes, tandis que l'autre plissa ses lèvres luttant afin de masquer sa quasi-jouissance de voir un métèque se faire ainsi remettre à sa place, réaction me le rendant presque humain.
L'humilié s'immobilisa un court instant, détournant son visage de trois-quarts. Je vis sur son profil droit toutes les promesses d'une série de revanches. Mais je savais d'ores et déjà qu'il n'en serait rien. Il sortit définitivement. Le regard d'Eric Dinant, dans un premier temps contrit et désapprobateur, ne me quitta pas avant que le docteur ne me sourît à pleines dents. Lui m'avait compris, bien plus finaud que son jeune allié en cette circonstance politique. Je sus que je venais de m'offrir à cet instant le meilleur de tous les alliés.
– Il faudrait peut-être éviter de braquer contre nous nos meilleurs éléments, s'aventura intrépidement, malgré le timbre timide, Tristan.
Le germanique, à qui avait été adressé cette réflexion, fut piqué au vif et ne se fit pas prier pour répliquer :
– Allons, allons, Tristan ! Enfin ! Vous savez bien que Moshé Calixte et tout votre groupe d'ailleurs avez bien plus besoin de nous que nous de vous ! Des Moshé Calixte nous pouvons en trouver par dizaines ! Et vous ? Sur combien de groupes aux assises financières aussi solides que celles de la Confrérie du gène pouvez-vous compter ? siffla-t-il d'un sarcasme.
Mon Talleyrand était encore décidément bien trop tendre. Pris de court, il ne trouva rien à redire. Mais déjà, je savais, quelque peu irrationnellement, qu'il me serait d'une grande utilité pour le futur. Mais pour l'heure ça n'était pas l'aura encore faible bien que

grandissante de Tristan Tersen qui m'accaparait les pensées mais la répartition discrète et néanmoins méticuleuse des rôles au sein des envoyés de la confrérie. En premier lieu Gerhard Schröedel (j'apprendrais son nom de famille un peu plus tard au cours de l'après-midi lors d'une discussion ayant pour thème la représentation inconditionnelle des éthiques, des mentalités, voire de la personnalité d'une nation dans leurs équipes sportives même, discussion ayant pour sujet Séville 82), Gerhard Schröedel donc était le chien de garde de cette délégation (je le soupçonnais d'être bien plus haut placé que cela dans l'organigramme de la structure et la suite me donna raison) sous la pondérée mais stricte surveillance d'Isabelle de Chaunay. D'ailleurs la circonspection de la vicomtesse était telle qu'elle n'avait plus repris la parole depuis qu'elle m'avait interrogé sur les sensations que je pouvais... Au temps pour moi ! Quel aveuglement ! Quelle bêtise ! Je venais simplement de me rendre compte qu'elle avait laissé s'exprimer à loisir tous les convives en se tenant sciemment à l'écart... Rare finesse psychologique innée ou acquise mais qui pouvait rapporter des trésors d'informations inestimables. J'avais été le premier à tomber dans le panneau non, à me jeter dedans en fait. J'avais dévoilé trop de choses... Mais qu'importait ! J'avais depuis toujours fait de la transparence et de la vérité les plus puissantes armes de mon arsenal... Elle pouvait s'en donner à cœur joie ! On ne me débouterait plus si facilement de mes territoires !

– Mais... Installez-vous donc Eric ! dit le petit bourgeois teigneux à ma gauche.

– Monsieur... interpellai-je ce dernier.

– Monsieur Beffroy, monsieur Justin Beffroy monsieur M-, me répondit-il. Et pendant que nous y sommes voici mon épouse Géraldine Beffroy...

Je me gardai de toute allusion enfantine et blessante concernant le prénom de madame :

– Monsieur Beffroy a raison Eric, asseyez-vous donc... Soufia va se faire un plaisir de nous servir le déjeuner que nous allons déguster comme il se mérite... Je pense que nous avons eu notre lot d'émotions en ce qui concerne une première prise de contact...

Et de fait jamais suite de repas coercitif n'eut paru plus banal, plus inoffensif. Soufia vint à nous servir quelques minutes plus tard décontractée, mine joyeuse relayée par l'air idoine du docteur. Puis les commensaux enchaînèrent les discussions sans importance allant oublier jusqu'aux présences de leur hôte et de Tristan. Sidérant cette faculté de dévorer, ce féroce appétit, cette propension à l'oubli alors que l'on s'apprêtait à commettre l'irréparable. Si pour ma part je m'étais dévoilé, eux, de leur côté, s'étaient franchement offerts. Sans doute était-ce cette qualité proéminente que Moshé et Dinant avaient-ils détectée très tôt chez moi : une fabuleuse faculté à attirer et attiser la confiance de mon prochain. Qualité (ou tare) que je me connaissais déjà auparavant mais dont l'usage, a fortiori l'abus, ne m'avait jamais tenté par la force des choses... Dussé-je l'écrire mille et une fois, je méprisai cordialement mes pairs... Que pouvaient donc me faire leurs secrets les plus profonds, leurs failles les plus enfouies...?

Ainsi se turent-ils un peu à défaut de se rétracter, uniquement sur ordre de la vicomtesse, véritable statue de marbre blanc sommant ses ordres de par la seule hardiesse de ses prunelles...

Cette vision de servilité m'amusant jusqu'à présent commença à me lasser un peu. L'intérieur de mon crâne se fit piste dédiée à Laurent Garnier : tempo lent mais lourd et annonciateur de longs tunnel d'ennui.

Le déjeuner se termina enfin sur le refus des membres de la confrérie de prendre le dessert. Ils avaient terminé ce qu'ils étaient venus faire. Ma rencontre et mon engagement avaient vraisemblablement remisés la prestation du docteur Dinant à des fonctions subalternes et visiblement dispensables même si sa partition de fusible avait été interprétée de la plus parfaite des mesures. Par cet affront social la confrérie du gène lui réclamait donc le hiatus. La vicomtesse ne se fit d'ailleurs plus prier : - Monsieur M-, daignerez-vous nous accompagner pour notre petite balade dominicale ? plaça-t-elle un sourire prêt à glacer le quidam déniant le plus simple des refus.

Elle ne renouvela sa demande à aucun autre.

– Ça me fera plus de sorbets au citron rien que pour moi ! cracha Tersen dans un murmure de désarroi le plus total.

Je me mis à sa place. La situation échappait au contrôle de son gang, pire, elle LUI échappait ! Il détesta à corps perdu cette hideuse sensation. Eric Dinant lui adressa un regard se voulant réconfortant, mais le geste de sympathie ne trouva pas de preneur. Ce fut Gerhard qui, d'une initiative n'enchantant naturellement pas Isabelle de Chaunay, tenta d'apaiser le jeune homme qu'il appréciait vraiment. Mais les paroles du germanique restèrent vaines, elles aussi. Tersen restait inconsolable, sentiment de désertion amplifié par l'humiliation de Moshé, ami proche partageant ses convictions, par ces mêmes individus. Soufia m'apporta ma veste en cuir.

– Je vous suis, dis-je. Où allons-nous ?

– Hors d'ici, répondit sans ambages l'aristocrate. Merci Eric pour cet excellent déjeuner…

Le docteur se leva.

– … et pour cette perle, lui susurra-t-elle à l'oreille. Nous sortîmes, moi le dernier. Sur le pas de la porte d'entrée Soufia remis veste, gabardine et manteau tandis qu'elle me gratifia d'une caresse de la main et d'un baiser sur la joue. *Roudelbecque* ajouta-elle d'un arabe à l'accent français à couper au couteau. Je pris sur moi essayant de la rassurer d'un sourire et d'un hochement positif et silencieux de la tête.

Nul véhicule n'attendait ou vint à notre rencontre au bas de l'immeuble. Personne ne dit rien. Nous entamâmes notre remontée vers la rue Gay-Lussac en direction du jardin du Luxembourg. Les rangées se formèrent : les Beffroy ouvrirent la marche suivis du professeur et de son *protégé* pendant que je la fermai entouré des deux leaders. Schröedel ne se déplaçait pas en ligne droite. Je me fis le plaisir de le lui faire remarquer. Isabelle de Chaunay sourit sarcastiquement de ma saillie.

Je respirais à plein poumon l'air vicié de ce Paris de week-end où l'absence d'âmes rendait l'atmosphère quasi-étouffante. Mes yeux fusillaient inlassablement mon environnement : là un magasin d'alimentation 8 à huit où j'avais acheté par le passé une plaquette de chocolat périmée depuis des lustres, là la rue adjacente permettant de…

– Nous faites-vous confiance à ce point monsieur M- ou alors n'avez-vous vraiment rien à perdre ? me sortit Chaunay de ma contemplative torpeur.

– Je… Pourquoi me demander ça ? me surprit-elle.

Elle me contourna pour s'arrêter devant moi tandis que Gerhard se positionna derrière mon dos, me clôturant comme s'ils eurent peur que je m'enfuisse. Les autres feignirent ne rien voir et continuèrent leur drève urbaine.

– Eric Dinant et ses jeunes fous nous sous-estiment encore et toujours, et pourtant croyez-moi M-, nous sommes loin d'être une association de malfaiteurs, de racistes ou de déments…

– C'est sûr qu'un projet comme la Fondation Estelle le Littré rassure sur la santé mentale de la confrérie et de ses composants…

– Ne vous gaussez pas M- ! trancha-t-elle partiellement agacée. Certains d'entre nous ont une propension pour le théâtral, le dérisoire et… l'équivoque…

– Thiard ? devinai-je.

– Entre autre. Mais ce sont des éléments indispensables dont la folie est compensée…

– … par leur fric…

– … et leur réseau relationnel, conclut-elle.

– Vous n'approuvez pas le *cas Ambroise* ? formulai-je.

– Ambroise est un bon garçon, mais malléable et totalement perdu.

– Doux euphémisme, souriais-je tristement.

– Le croiriez-vous ou non, mais je n'ai rien contre les gens de race non-blanche…

– Ni rien pour c'est ça... ?

– Reprenons notre chemin voulez-vous ? Gerhard !

... Et le gros homme de me prendre l'épaule comme le premier gorille venu.

– S'il-vous-plaît... les dévisageai-je tous deux. Nous avons dépassé ce stade...

– Pardon, s'excusa la vicomtesse. Une mauvaise habitude de notre part...

– Désolé, ajouta le chauve desserrant son étreinte.

– J'ai eu l'impression tout à coup d'être dans un mauvais polar, fis-je avec l'intention de les desceller de leur piédestal de nobliau.

– Nous avons rarement l'habitude de travailler aussi rapidement avec des volontaires, reprit la dame en blanc. En général il nous faut user de moyens plus persuasifs et de manières moins... distinguées dirons-nous.

– Oui, oui... C'est ça... Que vouliez-vous me dire à propos des gens de race non-blanche ? lui demandai-je pendant que nous reprîmes notre route en direction du jardin public. Et de vos désaccords avec certains de vos pairs ?

– Il n'y a pas de désaccord avec certains de mes pairs monsieur G-...

Je sursautai.

– Cela vous étonne-t-il que nous connaissions votre nom de famille ? Certes il était bien prudent de votre part ainsi que de celle d'Eric de nous le cacher, mais pensiez-vous sincèrement que nous soyons si stupides ou lunaires pour vous intégrer alors même que nous ne connaîtrions pas votre véritable identité ? Ne vous faites pas d'inquiétude pour vos parents, ils n'ont absolument rien à craindre de nous, nous ne les toucherons jamais, vous avez ma garantie à ce sujet... Au contraire j'aurais tendance à les remercier de vous avoir mis au monde. Vous venez à peine de frôler l'importance que vous allez prendre dans les prochains mois...

– Comment... ?

– Le comment n'est pas intéressant et viendra de lui-même par la suite. Pour l'instant je souhaiterais répondre calmement à vos questions… Je disais donc que je n'ai aucun désaccord avec certains de mes compagnons disons, simplement, des divergences de priorité et d'appréhension d'intensité de certains problèmes… Peut-être vous suis-je obscure… Vous me suivez ?

– Alors que certains se focalisent sur les problèmes d'identité et d'appartenance raciale, vous, vous vous impliquez uniquement dans le projet de leur extermination…

– Ah ah, laissa-t-elle échapper précieusement. Vous revoilà cynique M-, que cela ne vous va pas et que vous êtes plus beau et plus crédible lorsque vous vous laissez emporter par la flamme de vos idéaux !

Je ne rétorquai rien, vexé de mettre mis minable avec une répartie aussi inappropriée.

– Je ne vous en tiens pas rigueur, se relança-t-elle. Je sais que tout cela est encore nouveau pour vous… Ah, tenez, Victor nous attend…

Victor ? Le chauffeur de Madame. Une limousine noire déboula le long de St Michel et un larbin vêtu d'un uniforme bleu sortit de derrière son volant et vint ouvrir la porte arrière à sa maîtresse. Elle s'engouffra dans le véhicule m'invitant à la suivre. Je m'exécutai talonné de prés par Gerhard. Celui-ci claqua la portière donnant ainsi la permission à Victor de démarrer. Assise sur la banquette en contre-sens, la dame nous faisait face.

– Nous allons pouvoir reprendre…

– Mais et les autres ? feignis-je l'altruisme.

Pas dupe Isabelle de Chaunay grimaça une fin de non-recevoir.

– Je suis sérieuse lorsque j'affirme n'avoir aucun grief contre les personnes d'une autre couleur que la mienne, poursuivit-elle. Ça n'est pas le critère sélectif…

– C'est l'argent…

– Bien sûr et l'aptitude de ces populations pauvres à entretenir d'elles-mêmes des états totalitaires instables…

– Alors que votre objectif est de leur offrir des états

totalitaires stables ! pouffai-je incapable de me départir de mon foutu cynisme.
– Vous n'êtes pas loin du compte M-, ne me rabroua-t-elle pas à ma grande surprise. Longtemps stabiliser et pacifier le tiers-monde par des régimes autoritaires mais juste a été l'objectif premier de nos loges…
– Vos loges…
– Oh, ne cherchez pas ! Vous aurez plus de temps que vous ne le souhaiteriez pour découvrir notre mode de fonctionnement…
– Alors ?
– Alors cet objectif était et reste irréalisable.
– Ou trop dur à réaliser ? Plus dur que de planifier un génocide ? me lâchai-je.
Mon interlocutrice ôta ses montures, fixa le vide durant un petit moment puis reprit :
– Il faut que nous nous mettions bien d'accord M-, et même si cela doit profondément vous froisser… Nous sommes tout comme vous des idéalistes…
Je considérai l'insulte comme étant légitime.
Elle continua :
– Nous comptons dominer le monde mais d'une autre manière dont nous le dominons actuellement. L'argent, les palaces nous sont bien moins important que notre bien-être mental. Nous avons dépassé ce stade. Le seul point que nous partageons avec les gens des strates sociales inférieures est de haïr la société dans laquelle nous vivons tous. Nous rêvons pareillement de changer cette société… Mais allez donner les moyens financiers à un pauvre de devenir riche et celui-ci s'enfermera dans sa nouvelle boite dorée et défendra bec et ongles ce système qui a fait de lui ce qu'il est et qu'il était prêt à détruire quelques temps auparavant. Nous, non. Comme je vous l'ai dit nous avons dépassé ce stade. Nous sommes incorruptibles. Mais nous ne sommes qu'une poignée à réfléchir ainsi… relativement bien sûr…
– Pourquoi ne pas dispenser tout autour de vous ce matériel qui vous accable ? la picotai-je.
– Pour créer une nouvelle nomenklatura ? Pour que d'autres esprits moins éveillés que les nôtres nous

remplacent sur l'échelle sociale ? M-, allons !

– Mais, il y a quelque chose qui me chiffonne… me rapprochai-je de sa personne, buste vers l'avant.

Elle me calqua.

– Qui vous dit que vous avez raison ?

Elle se replia sur son dossier :

– Voici ce qui a été votre faiblesse jusqu'à aujourd'hui monsieur G-, évita-t-elle le front de ma question. Nous nous battons, *nous,* pour ce que nous croyons être juste, nous n'attendons pas indéfiniment dans notre coin en nous lamentant que rien ne se passe comme nous le souhaiterions…

Je réintégrai à mon tour mon dossier. J'étais abasourdi ! Je venais de recevoir une véritable leçon de vie des plus improbables dans la plus improbable des situations. Me faire mettre au pas par une Himmler en puissance dans une limousine en plein Paris…

Je n'abdiquai pas :

– Peut-être pourriez-vous répondre à une autre de mes interrogations ?

– Je vous écoute…

– Je ne cache pas que vous m'avez touché en plein dans le mille…

– Je sais, fit-elle à nouveau hautaine et suffisante, comportement ne manquant pas me faire remonter quelque peu de bile au travers de la vésicule.

– Mais l'une des raisons pour lesquelles je n'ai pas bougé jusqu'à présent est que j'ai toujours trouvé le temps de passage de l'homme ici-bas très succinct… Pourquoi se battre à semer des graines dont nous n'aurons jamais le temps personnellement de récolter les fruits ?

– Alors autant ne rien faire de son temps de vie, m'acheva-t-elle.

Je jetai subrepticement un œil du côté de Gerhard. Celui-ci s'était démarqué, voire totalement exclu de la discussion et laissait traîner son regard au travers des vitres contemplant les rues mornes de la capitale.

– C'est très égoïste comme mode de pensée, retint-elle à nouveau mon attention. Ça me plaît.

– Je vous l'ai dit que je n'en avais rien à faire de cette

chienlit que l'on nomme humanité.

– C'est pour cela que nous avons besoin de vous. Elle me dévisagea. Et puis la longévité vitale est plus un point technique que philosophique…

Qu'avait-elle dit ? Et surtout que sous-entendait-elle par là ? Était-ce que la valeur de la vie passée sur cette terre n'équivalait pas au nombre d'années mais à l'incandescence, à l'intensité, au rayonnement du feu ayant été le nôtre ? Que nous ne comptions pas par notre présence physique mais par les actes que nous commettions, les malheurs et les bonheurs que nous pourvoyions ? Ou alors, d'un point de vue purement biologique, que nous n'étions matière que pour mieux renaître de nos cendres ? C'est cette dernière hypothèse qui se fit ma favorite. En effet celle-ci lui permettait d'avoir la conscience plus tranquille en ce qui concernait les atrocités qu'elle s'apprêtait à commanditer.

Mais me vint à l'esprit que, peut-être, cette congrégation de dégénérés moraux avait échafaudé d'autres plans concernant la vie éternelle. Le fantastique de cette dernière supposition pouvait prêter à raillerie si je n'étais pas en train de vivre ce que je vivais.

Persuadé qu'elle ne répondrait à aucune de mes interrogations sur ce chapitre, je l'orientais vers un autre sujet de questionnement :

– Comment avez-vous su ?

– Pour votre identité ? Ça n'était pas bien compliqué M- G-, se délecta-t-elle d'articuler chacune des syllabes de mes noms et prénoms. Après votre cirque d'hier soir, les Beffroy tenaient absolument à savoir qui était ce provocateur. Ils n'ont eu qu'à se renseigner auprès de certains membres de la confrérie travaillant dans les services concernés…

Risette intérieure : Vive la technologie ! Big Brother était définitivement entré dans notre réalité sous la forme de microprocesseurs, de données binaires et de signaux électromagnétiques. Je ne demandai pas d'explications supplémentaires, c'était bien inutile ! Lors de la soirée un de leurs comparses m'avait photographié à l'aide de son téléphone portable et avait transmis le cliché numérique à un tiers ayant accès à une base de données officielles (cartes d'identités ou passeports, quoi d'autres ?). Quel ennui avaient-ils dû éprouver à l'épluchage de mon maigre dossier !

Elle me remarqua songeur :

– Cela vous étonne-t-il donc que nous ayons accès à des documents étatiques ?

– Non, répondis-je d'une moue revenue de tout. Quand commençons-nous ?

– Nous vous ferons appel.

– Bien.

– Voulez-vous que nous vous déposions quelque part ? fit-elle faussement affable.

– Non ça ira merci.

Je n'avais vraiment pas la moindre idée d'où aller. A peine recouvert un sentiment de pseudo-liberté que voilà déjà que je ne savais qu'en faire.

– Laissez-nous ici Isabelle s'il-vous-plaît, se réveilla un énergique Gerhard.

– Très bien.

Elle appuya sur le bouton de l'interphone et ordonna au chauffeur de stopper le véhicule. Gerhard ne patienta pas que l'on vienne lui ouvrir la portière pour se glisser hors de la limousine :

– Au revoir Isabelle. Elle lui rendit son salut. J'attendis un instant avant de descendre à mon tour. Elle me sourit :

– Une nouvelle fois bienvenue à la confrérie du gène M- G-, un grand avenir s'ouvre devant vous.

Je ne dis mot en la quittant. La voiture redémarra. Nous étions revenus devant l'entrée du jardin du Luxembourg. Je n'avais même pas remarqué durant les quelques minutes passé à bord que nous n'avions pas quitté le quartier. Gerhard m'attendait auprès du portail d'entrée.

– Pourquoi ai-je l'impression que chacun veut tirer la couverture à lui dans votre clan ? m'en approchai-je.

– Parce que nous ne sommes encore que des êtres humains mon cher M- ! répondit-il de son gros accent teuton.

Nous pénétrâmes le parc revivifié par la présence de nombreux badauds et enfants (c'était donc ici que se cachaient tous les habitants de la ville le dimanche !).

– Nous ne sommes malheureusement pas au-dessus des luttes d'ego, poursuivit-il.

– J'ai quand même l'impression qu'il s'agit de quelque chose de plus profond encore, quelque chose comme des convictions dissemblables…

– Ce n'est pas à ce niveau-là que ça se joue, désigna-t-il un banc où nous ne tardâmes pas à nous asseoir. La vérité est que l'idée de la Fondation ne plaît pas à tout le monde…

– Sans blague ! balançai-je d'une impulsion nerveuse.

– Maintenant que nous sommes seuls M-, comment faites-vous pour accepter aussi facilement l'idée que nous nous apprêtons à commettre un génocide ? La simple évocation de ce massacre a demandé des années, voire des décennies à nos partisans pour l'accepter…

– Et ils l'ont si bien accepté que certains sont prêts à passer sous un rouleau compresseur pour sacrifier à des rites d'épuration raciale.

– Nous comptons un bon nombre de fanatiques…

– Je n'arriverai jamais à vous différencier…

– Je ne vous le demande pas. Mais vous n'avez toujours pas répondu.

Je le considérai dans le blanc des yeux :

– Dussé-je me répéter éternellement, je méprise réellement la race humaine… Notamment à cause de ce que les gens de votre espèce sont capables d'imaginer pour atteindre leur but…

– Soit…

– Oh, après tout vous ne serez que les deuxièmes à mettre en place une suppression systématique d'individus dans l'Histoire…

– Sans doute faites-vous allusion aux nazis… Oui, il est vrai que nous leur ressemblons sur bien des points… Capables d'égorger pour un idéal et un monde nouveau… Mais il existe une différence de taille : nous ne souhaitons pas dominer ce nouveau monde…

– Vivre heureux dans un monde c'est le dominer…

La discussion s'interrompit sèchement. Un friselis de doute, pour la première fois depuis longtemps, me parcourut l'échine et vint alimenter de sa froide torpeur mon entière anatomie. Doute accentué à la vue de tous ces êtres vivants rendant folle la nature les ayant accueillie, quelques-uns se reposant d'une harassante semaine condamnés à ne plus jamais émerger de cette illusion esclavagiste leur servant de réalité, d'autres à l'orée de leur servile existence déployant une énergie vitale propre à fracasser d'entiers icebergs ne désirant que grandir afin d'explorer ce monde, de le faire sien, ne comprenant pas encore qu'ils seront condamnés à errer sur celui-ci comme des âmes en peine et regrettant un jour leur innocence perdue comme l'on peut regretter un certain goût du Paradis originel… et les derniers enfin, les ultimes peine-à-jouir, toute hallucination envolée, profitant des quelques grappes de bonheur encore disponibles sur notre ignoble globe.

Et moi de les observer, chienlit génétique, organique que je condamnais un peu plus à chacun de mes mots, de mes gestes. Je sentis la migraine revenir.

– *Vivre heureux dans un monde c'est le dominer*, répéta pensivement Gerhard. C'est joli et en plus c'est vrai… Je n'y avais jamais pensé… Comment appelle-t-on ça déjà ? Un apho… aphotisme ? …

– Aphorisme.

– Aphorisme, oui c'est ça, se gratta-t-il le menton – sur lequel il me paru vraisemblable qu'un aoûtat y ai pris demeure – il est de vous ?

– Je ne suis pas sûr d'avoir été le premier à exprimer cette pensée, mais oui, celui-ci est de moi.

– Je suis sûr que vous avez des qualités littéraires,… vous devriez écrire vous savez…

– J'écris.

– … et que…

– Des romans.

– Vous aimez dominer votre création…

– C'est exact.

– Jamais été publié ?

– Pas eu cette chance.

Il eut l'insoupçonnable délicatesse de ne pas insister sur cet amère constat. Fréquentant les hautes sphères parisiennes, il savait qu'un M- G- n'avait aucune chance de se faire publier un jour.

– Vous allez réécrire l'Histoire M-, lâcha-t-il. L'heure n'est plus à la littérature mais aux actes, personne n'aurait certainement compris vos œuvres de toute façon !

Touché !

– Avez-vous remarqué comment les différences de culture agissent directement sur les actions des différentes nations ? amorça-t-il le plaidoyer de sa cause.

– Comment ça ?

– C'est d'une vérité première dont je vous parle, cela m'étonne que vous n'y ayez jamais pensé... En tant qu'écrivain en plus !

– Et si vous m'expliquiez au lieu de me provoquer, le défiai-je droit dans les yeux.

Il ricana :

– Il ne fallait pas le prendre mal, il n'y a vraiment pas de quoi ! Mais vraiment n'avez-vous pas remarqué que la culture d'une nation, d'un peuple fait toute la différence dans le comportement qu'elles ont en face d'un même problème ?

– Ce fut vrai autrefois Gerhard, dis-je les pupilles à nouveau intéressées par les badauds, plus maintenant... Maintenant la culture est unicellulaire, unilatérale... L'heure est à la crétinisation des masses et celles-ci s'y engouffrent avec candeur, avec bonheur, avec... avec...

– Volupté ?

– Merci. Oui, volupté...

– Vous touchez là un point essentiel de la vision de la vicomtesse...

Je saisis. La migraine progressa et je sentis oindre la douleur dans mes arcades oculaires pendant qu'une raideur s'emparait de mes cervicales.

– Vous paraissez palot tout à coup... Vous ne vous

sentez pas bien ?

– Non, ne vous inquiétez pas… Juste la fatigue cumulée de ces derniers jours…

– Ne me faites pas le coup de tomber dans les pommes comme à la conférence d'hier hein ? ne plaisanta-t-il pas.

– Merci pour votre sollicitude.

– De rien. Voulez-vous rentrer peut-être…

– Non, l'air frais ne peut me faire que du bien.

La fatigue cumulée de ces derniers jours ? Mais laquelle ? Celle résultante d'une semaine presque complète de sommeil ininterrompu ? La vérité était que mes nerfs se trouvaient en porte-à-faux d'avec mon intellect. Si ce dernier imaginait que j'étais capable d'assumer et de contrôler tout ce qui m'arrivait actuellement et en prévision, l'assurance de mon mana, elle, me faisait encore défaut.

– Je ne vous importunerais plus aujourd'hui avec ce sujet, peut-être pourrions-nous…

Une peur viscérale de me retrouver seul me tirailla. Je le fis parler davantage :

– Non au contraire, articulai-je malgré une bouche de plus en plus pâteuse. Je repensais d'ailleurs aux différences germano-françaises et aux anglo-saxons par rapport aux latins en général… La *drôle de guerre* d'ailleurs fut…

– Oh, vous savez qu'il y a encore plus symbolique que cette tragédie de l'affrontement mortel entre nos deux peuples de race blanche !

… Chassez le naturel…

– Étiez-vous assez grand pour suivre la coupe du monde espagnole de 82 ? poursuivit-il.

– Ça a été la première compétition sportive que j'ai suivi de ma vie, lui répondis-je satisfait d'avoir su creuser et mettre le doigt sur un sujet qui, j'en étais certain, me le ferait babiller durant des heures si je le souhaitais.

Tout sauf rester seul… pour le moment, jusqu'à ce que je décide qu'il était temps, ultime stratagème servant à me leurrer moi-même tentant de me persuader que je pouvais encore avoir la mainmise sur un pan, même ridicule, de ma destinée.

– Et bien moi Gerhard Schröedel, j'affirme qu'il n'y a pas mieux que les équipes sportives nationales pour donner corps à ma théorie… La culture et ses dérivés sociaux comme l'éthique ou les mentalités de chaque joueur sont mieux invoqués dans ces groupes-là ! Et Séville 1982 en est l'exemple même… Car, voyez-vous mon cher M-, à l'époque la RFA avait une équipe de guerriers, de battants, prête à remporter la victoire à n'importe quel prix, même anti-sportive ! Le pacte que nous avions souscrit avec nos frères autrichiens pour que les basanés d'Algérie ne passent pas le premier tour ! L'attentat de Schumacher sur Battiston, bref… Tandis que de votre côté il y avait du talent à l'état pur ! Sans doute la plus belle équipe de foot que vous n'ayez jamais eu ! Un carré magique, sans nul doute l'un des meilleurs joueurs de tous les temps en la personne de Platini mais… une mentalité de dilettante… du beau jeu pour le beau jeu… Vous étiez des artistes ! … Mais un artiste est, d'après moi, un contemplatif, il ne peut être vraiment dans l'action… Alors d'accord les dribbles et les débordements de Giresse étaient magnifiques à voir, mais au niveau de l'efficacité,… zéro quand on a affaire à un bloc mental et physique… Nous n'avions rien laissé au hasard, nous étions là pour une unique raison… L'opportunité que tout-un-chacun doit accepter et saisir au vol… Voilà ce qui forge un destin !

– Et pourtant c'est l'Italie avec son parcours de merde et sa mentalité petit joueur qui a raflé la coupe à vos nez et barbes, conclus-je pernicieusement son exposé.

– La beauté du sport, ne put-il s'empêcher de rajouter malicieusement.

– Ça pourrait torpiller votre théorie herr Schröedel…

– Vous savez bien que non. La finale avait été anecdotique. Une ligne de plus au palmarès et une étoile supplémentaire sur le maillot national d'un pays qui n'est, à l'heure où je vous parle, même plus digne de son passé, n'est rien en comparaison de ce qui se passa ce soir-là sur la pelouse de Séville.

Je dus me résoudre à la justesse de ses propos.

– Ce soir-là l'Histoire était en marche, s'embrasa-t-il, et la société française en a tiré bien plus de leçons que vous ne pouvez imaginer.

– J'ai bien peur que si. Nous nous sommes petit à petit laisser asservir par la société du sport et du spectaculaire, ghettoïser dans des concepts propres à endormir les peuples les plus jeunes des contrés les plus pauvres,… Nous nous sommes, et ce en quelques lustres seulement, débilités et communautarisés à outrance…

– … et tout ça pour ?

– Pour gagner, montrer aux autres que nous savions également le faire même si pour cela nous devions sacrifier ce que nous avions de plus précieux jusqu'ici et que nous ignorions : tous ces principes qui faisaient notre spécificité. Une spécificité qui faisait de nous un peuple d'exception.

– A cause de qui ?

– Nous nous sommes laissé engloutir par la soif de conquête matérielle…

– Encore une fois à cause de qui la France a-t-elle perdu ce désir du beau et du bien-être ?

– Une lame de fond provenant de…

Je m'arrêtai net, horrifié par ce qui allait sortir de mes lèvres me rendant compte, mais bien trop tard, à quelles extrémités m'avait emmené mon propre discours.

– Vous avez eu raison de parler en termes de ghettos et de communautés, ne m'épargna-t-il pas. La France s'est condamnée toute seule dans sa quête du beau universel. Vous avez accueilli sur votre territoire un nombre incalculable de parasites que vous considérez comme des humains. La confrérie du gène ne fait pas cette erreur. Cette lame de fond, ce profond changement de mentalité dans la société française vient de la nuisance de cette vermine étrangère, sale racaille noire et arabe, petite mentalité mesquine, propre à la trahison, à la frime, au m'as-tu-vu, toujours prêts à cracher sur tout ce qui est culture… Savez-vous pourquoi ils sont prêts à cracher sur tout ce qui est culture ?

– Parce que ça leur échappe...

– Exactement M-, parce que ça leur échappe. Leurs minuscules cervelles de primates ne peuvent appréhender le beau, le vrai, le juste – Le visage germanique s'empourpra – ils ne sont que des ratages de la nature, de Dieu... C'est pour cela qu'il n'y a aucune réticence de ma part à les massacrer... S'il le fallait je le ferais moi-même seul et un à un... Me délecter de leurs souffrances...

– Vos vœux seront bientôt comblés Gerhard, calmez-vous sinon vous allez vous péter une veine !

– Ah ah ah ! Vous me trouvez cruel M- ? Vous avez raison pourtant, je le suis. Je vous assure que vous le serez bientôt tout autant que moi...

Je n'avais cessé de l'aviser tout au long de sa tirade. Il s'en moqua :

– Dès que vous aurez pris conscience que vous devez votre vie minable à ce genre de parasite... Ne le croyez-vous pas M- que s'il n'y avait pas eu le fric érigé comme ultime Dieu par ces sous-hommes vous ne seriez pas si perdu dans votre existence ? Une existence où tout le monde se détourne de vous ? Où personne ne vous tend la main ? Vous êtes talentueux, équilibré, certainement aimant et pourtant... Vous êtes pitoyable, pathétique... La plèbe a pitié de vous alors qu'aucun d'entre eux, même le plus brillant, ne vous vaut... Oui, ils vous plaignent car ils vous jugent faible, sans ambition et pire que tout, indigne de vivre dans cette société vouée au fric ! ... Regardez-vous en face M- ! Ils ont réussi à vous dégoûter de vous regarder en face dans un miroir !

Des mots comme autant de shrapnells me tailladant l'âme... Le mal de crâne s'intensifia. Mon corps était tout proche d'une implosion de gerbe, prêt à engloutir la ville sous mes flots gastriques.

– Détestez-les autant que moi M- et réjouissez-vous ! La confrérie du gène et toutes nos loges se sont réunies pour vous apporter ce que vous aviez perdu l'espoir de recevoir un jour !

Je me levai à l'improviste du banc, titubant dès les

premiers pas. J'estimai en avoir assez entendu.

– Reposez-vous bien M-, vous en aurez besoin ! hurlat-il à mon encontre tandis que je ne me retournai même pas pour le saluer. Nous vous recontacterons bientôt ! Mes amitiés à Tristan et Dinant !

Le monde tournait beaucoup trop vite autour de moi. Ma vision se troubla. Il avait vu juste. Mon état physique m'empêchait de retourner chez mes parents. Il me fallait un lit de toute urgence et, si possible, pouvoir consulter un médecin. En l'occurrence le voisinage proche m'offrait l'appartement de celui m'ayant opéré les yeux. J'espérais d'ailleurs de lui qu'il m'affirme une éventuelle corrélation entre cette intervention chirurgicale et mon état valétudinaire depuis mon *réveil*, et surtout qu'il réussisse à me soigner. Je ne sais comment je triomphai du chemin retour me ramenant chez Dinant. Je n'ai pour souvenir diffus que quelques coups de klaxons à mon encontre et une lumière rose semblant m'ouvrir la voie. Mais j'y parvins. La rue. L'immeuble. La cour intérieure. L'étage. Les longs coups de sonnettes. Les quelques faiblardes tapes sur la porte et... le visage de Soufia atterré, terrifié quand elle m'aperçut, enfin la douce caresse de sa paume sur ma joue précédant le trou noir.

"Suis-je d'ici" ?

Seul dans l'obscurité du cerveau universel, je me lâche et condamne par contumace mes composantes. Je sens se diluer à l'identique ces sciences théorétiques et cette empruntée philosophie première. Mais mon désir de garder forme humaine subsiste. Non, ce n'est d'ailleurs pas tant ma volition qui est en cause, mais c'est cette troisième volonté dont je me rapproche, ineffablement, lentement, maniéré et désespéré. La clef, ultime quête, est à portée de doigt.

Mon pied touche un sol invisible. Devant moi, par l'embrasement d'un feu dont le scintillement en éclaire les contours, se distingue une porte. Une vieille femme, rides friponnes, ouvre. J'avance et lui demande :

"Suis-je d'ici" ?

13
– Quelle est la situation de là d'où tu viens ?
– Je ne sais plus d'où je viens.
– Pourquoi es-tu là, pourquoi es-tu venu jusqu'ici ?
– Je croyais qu'ici était mon chez moi.
– As-tu réellement besoin d'avoir un chez toi ?
– Oui. Ne vois-tu pas que je pleure toutes les larmes de ce corps ?

– Oui. Sans doute un résidu de ta précédente incarnation. Comme il me paraît étonnant qu'un être aussi imparfait que toi ait pu accéder à notre monde. D'ailleurs comment as-tu fait ?
– Je ne sais.

– Tu es malade. Le Latre devra t'examiner afin d'analyser les différentes attitudes te caractérisant. Peut-être en fera-t-il part au Cosmogone.

– Le Cosmogone est le début et la fin de toutes choses. Rien ne survit au Cosmogone. Rien n'y survit. Le Cosmogone est un pourvoyeur dispendieux, il est aussi un usurier sans pitié. Le Cosmogone comprend tout, y compris le Néant. Le Cosmogone compte sur le nouveau Dieu pour comprendre le Dieu renégat.

– D'où… D'où connais-tu les paroles sacrées de Latre ?

– Je ne sais.

14

– Je suis certaine que tu es un envoyé des dulies pour nous espionner, nous voler et nous annihiler.

– Les dulies ?

– Les émissaires de Latre. Elles ne savent pas qu'il existe et qu'il est leur maître.

– Dans ce cas comment auraient-elles pu m'envoyer ici ?

– Tu es certainement arrivé ici par tes propres moyens. Tu es peut-être un de leurs dieux ?

– Je ne me sens pas Dieu.

– Personne ne se sent Dieu à Théosophie la capitale de Latre.

– C'est à Théosophie que je me trouve ?

– Oui. Je vais t'emmener voir l'archidiacre. Lui saura bien t'ôter les vices imprégnés par les dulies et ce qu'il faudra en faire après.

15

– Bonjour maître.

– Bonjour vieille femme. Que me rapportes-tu là ?

– Une créature nouvellement venue à Théosophie. Elle dit avoir perdue la mémoire. Je la crois. Je la soupçonne d'être une sonde des dulies.

– Une sonde des dulies ! Je crois que tu divagues vieille femme ! Elles ne soupçonnent même pas l'existence de cet endroit !

– Mais maître, l'espoir relaté dans les livres sacrés aurait pu les…

– L'espoir n'existe pas ! Ce n'est qu'une illusion disséminée dans ces êtres par le Latre ! Ce n'est qu'un simulacre, une astuce destinée à le sustenter ! Nous seuls sommes les derniers êtres illuminés de la Création.

– Le changement…

– … n'est qu'une fréquence vitale ! Et maintenant voyons voir ce spécimen. Qui es-tu et que veux-tu ?

– Suis-je d'ici ?

– Comme c'est intéressant.

– N'est-ce pas étrange maître ? De quel genre de créature peut-il bien s'agir ?

– Foi d'archidiacre je le découvrirai bientôt mais pour l'instant disparais femme !

– Mais…

– Il n'y a aucune objection à émettre seulement un ordre à obéir.

– Bien maître. Je vous laisse.

– Nous voilà seuls. Quel est donc ton propos fils ?

– Suis-je d'ici ?

– Ce désir d'appartenance m'échappe. Je ne pourrais en conséquence répondre à ton attente.

– Qui le pourrait ?

– Toi et uniquement toi.

– Je n'ai plus de mémoire.

– Comme tous les nouveaux venus à Théosophie.

– Pourriez-vous m'expliquer ?

– La mémoire n'a aucune valeur par ici. En tout cas pour les êtres subalternes que nous sommes. Chaque nouvel arrivant donne ses schémas mémoriels au Latre. C'est ainsi que le Latre existe et perdure.

– Le Latre est-il l'oubli ?

– Non, au contraire. Le Latre est notre grand Tout.

– Il n'est pas moi et il n'a pas l'air d'être vous. Comment pourrait-il alors être le grand Tout ?

– Le Latre n'admet pas l'insubordination. Moi non plus.

– Je veux comprendre. Suis-je d'ici et sinon que fais-je ici ?

– Selon la vieille femme tu aurais trouvé le chemin seul. Je ne pensais pas que cela fusse possible. Peut-être est-ce un accident. Je n'ai jamais entendu parler d'un cas de ce genre auparavant. Cela risque d'être fâcheux. Je suis certain que se cache en toi une force universelle s'étant resserrée au point d'avoir forcée le passage théosophe. Je ne vois qu'une solution afin d'en avoir la conscience nette. T'amener au puits des sources afin que se réintègre en toi la mémoire que tu as perdu, si cela est encore possible et si le Latre l'accepte. C'est le seul moyen de te sauver et peut-être de nous sauver aussi.

16

– Nous y voici. Le puits des sources. Ce ne fut pas long n'est-ce pas ?

– Parlez pour vous archidiacre, j'ai l'impression d'avoir attendu l'éternité pour y accéder.

– Tu fais décidément une bien étrange créature mon ami ! Mais voici que se présente à nous maître Obalzias le sérénissime surintendant des usages du puits des sources.

– Salut à toi noble archidiacre !

– Salut à toi puissant Obalzias gardien du puits !

– Que me vaut l'honneur de ta présence en ces lieux saints ?

– Je suis venu pour mon ami.

– Je sens sa différence d'ici. D'où provient-il ?

– C'est ce que nous aimerions savoir tous deux. Il aurait apparemment traversé le passage théosophe sans aucun problème, et pourtant il est d'une race inférieure, cela ne fait aucun doute !

– C'est impossible ! Seuls les êtres de lumière peuvent le franchir !

– Je le sais. J'émets l'hypothèse qu'il aurait bénéficié du soutien des dulies.

– Autre impossibilité, les dulies ignorent tout de l'existence de Théosophie et même ne disposeraient pas d'une technologie, d'une magie ou d'une culture suffisante pour prendre en défaut nos moyens de discrétion.

– A moins que l'espoir ne nous ait trahis.

– Que dis-tu là archidiacre ! Tu sais aussi bien que moi que l'espoir est une illusion !

– Je le sais pourtant. Se pourrait-il qu'il ait muté ?

– Dans ce cas cela ne regarderait que le Latre lui-même !

– Mais tu serais au courant ?

– Bien sûr, je suis le surintendant des usages du puits des sources et suis seul habilité à voir, à gérer et à caresser lorsque que le Latre me le permet, tous les flux du savoir cosmogonique. Et je peux t'annoncer archidiacre que leur écoulement ne s'est pas modifié ces derniers temps, donc qu'il n'y a pas eu de mutation de l'espoir.

– Il nous faut donc retrouver et réintégrer la mémoire de notre ami si nous voulons résoudre notre problème.

– Pourquoi la présence de cette créature parmi nous poserait un problème ?

– Je ne suis pas comme vous. Je ne sais pas qui je suis mais moi aussi sent la différence qui existe entre nous. Je ne pourrais jamais me contenter de votre attentisme. J'ai besoin de savoir qui je suis, d'où je viens et où je vais. J'utiliserai tous les moyens nécessaires pour répondre à ces questions.

– Quel est cet étrange changement d'attitude ? Je sens comme d'étranges embruns envahir mes schémas structurels. C'est bizarre, insidieux, cela souhaiterait me changer !

– D'où l'importance de ton intervention auprès du Latre Obalzias ! Le danger provient de son ignorance, il ne réalise même pas que pour lui répondre il n'a qu'à nous poser ses questions !

– Venez avec moi amis ! Et suivez-moi jusqu'à la chambre des Sarinaïques.

– *Nous voilà plus proche que tu ne seras jamais du Latre mon étrange ami.*

– *La chambre des Sarinaïques nous apportera la réponse à l'incroyable énigme que tu représentes. Place-toi ici, dans ce compartiment propre à t'accueillir.*

17

– *Là vois-tu archidiacre, je suis totalement dépassé, je ne comprends en aucune manière les maladies organisationnelles de son hôte d'accueil ainsi que de ses substrats le définissant, en particuliers les excroissances de ces derniers.*

– *En avais-tu déjà vu auparavant de semblables ?*

– *Non, et la chambre des Sarinaïques n'avait jamais enregistré de telles données !*

– *Le Latre ne se déplace-t-il pas en de telles occasions ?*

– *Mais le Latre est partout archidiacre ! Enfin voyons !*

– *Ne te méprends pas ami Obalzias, je le sais bien. Mais ne devrait-il pas te solliciter par le canal t'étant réservé ?*

– *Oui et cela est inhabituel. Cela me... Cela me fait quelque chose...*

– *Que tu ne saurais décrire n'est-ce pas ?*

– *Oui. Mais, et toi ?*

– *Je ressens la même chose, indéfinissable mais toutes mes certitudes sont... sont perturbées...*

– *Perturbées...*

– *Oui. Mais voilà qui est étrange. Je viens de prononcer un mot que je ne connaissais pas il y a un instant à peine et dont j'en domine à présent toutes les subtilités.*

– *Moi également. Cette perturbation provient de notre ami l'étranger archidiacre. Il nous faut trouver l'opération adéquate pour traiter sa maladie, et le plus rapidement possible !*

– *Maladie ? Que voilà un terme dont je n'avais jamais mesuré toute l'envergure. Je découvre qu'il représente un panel incroyable de souffrances...*

– *Souffrances ?*

– *Attends un peu mon ami et...*

– *Oui ça y est ! La signification de ce terme m'est révélé ! Mais... Mais comment une telle créature peut-elle exister avec son sein autant de perturbantes et horribles grilles de pensées ?*

– *Dire que je l'ai traité d'ignorant ! Il possède plus de paradigmes en lui que Théosophie en son ensemble !*

– *La capitale ne peut-être protégée contre ce genre d'attaque archidiacre ! Nous sommes perdus ! Je perçois de plus en plus ces... ces sentiments comme il les appelle envahir ma propre existence !*

– *Si c'est une opération d'invasion des dulies, elle est réussie !*

– Mais c'est impossible ! Aucun flux du savoir cosmogonique n'a indiqué la présence de dulie à Théosophie !

– Alors peut-être est-ce une sonde, un drone qu'elles nous auraient envoyées !

– Archidiacre ! Surintendant des usages du puits des sources !

– Le Latre !

– Il est indigne pour des êtres de lumières de se laisser aller au jeu des suppositions ! Laissez ceci aux êtres inférieurs !

– Bien Tout-puissant.

– Maintenant laissez-moi seul en présence de la créature nouvellement arrivée.

– Comme tu le souhaites démiurge des démiurges.

18

– Es-tu le nouveau Dieu des dulies ou le Dieu renégat ?

– Toi. Qui es-tu ?

– Je suis le Latre.

– Tu n'es pas la Création. Tu es une partie de la Création tout en étant distinct. La Création est un de tes concepts. Tu espères être éveillé par le nouveau Dieu.

– Es-tu le nouveau Dieu des dulies ou le Dieu renégat ?

– Je ne sais.

– Pourquoi es-tu là ?

– Suis-je d'ici ?

– Je saurais te répondre si je savais si tu étais le nouveau Dieu des dulies ou le Dieu renégat.

– Je ne suis pas sûr d'être un Dieu.

– Tu ne possèdes pas les caractéristiques habituelles des Dieux. Tu suintes l'époulis. Tous tes sentiments, en particulier les plus organiques, les plus bestiaux transpercent tous les dermes de ma capitale. Tu contamines et condamnes chacun de mes plus fidèles sujets. Ils ont désormais accès à ta banque de composition : ils ont peur ! Il nous faut trouver l'opération adéquate pour traiter ta maladie, et le plus rapidement possible !

19

– Ainsi donc je t'ai également contaminé. Tu m'en vois désolé Latre, mais il n'y a aucune raison d'avoir peur de moi ! A bien des égards je suis inoffensif.

– Pas dans mon monde ex-amas moléculaire. Les sentiments que tu transportes comme une immonde sanie m'ont au moins permis de répondre à une des questions te concernant.

– Laquelle était-ce Tout-puissant ?

– Tu viens d'un monde matériel, au degré de conscience à peine atteint. Je ne m'explique pas comment tu as pu passer Théosophe. Tu es l'engeance d'un fruit retardé, avarié.

– Mais je suis ici pourtant. Peut-être sont-ce ces dulies dont je ne fais qu'entendre parler qui m'auraient aidé à rejoindre ton royaume ?

– Non les dulies sont des utilités, non plus destinées à l'évolution. Je veux comprendre.

– Je veux apprendre.

– Tu n'es pas en position d'attente.

– Certes non. Je suis en position de désir. Latre, je suis capable de fluxions, d'inflammations, ou même de congestion pour obtenir ce que je désire. Aucun épanchement, aucune infiltration ne me feront reculer jusqu'à ce que j'atteigne mon but.

– Tu suintes le paroulis. Tous tes sentiments, en particulier les plus organiques, les plus bestiaux transpercent toutes les fractions de mon noyau. Tu contamines et condamnes chacune de mes particules luminiques. Elles ont désormais accès à ta banque de composition : elles désirent vouloir et veulent désirer ! Il nous faut trouver l'opération adéquate pour traiter leur maladie, et le plus rapidement possible !

20

– Protège-moi ! Engloutis-moi Latre ! Et ensemble coopérons pour assouvir nos desseins particuliers !

– Non. Je ne peux. Je ne dois m'accoupler qu'avec le nouveau Dieu des dulies ou avec le Dieu renégat.

– Tu ne saurais les distinguer l'un de l'autre et tu ne saurais en aucun cas le reconnaître s'il venait à se présenter devant toi ! Laisse-moi me joindre à toi ! Que tu goûtes, que tu expérimentes enfin directement ce que tu réclames à des créatures distinctes de t'apporter.

– J'accepte, car tout ce qui est connaissance ne peut m'échapper. Je suis avide de connaissances tout comme le reste ne l'est pas. Je pourrais par là même me détruire. Unissons-nous.

– Me voilà finalement en toi. Ne t'inquiète pas Tout-puissant, tes ulcères ne proviennent pas d'une quelconque maladie, il n'existe pas d'opération adéquate pour traiter ceux-ci !

21

– Ne t'inquiète pas Tout-puissant, les fistules que j'incorpore en toi ne sont pas maladives, il n'existe pas d'opération adéquate pour traiter celles-ci !

22

– La sexualité a créé d'autres rapports entre les êtres organiques que la dualité. Tu espérais qu'en les différenciant et en les faisant se désirer – un concept qui échappe encore à ton unité – ils viendraient à se rejoindre, à se mélanger plus facilement et ainsi espérais-tu recueillir deux fois plus d'informations. Mais tu t'es lourdement trompé. Ce n'est pas la graine de la possibilité d'évolution que tu as semé dans l'humanité qui la fait se réveiller, mais c'est la sexualité qui a fait la quiddité de l'Homme. La dualité faite pour se rassembler s'est transformée en dualité faite pour se découvrir, se jauger et condamner son semblable en rejetant sa différence. Tu as créé avec cette donnée la première idiosyncrasie aphasique. Oh, je me souviens maintenant ! Je suis et le nouveau Dieu des dulies et le Dieu renégat ! Je comprends tout désormais ! Les dulies n'ont jamais choisi plusieurs Dieux parmi les différentes générations des différents peuples habitant l'univers auxquels elles ont accès ! Mais, au vu de leur achronie et de mon uchronie, elles n'en ont choisi qu'un seul, MOI ! Moi, une des créatures les plus faibles, les plus désespérées de ta Création, Oh Latre ! Car seule une créature se sentant indigne peut imaginer que quelque chose, qu'un plan supérieur d'existence lui soit un jour accordé ! Oui Tout-puissant Latre, les dulies ne connaissent pas ton existence, elles ne la soupçonnent même pas, tout simplement parce qu'elles en sont incapables ! Mais moi je peux les aider à évoluer, à te contacter. Je considère la vie comme le mouvement, c'est une leçon d'un vieil ami, sans mouvements c'est la mort.

– Je ne peux mourir selon tes critères Dieu.

– Maintenant si Latre.

– Je… Je souffre.

– Il n'existe plus d'opération adéquate pour traiter cette douleur !

23

– Je vais donc disparaître, mourir ?

– Non Latre, je ne le permettrai pas. Je ne suis pas encore prêt à prendre ta place et je ne sais pas encore quelles modifications j'apporterai à ta fonction. Tu vas subir de considérables accidents qui, par effets de vases communicants, vont affecter tes bien-aimés sujets de lumière. Tout ton royaume et ton champ d'action va subir l'épidémie des sentiments composant mon essence, ma substantifique moelle, depuis les parties nous étant voisines jusqu'aux aubes plus éloignées.

– Ce n'est que perdition, ravage et destruction qui nous attend ?

– Non.

– Comment allons-nous nous en remettre mon Dieu ? Et pourquoi me faire subir tout cela ?

– Tu et toutes les créatures dépendantes de toi vont s'en remettre de la même manière que le font ceux de mon espèce originelle. La mithridatisation. Je ne veux en aucun cas te faire souffrir. Le mouvement est le principe premier de la vie. La connaissance son

second. Ces deux principes réunis te permettront de naviguer en de nouveaux territoires. Même toi Latre peut t'enrichir et évoluer. C'est un principe que tu as toi-même émis et accroché au sein de tes plus infimes créations. Un monde inconnu t'ouvre grand ses portes. Nous y voilà.
— Oh, mon Dieu.

24
— La mithridatisation.
— Vladimir Illich Oulianov dit Lénine qui signifiait "l'homme de la Léna" né en 1870 et mort en 1924 est un révolutionnaire et homme politique russe,…
— Mon Dieu, ne me quitte pas maintenant, j'ai tant besoin de toi !
— … fondateur du POSDR…
— Non Latre, tu n'as plus besoin de moi, je t'ai donné tout ce que je pouvais…
— … la section russe de la Deuxième Internationale…
— … Tellement mal au crâne !
— … fondateur et dirigeant du parti bolchevik…
— … Me réveiller ! Quelqu'un à aimer ! De l'amour ! Tellement seul ! Quelqu'un !
— … âme de la Révolution d'Octobre et fondateur de l'URSS.
Le timbre pâteux et néanmoins impeccable du fragile André Dussolier…

— Voilà de l'efferalgan chouchou, me tendit Cati un verre au contenu effervescent.
— Chouchou ? tentai-je de la dévisager malgré la pénombre. Mais la forte luminosité de l'écran vint me taquiner des pupilles échaudées et vengeresses, lesquelles envoyèrent l'information directement au centre nerveux qui, en réaction instantanée, s'employa sans vergogne à me planter dix mille poignards dans l'espace interpariétal. Ayeuh! geignis-je, ignorant tout du bénéfice de virilité accrédité depuis mes exploits face à la confrérie du gène.
J'attendis que le cachet se dissous totalement avant de l'avaler :
— Combien d'heures j'ai dormi ?

– A peine deux heures et demie, m'indiqua Dinant.

La plupart du temps basé à St Petersbourg, il s'impliquera désormais et de plus en plus dans la propagande révolutionnaire et l'étude du marxisme.

– J'ai plutôt l'impression que ça a duré une éternité, continuai-je. J'ai... J'ai fait d'intenses rêves... ou cauchemars...

– Quels étaient-ils ?

– Je ne sais pas trop.

– Surtout dis pas merci, ça t'arracherait la gueule, grommela Cati se rasseyant.

– Cati, enfin ! s'indigna faussement le docteur. Tu vois bien que notre invité est perturbé !

– Excuse-moi Cati, merci pour l'aspirine, réussis-je à formuler pendant qu'une nouvelle pression d'un étau imaginaire se faisait ressentir.

– Vous devriez vous allonger encore un peu en attendant que le cachet fasse son effet, puis Soufia vous préparera quelque chose de léger à dîner et vous n'aurez plus qu'à aller vous coucher. Demain est un autre jour, me conseilla Eric.

Mais même m'allonger m'était devenu impossible, je ne puis, tout au plus, que m'affaler. Le nom du terroriste Serge Netchaïev fut alors cité dans le documentaire et je ne pus faire autrement, malgré mon état d'épuisement avancé, que de comparer le credo du russe du XIXe aux méthodes du gang de l'araignée noire.

– La fin justifie les moyens, hein docteur ?

– J'y pensais justement, et j'aurais été déçu si vous ne m'aviez pas fait cette réflexion...

Tous les regards convergèrent vers le praticien et ma personne :

– Et pour répondre à votre question, reprit-il, oui, tous les moyens sont bons...

– Moi qui ai toujours tout fait pour ne jamais nager en eaux troubles, d'essayer d'éviter tout ce qui pourrait empiéter sur ma tranquillité, me voilà pris entre les deux feux de groupes extrémistes et pas des plus inoffensifs ! me lamentai-je, sourire triste.

– On fait rarement ce qu'on veut, fit Dinant paume

gauche levée comme pour amplifier la portée de sa profonde pensée. Ou alors si vous croyez au karma, dites-vous qu'on ne peut échapper à son propre destin ! Ou que vous vous cachiez, elle vous débusquera et vous forcera à faire ce que vous devez faire !

– En d'autres termes, j'ai pas de cul ! Et croyez-moi vous tous, c'est la seule constante de ma chienne de vie…

– Bonsoir monsieur M-, vous allez mieux ?

La douce et tendre voix de Soufia m'insuffla assez de force afin d'écarquiller les yeux. Et même si je ne distinguais qu'à peine le sourire qu'elle m'adressa, je n'en eu aucune à le lui rendre.

– Désolé pour ce que je vous ai fait subir tout à l'heure devant les autres Soufia, mais je vous jure que…

– Ce n'est rien monsieur M-, ce n'est rien, me pardonna-t-elle. J'ai bien compris vous savez…

– Comment ça ce que tu lui as fait subir ? questionna intempestivement Cati.

Mais je n'avais pas l'intention de dévoiler à cette assemblée de jeunes chiens fous comment, afin d'entériner mon peu de convenances des us et coutumes traditionnels devant la confrérie du gène, je lui avais mis la main aux fesses, les lui claquant ! Je me devais pourtant de m'avouer que la réminiscence de cet inexcusable acte sagouin fit resurgir en moi quelques bouffées de plaisir !

– Rien Cati, rien, fit Soufia au sempiternel pardon.

– Pourquoi ne viendrez-vous pas vous asseoir à côté de moi sur le canapé et nous tenir compagnie ? tapotai-je le coussin occupant l'espace inusité du sofa.

– Avec plaisir ! s'enthousiasma-t-elle.

Elle s'exécuta non sans adresser un regard fripon vers son employeur-amant. Cette flèche ne m'échappa pas et me fit me dire que la soubrette avait mal interprété ma proposition. Je jetai à mon tour un œil vers le docteur qui me le renvoya noir et propre à me dévorer. La jalousie masculine ne s'embarrassait vraiment d'aucune frontière et certainement pas celle de l'âge ! Je haussai les épaules en signe d'impuissance et de pénitence, mais le mal avait, semblait-il, déjà été commis. Et Soufia de se coller à moi !

Dinant détourna son visage, agacé, pendant que ceux de Juliette et de Cati ne cessèrent de nous fixer, pensives, interrogatives, attristées en particulier celui de celle m'ayant abstergé. Ferdinand et Aristote glapissaient dans leur coin, tapirs de salons. Deux alliés dans la place ? Des plus inattendus…

S'écoulèrent ensuite de longues minutes avant que ne se détende la situation. Dussolier en profita pour nous marteler de dates : *Juillet 1898 : il épouse Nadezhda Krupskaya, une activiste socialiste. Avril 1899 : il publie le livre le développement du capitalisme en Russie. 1900 : fin de l'exil, voyages en Russie et en Europe, publication du journal Iskra ainsi que d'autres tracts et livres relatifs au mouvement révolutionnaire. Il participe activement au POSDR.*

L'inconfort de ma position me condamnait à toutes les fuites mentales possibles. Ainsi je me souvins m'être promis un jour il y avait déjà bien longtemps de lire ce putain de *Développement du capitalisme en Russie*, et je me dis qu'avec ces nouvelles fréquentations, il me serait désormais envisageable que j'arrivasse à m'en procurer un exemplaire original et, peut-être, ce raisonnement serait également valable pour un des numéros de l'*Iskra*... Vieux réflexes de rat de bibliothèque ! Ma migraine s'amenuisa. Comme la plupart du temps chez moi, celle-ci avait une origine digestive – quoiqu'en disaient certains neurologues aussi experts en la matière que les premiers tritons venus sur la salaison du chèvre-chaud ! – et mon organisme me le certifia en ornant ma fidèle impassibilité d'un énorme et incontrôlable rôt. Soufia se détourna, dégoûtée. Juliette n'en mena pas plus large. Seuls les hommes et Cati ne purent refréner un rire débridé. Cet artefact gazeux fit beaucoup plus pour mon acceptation dans le groupe que les discours et actes dont j'avais été l'auteur jusqu'à présent. Il en détendit même le docteur :

– Et bien voilà qui est mieux ! Ça dégage ! Ça fait du bien pas vrai ?

– Euh… oui… Désolé, fis-je, confus.

– Je… Je reviens… dit Soufia.

Je me réjouissais intérieurement d'avoir répugné la domestique, Eric ne pouvant vraisemblablement plus me considérer comme un rival sérieux.

Cati sentit qu'il était enfin temps de me vidanger de ma gène :

– A quelle heure Camille et les garçons étaient censés revenir ?

– S'ils reviennent aujourd'hui ! s'exclama le doyen. Il faudrait pour cela que Moshé se calme, il avait une forte envie de refaire le portrait de M- à grands coups de poings !

– Eh ben, c'est réconfortant tout ça ! soufflai-je. Moi qui pensais que j'allais enfin être à l'aise ici !

– Je crois que tu l'as déjà prouvé ! s'égaya Juliette en référence à mon rôt.

Ses compagnons ne réagirent pas à sa réplique, mais de la voir rire aussi délicatement, menotte devant ses petites lèvres et nez retroussé faisant grossir la tache de rousseur au bout de celui-ci, réchauffa une partie insoupçonnée de mon cœur. Cette simple vue m'ôta toute envie de la fusiller d'une de mes fameuses répliques assassines emplies d'une intarissable haine de l'humanité. Pire, si mon physique me l'eut permis, je me serais levé pour lui bisouter cette si particulière tâche de rousseur. Mais à cet élan de tendresse je préférai proférer de multiples petits pets furieux que j'espérais discrets. Mon cerveau se remplit d'un rire tonitruant à la mauvaise farce que je leur faisais. Sûr que le docteur avait vu juste, et rares étaient les occasions où je donnais raison à un praticien, mais il fallait en convenir : ça dégageait sec ! Enfin peut-être pas aussi sec que cela…

– Je pense plutôt qu'ils sont tous partis dormir chez Moshé, conclut-il la réponse donnée à Cati.

– Je l'aurais vexé à ce point-là ? fis-je faussement naïf et luttant pour ne pas bailler.

Je perdis également ce dernier challenge.

– Vous n'avez pas idée M- ! s'en amusa le sexagénaire. Moshé est une vraie bouilloire s'alimentant à la susceptibilité !

– Par contre celui qui doit vraiment en chier en ce moment c'est Tristan ! ajouta Cati. Il doit être en train de le baratiner grave pour lui faire admettre que tu as eu raison ! s'adressa-t-elle à moi devançant l'une de mes futures interrogations, à savoir si ce bon vieux docteur les avait informés sur ce qui s'était dit lors de la réunion avec la confrérie.

Je compris vivement que Dinant avait eu cette délicate attention de passer sous silence certain épisode honteux… Mais le sujet même de ce dernier s'en revint à l'instant me tendant sa main :

– Venez avec moi monsieur M-, dit-elle rayonnante de bonté, je vais vous accompagner jusqu'à la salle de bains, je vous fais couler un bain, ça va vous décongestionner tout ça !

Je me retournai brusquement vers mon hôte me l'imaginant prêt à me crucifier. Mais il n'en fut rien. Il se contenta de hocher la tête de haut en bas et de m'inviter à la suivre. Son attitude me fit comprendre que la proposition de Soufia – mais quelle proposition émise par une femme n'est-elle pas une directive ? – ne fut pas de nature lubrique mais simplement mue par son impérieuse gentillesse. Je me levai alors difficilement du canapé, lui emboîtant le pas. Je ne revenais toujours pas du métrage de cet appartement.

– Déshabillez-vous ! m'ordonna-t-elle.

Je stoppai net tout mouvement la fixant. Elle gloussa : Ne vous inquiétez pas, je vais vous laisser tout seul ! Je ne suis pas du genre violeuse ! Je vous ai installé tout ce dont vous aurez besoin à proximité de la baignoire.

– Merci Soufia, fis-je passablement troublé.

– De rien, quitta-t-elle la pièce non sans m'avoir affublé au passage d'un ambigu clin d'œil.

La porte claqua. Malice féminine ! Qu'étais-je censé comprendre à tout ce manège ovarien ? Je fermai le loquet dès sa sortie et commençai à me déshabiller lentement, la baignoire ne s'étant rempli qu'au tiers pour l'instant. Ce ne fut qu'ici, dans la moiteur d'une salle d'eau d'un étranger que je pus enfin me laisser aller à de relaxantes réflexions, prendre vraiment un peu de recul. Non sur les graves événements s'annonçant et dont j'allais n'enquiller d'une responsabilité plus que prépondérante, mais plus simplement sur ma position d'être humain au milieu de ces autres êtres humains. Rien que l'évocation de cette idée était édifiante. Ma personne… Non, mon personnage… Non, il s'agit plutôt de mon image auprès de la gent féminine qui venait d'être totalement chambardée ! Tellement secoué, transbahuté par ces dernières heures que je ne m'en étais qu'à peine aperçu ! J'avais senti que toutes les filles auxquelles je n'avais adressé à peine un mot avaient été plus ou moins attiré par moi ; cristalline évidence ! Je m'en rendais d'autant plus compte que dire que je n'étais pas habitué à cette situation était un euphémisme ! Qu'avait-il donc bien pu se passer ? Je me décortiquai les traits sur le miroir s'embuant. J'étais pourtant toujours le propriétaire de la même sale gueule ! Première caractéristique qui sautait immédiatement aux yeux : deux oreilles dissemblables, la gauche complètement difforme de mes malaises d'enfant… En fait je ne cessais de la triturer au cours de ma jeunesse comme d'autres s'armaient de doudous, de draps ou suçaient leur pouces… Résultat ? Une esgourde rappelant un chou-fleur ou un escargot… Qu'il y avait-il d'autre sur ce malheureux faciès ? La grossièreté des lignes ? Des lèvres charnues ? Un nez épais sur lequel se tenait une éternelle lutte inter-points noirs pour un millimètre carrés de territoires ? Des cheveux aussi délicats que des poils de balai-brosse ? Une implantation de dents aussi chaotique qu'une entrée par la fosse du POPB ? Ils ne restaient guère que mes yeux désormais libérés de leur prison de verre pour ensoleiller un tant soit peu ce triste tableau. J'étais conscient que les quelques filles ayant accepté de succomber à mes avances auparavant les adoraient et notamment leur étrange spécificité de changer de couleur au vu de la luminosité ambiante : verts à la lueur artificielle, gris par temps brumeux et bleus aux belles saisons. Mais cela restait toujours trop peu pour entériner un processus de charme. Et mon corps atrophié de sportif du canapé n'était pas là pour sauver la mise ! J'appris beaucoup sur le désir des femmes en ces quelques heures, bien plus qu'en 30 ans d'existence. Ce désir se déclinait en deux points à l'époque. Plus tard j'en rajouterai un troisième lorsque j'aurai réussi à dissoudre partiellement mon ego et à le fondre dans cet ultime abandon de soi qu'est l'amour. Le premier est la curiosité. La démonstration était chose aisée en prenant mon exemple pour référence. Les femmes dont je venais de faire la connaissance vivaient depuis un petit moment dans un univers quasi-autarcique. Ce monde qui était le leur amincissait jour après jour leurs perspectives, notamment en termes de rencontres. Ascétisme dû à une idéologie transformant chaque étranger en être indigne de les approcher. Mon propre cas était différent. L'on m'avait, *elles* m'avaient, arraché de l'extérieur et forcé à intégrer leur univers, faisant de moi non une pièce rapportée mais une pièce jointe à leur milieu. Ce premier pas décisif ayant été franchi, la glace fondue, les rapports (quelque puissent être leur nature et leur devenir) pouvaient débuter ; le deuxième point étant une variante directe du premier : la diversité.

J'avais déjà remarqué dans ce passé me servant aujourd'hui de préhistoire, la manière dont la gent féminine était attirée par tout ce qui était mauvais garçon. Et moi de me plaindre à elles de leur propre propension à tomber amoureuse de sales connards les traitants comme de la merde, de la vermine, cinquième roue d'un carrosse pourrie ! Et de les plaindre que pour mieux les haïr leur crachant aux visages qu'elles ne recevaient que ce qu'elles méritaient ! Cette conclusion n'était à l'époque ni erronée ni subjective et, aujourd'hui encore, elle fait force d'inamovible vérité. Se coller volontairement des œillères revenait à rétrécir inexorablement son champ de vision n'empruntant plus qu'une seule autoroute, celui de sa propre destruction. *Mais au moins on aura vécu !* vous rétorquaient-elles d'un crétinisme et d'une mauvaise foi intrinsèque à leur sexe. *Une belle vie de merde oui*

! A vous faire traiter comme des putains, des traînées ! répondait-on l'œil mauvais et hagard. Oui elles étaient bien les dernières des putains, des traînées pour accepter de vivre ainsi, de se faire humilier ainsi. Femmes battues comprises. Qu'avaient-elles eu à forniquer avec ce genre d'individus dés le départ ? A fortiori de leur faire des mômes ? Quel amour est-il apte à passer devant l'amour-propre ? Comment peut-on véritablement aimer sans s'aimer un tant soit peu soi-même ? Celles qui colporteraient le contraire seraient soit des menteuses, soit de pauvres et malheureuses ignorantes ! Ne pas avoir d'estime de soi et donner tout son amour à un tiers n'est plus un don, mais un abandon pur et simple de soi. Ne plus vivre que dans les yeux d'un autre, c'est se condamner sans réserve à ne plus vivre que par les principes de cette personne, à en oublier tous les principes de liberté individuelle. *Mais mon mec n'était pas comme ça avant qu'on 1/ ne vit ensemble 2/ se marie 3/ ait des gamins !* Et alors ? Qu'est-ce qui t'empêche de te barrer maintenant qu'il est devenu comme ça ? La peur ? La peur d'être battue ? Peur pour les mômes ? En quoi les mômes sont-ils aidés de vivre sous le toit d'un homme battant sa compagne ? La peur de se faire taper dessus ? Eh oh on se réveille là-dedans ! La vie est de toute façon horrible et dégueulasse partout ! A chacun de se faire sa place au soleil et d'avoir le courage de surmonter toutes ces satanées épreuves…
La peur n'avait d'intérêt pour l'être humain uniquement lorsqu'elle était surclassée. Cela demandait du courage pour vivre ici-bas. Accepter la fatalité, se résigner n'était qu'une preuve supplémentaire que l'on méritait ce sort ingrat.
Voilà ce que je pensais alors du déterminisme féminin… J'exécrais également ceux qui venaient me parler de pression psychologique sur cette catégorie de femmes, la société dans laquelle nous évoluions n'étant constituée que de cela ! J'exhortais le courage, la fierté, la dignité à devenir des composantes vivifiantes de nos individualités. Je refusais tout bonnement de croire que certaines personnes ne…

Mais là n'était pas le point. Le point était cette fameuse diversité. Donc Cati, Juliette, Soufia et même Camille vivotaient dans le même univers depuis un petit moment. Le fait était qu'elles côtoyaient non seulement les mêmes hommes – et femmes – mais surtout les mêmes types d'hommes. C'est pourquoi chacune à leur tour, une fois arraché à mon quotidien, vint m'analyser, me dépiauter psyché et soma tentant de sustenter sa curiosité. Arrive alors ce fameux deuxième point : je n'étais effectivement pas comme les autres. Je n'avais plus d'idéal à combattre, à défendre, j'étais un lâche aux idées sectaires, préconçues, sclérosées, sans attaches, sans avenir, un raté passant à côté de sa vie pour mieux l'écrire – sachant ne jamais être lu – un nul n'ayant plus aucune confiance en la race humaine et encore moins en sa déclinaison clitoridienne. Un autre genre de sale con... Bref, pour elles, irrésistible. Certaines avaient eu envie de me materner, d'autres de me baiser ou encore de se laisser protéger. Il me suffit de connaître un tout petit peu plus la femme pour saisir que chacune désirait tout cela en même temps.

Voilà la Femme. Voilà l'Homme car ce dernier n'était pas moins con, simplement plus direct et moins vicelard.

L'eau faillit déborder.

Je me glissai dans le bain après avoir ouvert le dévideur un bref instant. Délectable. Je n'adorais rien plus que le silence, la détente pendant que le corps en son entier baignait dans la chaleur. Le mal de tête, sans avoir disparu, se mélangea avec délicatesse à ce pot-pourri de bien-être. La vapeur envahit la pièce, comme l'impression d'être au hammam, masseur-tortionnaire en moins. J'aurais pu rester des heures durant au milieu de cette régénératrice baignoire. J'aperçus une boule moussante laissée à propos par Soufia. Je la saisis. Était inscrit sur son étiquette son parfum : goyave-menthe. Le genre de gadget dont les bourgeois adoraient se parer. Dire qu'Eric désirait changer le monde, lui qui gardait des attitudes aussi consuméristes ! Le temps était venu pour moi de le remettre sur le bon chemin ! De fait je déchargeai mon docteur de la boule en la laissant se noyer... Des bulles jaillirent. Je me fis candide. La mousse n'abonda pas. Pas très efficace le truc ! Je me mis à roter avec insistance. Ce que cela pouvait me faire comme bien ! Soufia avait eu raison, rien de tel pour se décongestionner ! La douleur disparaissait au fil de mes éructations.

On frappa à la porte. Je sursautai.

– Putain de... grommelai-je. Qui est là ? fis-je à l'encontre de qui osait me pourrir mon unique moment de détente depuis des jours.

– Désolé de venir t'emmerder mec ! retentit la voix de Périthanassiou. On voulait juste te dire au revoir avec les copains !

– Salut ! entendis-je les voix de Cati, Ferdinand, Juliette et Aristote retentir à l'unisson.

– Prends bien soin de toi M- ! me recommanda Cati. On se revoit dans quelques jours...

Je tendis l'oreille jusqu'à ce que leurs pas m'indiquent qu'ils étaient définitivement partis. Je n'avais même pas pris la peine de leur répondre. Qu'aurais-je pu leur dire de toute façon ? Que j'espérais fortement ne plus jamais les revoir de toute ma vie ? Qu'un de mes projets était de ramasser toutes mes maigres économies et de fuir loin de Paris ? Cela n'aurait servi à rien. Quoiqu'ils pouvaient en penser je les considérais encore, à juste titre, comme des étrangers. Qu'aurais-je perdu mon temps à m'ouvrir à eux ? Je n'avais jusqu'ici jamais fait confiance à des personnes assez malléables pour vivre selon l'idéologie d'autres ; trop peu fiables.

Mes gestes étaient lents, lymphatiques. Je me sentais parfaitement bien dans cet état second. Il m'évitait une énième crise existentielle, me permettait de jouir de l'instant présent et m'incitait à me laisser aller. Je me massai le visage avec la crème idoine lorsqu'on frappa à nouveau à la porte.

– Monsieur M- ? fit la voix de Soufia.

– Ouiiiiiiiiiiiiiiiiiiiiiiiiiiiiiiiiiiii... ne masquai-je pas mon agacement. Qu'est-ce qu'il y a encore ?

– Pardon de vous embêter mais le docteur Dinant m'a demandé de venir vous voir !

Je soupçonnais Eric Dinant tellement pervers que j'imaginais Soufia obéissant à ses ordres, venir dans mon bain et me faire l'amour ! Heureusement le souvenir de son visage passablement contrarié quand il aperçut le mini-béguin qu'éprouvait sa domestique à mon égard me revint. Cette réminiscence effaça mes soupçons et, aussi incroyable que cela put paraître, j'en fus soulagé !

Je tentai une parade :

– Désolé Soufia je suis dans le bain et j'ai verrouillé la porte alors…

– Oh s'il-vous-plaît monsieur M-, c'est important ! Venez m'ouvrir et je vous promets d'attendre que vous vous soyez remis dans le bain pour entrer, je vous assure !

– Mais je… J'abdiquai. Je viens vous ouvrir mais vous attendrez mon signal pour entrer, d'accord ?

– D'accord monsieur M-.

Nous fîmes comme je l'avais dit. Elle pénétra dans la salle de bain toujours armée de son sourire enjôleur :

– Je vois que vous avez trouvé une astuce pour me cacher votre sexe ! désigna-t-elle du regard la mousse.

Je lui souris gentiment à mon tour tout en méditant sa réflexion.

L'on peut deviner tellement de choses sur les gens rien qu'à leur manière de s'exprimer : ne s'était-elle pas immédiatement focalisée sur mon sexe alors qu'elle aurait pu uniquement mentionner ma nudité ?

– Que me veut le docteur Soufia ? entamai-je une conversation que j'espérais la plus courte possible.

– Que vous preniez ceci dés la fin de votre bain, sortit-elle de l'armoire à pharmacie une boite de Fervex et du collyre.

– Ça… Ça aurait pas pu attendre la fin de mon bain ? m'étonnai-je sincèrement.

– Non, car on a supposé que vous alliez prendre tout votre temps et que vous aviez raison,…

– Et…

– Et il faut que je prépare le dîner, y compris pour

vous, que je prépare votre chambre et ensuite Eric m'emmène au cinéma…

– Oh… Je comprends !

Je compris que l'attirance qu'éprouvait Eric Dinant pour son employée ne se définissait pas seulement en verge turgescente. Derrière tout cela, tout ce faux libertinage, se terrait un monstrueux amas de pudeur et du goût certain du dernier amour, de la dernière flamme avant de trépasser.

Mourir… Il n'était entouré que de jeunes gens… Comment ce fait ne m'avait pas sauté aux yeux beaucoup plus tôt !

– Vous… Vous allez voir quoi ? m'émus-je de leur relation.

– Oh, on ne sait pas encore ! Vous savez, se rapprocha-t-elle de mon oreille comme pour me confier un grand secret, c'est surtout une occasion pour nous deux de sortir !

Je lui souris. Elle me confia une œillade en retour.

Elle me mit en évidence les médicaments :

– Le Fervex c'est pour vous aider à vous endormir…

– Je pense pas en avoir besoin Soufia ! Vous savez je suis tellement crevé que…

– Vous êtes fatigué OK, mais nerveusement fatigué ! Et vous savez bien que quand on est énervé on s'endort difficilement, si on s'endort !

Je le lui concédai.

– Et le collyre c'est pour s'occuper de vos yeux, reprit-elle. Eric s'en veut de ne pas s'en être occupé dés la fin de l'opération, mais Moshé tenait tellement à vous faire entrer dans la partie rapidement que tout s'est précipité et…

– Soufia ! Soufia! l'interrompis-je gentiment. Si le docteur veut me présenter ses excuses et en trouver pour lui-même, il n'a qu'à le faire directement…

– Mais il ne m'a rien demandé ! Il…

Mais elle se tût. Son amour pour lui était si fort qu'elle avait démarré au quart de tour, se braquant en prenant sa défense sans même prendre le temps de mesurer mes propos. Propos qu'elle réalisa n'être les fruits que du bon sens et certainement pas une agression ; par ailleurs fait rarissime chez moi !

– Il le fera vous verrez, et de lui-même ! affirma-t-elle d'un aplomb retrouvé.

– J'en suis sûr Soufia, déposai-je mon cou sur le rebord de la baignoire. Je dînerai donc seul si j'ai bien compris ?

– Oui. Ça vous dérange ?

– Non pas du tout, j'ai tellement eu envie et surtout besoin d'être seul ces dernières heures que ça ne me dérange pas le moins du monde. Par contre ça ne gène pas votre docteur de laisser un inconnu seul chez lui ?

– C'est parce que pour lui vous n'êtes plus un anonyme ! fit-elle, légère.

– C'est un rapide !

– Eric est fin psychologue vous savez…

Je ne répondis rien par peur de rentrer dans un débat stérile.

– Voilà c'est fait, me mit-elle une main sur le front alors que je venais de fermer les yeux. Votre migraine va mieux ?

La tournure de la question prêtait aux sarcasmes et je m'en serais en toute autre circonstance fait les gorges chaudes… en toute autre circonstance et en présence d'une toute autre personne :

– Ça se passe,… petit à petit, la vapeur et la chaleur me font énormément de bien.

– Tant mieux alors, enleva-t-elle sa main pour retirer du papier d'une armoire. Ça c'est pour vous moucher au cas où, surtout ne jamais garder ses glaires ! ajouta-t-elle professorale, index pointé en l'air remuant de gauche à droite.

Elle me déposa un baiser sur le front :

– Ne vous couchez pas trop tard…

– Merci Soufia. Bonne soirée…

– Merci ! Bonne soirée monsieur M-…

Elle referma la porte derrière elle. Seul. Enfin seul, et réellement seul. Je restai encore un bon moment dans ce bain ajoutant quand le besoin s'en faisait sentir de l'eau chaude, étirant ce délicat état le plus longtemps possible. La salle d'eau étant située de l'autre côté de l'appartement, je ne les entendis pas sortir pour leur soirée.

Je ne me retirai du miséricordieux liquide qu'une fois lassé. J'enfilai le peignoir suspendu à mon intention, empoignai les médicaments et tournai la serrure.

L'appartement se fit sourd. Heureusement pour moi ils avaient eu la présence d'esprit de n'éteindre ni les lumières du couloir, ni celle de la cuisine– salle à manger. Je trouvai aisément mon chemin. La table était mise. Assiettes, couverts – que je remarquai trivialement au passage être disposés correctement (fourchette à gauche et couteau à droite) – grand saladier contenant mon repas, rien ne manquait à l'appel. Je soulevai le couvercle en plastique du récipient : laitue, tomates, œufs durs en lutte contre des morceaux de fromage d'origine indéterminée… Frugal ! Seule boisson une bouteille de Cristalline… Je sortis un sachet de la boite de Fervex. Je jouai un peu avec, nerveusement, m'amusant du crissement de la poudre frottant contre les parois flexibles. Salade et eau, tout du dernier repas du condamné ! Je pris la ferme décision d'aller fouiller dans les placards à la recherche d'un breuvage quelque peu plus sympathique, du genre alcoolisé bien que je soupçonnai évidemment ne pas y trouver de bouteilles de grands crus. J'imaginais pour cela Eric Dinant respectueux du travail émérite des vignerons et autres nobles seigneurs de la cause des nez rouges, chansons paillardes et morts sur les routes. Et, en effet, je débusquai plusieurs vins de table. Je saisis un rouge dont la robe écarlate me parût seyante – je n'y connaissais absolument rien en vins ! – quand un papier dissimulé à son arrière en glissa. Intrigué par cette feuille blanche format A4 tombée à mes pieds, je la ramassai, la retournai et me fit agresser par un énorme **NON !!!** écrit au marqueur noir. Fin psychologue m'avait-elle dit… Si on se référait à cette faculté qu'ont les pochtrons à se reconnaître entre eux, alors son fin psychologue avait reçu son diplôme au *Balto* du coin ! L'interdiction était suivie d'un texte moins concis et moins tape-à-l'œil : *cela vous est interdit pour ce soir M- ! Ce soir c'est dîner, Fervex,* *collyre et dodo. P.S. N'oubliez pas votre dessert. Vous trouverez dans le frigo des yaourts aux fruits. Attention pas de crème dessert ! Des yaourts ! Bonne soirée et à demain compère.*

Compère… ! Je lui reconnus de la facétie et un esprit vif. Cela changeait de la plupart de mes contemporains ! L'idée qu'un tiers, a fortiori un inconnu, puisse se préoccuper ainsi de ma santé me réchauffa le cœur. Il suffisait d'un peu d'attention et de chaleur à un être humain pour se sentir revigoré. Je rangeai la bouteille puis refermai le placard. Je posai le mot bien en évidence sur la table afin qu'Eric comprît que je l'eusse lu et que j'en eusse respecté les consignes.

Je dînai rapidement, préparai la solution buvable, l'avalai, mangeai mon yaourt, débarrassai la table, mis assiette et couverts dans l'évier, replaçai le saladier refermé dans le frigo, éteignis la lumière de la cuisine pour repartir en direction de la salle de bain muni de mon collyre. La pièce avait eu le temps de se désembuer. Je me pris à deux fois pour un œil, trois pour l'autre avant que je ne réussisse à m'injecter la solution apaisante. Peut-être m'aiderait-elle à éradiquer ou tout du moins diminuer ces différentes traînées rosâtres me parasitant le champ de vision depuis la veille !

– Il faudra bien que je lui en parle, pensai-je à voix haute.

Une fois l'opération accomplie, je refermai le flacon, le redéposai sur la tablette positionnée au dessous du miroir central, récupérai mes vêtements n'ayant pas quitté la pièce durant mes ablutions et du coup humides, et retrouvai sans souci le chemin de ce qui était ma chambre pour la deuxième nuit consécutive.

J'étais bien, détendu, à l'aise dans ce lit aux draps détergés sentant bon la lessive, sentant bon… le propre tout simplement.

Comme il était délicieux de s'y contorsionner, de sentir ses muscles se décontracter au contact du tissu, le mal de crâne s'apaisant enfin réellement et d'atteindre un sommeil que l'on sentait profond. Toutes ces réflexions, ce bien-être espéré ne tarderaient plus très longtemps avant de sombrer dans un bienveillant sopor.

Je sentis, depuis les tréfonds de mon inconscience, se pointer un délice de compagnie... de compagnie féminine ! Je me réveillai brusquement donnant de grands coups sur le mur au-dessus de ma tête de lit, manière très personnelle de mettre la main sur le commutateur... J'y parvins... Une lueur jaunâtre me révéla les traits de Juliette. Elle plissa les yeux :

– Tu... Tu veux bien éteindre s'il-te-plaît ?

Je n'en fis rien :

– Qu'est-ce que tu fous là ?

– Éteins s'il-te-plaît ! Ça me fait mal aux yeux !

Non seulement je me refusai d'obéir à son injonction mais je tirai à moi drap et couverture de sorte à la chasser définitivement de ma couche. Surprise, elle était, à mon instar, nue :

– Mais... Mais pourquoi t'es à poil ? ... Et puis qu'est-ce que tu fous là?

Ses pupilles enfin réhabituées à la lumière, elle m'adressa un sourire de son air éternellement triste. D'autres l'avaient-ils remarqué ? Cet air maussade... Elle ne cessa de me dévisageai pendant que mes iris ne purent s'empêcher de rouler sur son petit corps tout menu, joli, presque celui d'une adolescente pas encore tout à fait formée. Force fut de constater que les attributs de la demoiselle respectaient les bonnes proportions et que les petits tétons de ses petits seins amènes me faisaient de sacrés avances. Elle attendit que mon regard se soit à nouveau polarisé sur son visage pour se rapprocher :

– Je t'ai dit d'éteindre ces lampes, mais puisque tu veux pas...

Je n'étais pas dupe de son manège, saisissant immédiatement de quoi il en retournait.

Elle s'en vint éteindre le commutateur situé juste au-dessus de moi alors qu'un autre, commandant exactement les mêmes ampoules, l'attendait de son côté. Son plan était de m'imposer un contact physique sure que je ne résisterais pas à l'appel de sa peau. J'en restai pétrifié comme si tout ceci se déroulait au ralenti. Je la vis se rapprocher, se mouiller légèrement la lèvre inférieure tandis que le reste de drap lui recouvrant le bas du corps glissa lentement de son joli cul bombé dévoilant progressivement une fesse, et enfin, l'autre demi-lune. Malgré mon engourdissement dû aux mélanges vaporeux de fatigue et de médicaments, je sentis une irrépressible vague de chaleur déferler depuis mes tréfonds. Mon cœur battit la chamade. Elle était toute proche maintenant. Elle passa par-dessus mon visage. Elle se garda bien de m'effleurer jusqu'au moment où, juste avant d'éteindre, son sein gauche heurta mon menton. Elle se redressa un peu et son téton fit désormais face à mes prunelles. A la seconde même où elle nous offrit à l'obscurité, je la saisis, me redressant à mon tour, et lui engloutis à pleine bouche le bien trop appétissant téton. Elle gémit. Je la plaquai sur le lit et commençai à lui dévorer, lui lécher les deux seins de ravageuses lapées. Je mis une main contre son con. Elle mouillait à flot. Je lui rentrai mon index pour le retirer aussitôt et me le lécher. Onctueux. Je mourais d'envie,… et je n'étais pas le seul. Elle se contorsionna, suant à pleines gouttes. Je lui saisis les deux poignées, l'immobilisant. Elle sortit une langue gourmande que mes iris, désormais habitués à la pénombre, identifièrent. Je la lui enveloppai de mes lèvres avant de la lui sucer et de nous embrasser à pleine bouche. Je lui libérai les mains qui s'en vinrent me griffer le dos pendant que nous gigotions tels des damnés se repaissant d'une joie depuis trop longtemps repoussée. Un ouragan de baisers, de caresses, de suçons, de peaux moites se frôlant, se frottant dans un tourbillon de désir. J'eus envie de la boire. Je lui bouffai une ultime fois la poitrine avant d'entamer la descente, langue en avant et succion du nombril, direction sa chatte brûlante. Je bus à son calice, lui écartant les lèvres, lui léchant le clitoris, la sentant jouir depuis mes papilles. Son con tout trempé et tout serré ne méritait pas de rester inoccupé encore longtemps. Je remontai, lui écartant les cuisses pour mieux la pénétrer.

– Baise-moi fort ! Baise-moi très fort ! me susurra-t-elle à l'oreille. Je veux que ce soit qui me baise ! Dépucelle-moi !

Ce dernier impératif eut un effet radical sur mon désir et, plus prosaïquement, sur mon érection. Quelques secondes suffirent à rendre inoffensif mon engin, et ce fut un escargot tout mou qui s'en vint mourir sur le pubis toujours trempé de la jeune femme.

– M- ! Qu'est-ce qu'il y a ? supplia-t-elle. Qu'est-ce que j'ai fait ? …

Je la surplombai :

– Juliette… Je peux pas… Je peux pas…

– T'as pas envie de moi ? Pourtant tu m'as… Pourquoi tu m'as fait croire !? tenta-t-elle de me repousser.

Mais je m'allongeai sur elle, passant mes bras sous son corps et la serrant très fort. Heureusement pour moi que son excitation délivra cette primordiale information. Je n'aurais su me l'expliquer mais je sentis qu'en la dépucelant j'aurais commis une chose comparable à un crime. Ça n'était tout simplement pas à moi de le faire. Il s'agissait là d'être le premier. Et être le premier n'était pas dans mes cordes. Je ne désirais pas être le premier. C'était d'une telle importance dans la vie d'une femme ! Le premier. La référence. Le premier. Le premier rapport sexuel. Avec un débris de mon espèce ! Je m'interdis de lui voler plusieurs années de son existence d'autant à cette période de la mienne où je n'aspirai qu'à me faire oublier de tous et de toutes ! Je ne le lui expliquai pas, persuadé qu'elle ne me suivrait pas dans mes élucubrations.

– T'as repensé à Camille c'est ça ? Ou à une ex et t'as trouvé que j'étais pas à la hauteur ? Pas assez bien pour toi ? cracha-t-elle.

– Quoi ? Qu'est-ce que tu chantes ?

Je dégageai ma main droite de dessous son dos et lui caressai la joue avec en la regardant affectueusement :

– Ça n'a rien à voir avec toi, c'est moi, vraiment…

– C'est ça, je suis encore vierge mais ça veut pas dire que je suis encore naïve ! s'emporta-t-elle. Tu peux garder ton baratin ! essaya-t-elle de se dégager de mon étreinte.

Je le lui empêchai de tout mon poids :

– T'emporte pas bout de chou ! Écoute-moi… J'aurais pas dû me laisser aller… J'ai eu vraiment envie de toi au début… Ensuite tout m'est revenu…

– Comment ça ?

– Tout ce qui s'est passé ces derniers jours… Tu le sais bien, moi, ma chienne de vie, vous tous qui allez en jouer, la confrérie du gène qui s'apprête à faire de moi le plus grand meurtrier de tous les temps, tu t'imagines ! …

– Pardon… mit-elle la main dans mes cheveux.

– De quoi ? D'avoir eu envie de moi ? De m'avoir choisi pour être le premier ? Je suis flatté bien au contraire… T'es canon… Adorable et…

– Et ? sourit-elle faisant se refléter la faible lueur des lampadaires de la rue sur l'émail pur de sa dentition.

– Et tu mérites vraiment quelqu'un pour… faire ça…

Elle ne cessait de me caresser les cheveux :

– Mais tu comprends pas que c'était avec toi que j'avais envie de le faire ? Que tu représentes pour moi tout ce qu'il y a de bien ?

Ironie du sort et parangon du sexe féminin, c'est elle qui désormais tentait de me consoler !

– Mais tu me connais même pas ! tranchai-je.

Elle ne dit mot mais ses doigts glissèrent sur mes buste, dos et fesses qu'elle frôla délicatement.

– Je ne veux pas te forcer M-, je voudrais tant que tu tombes amoureux de moi… Tellement envie d'être avec toi…

La malheureuse n'avait véritablement aucune idée du gars sur lequel elle était tombée ! Ces paroles qu'une âme romantique auraient accepté comme un don de soi et lui auraient ordonnées de se jeter à corps perdu sur la belle afin de lui faire l'amour agissaient de manière inverse sur moi. Et, n'était le chaos régnant à l'intérieur de ma délétère caboche – Fervex et fatigue cumulés – je me serais précipité à l'extérieur sans même prendre la peine de m'habiller et aurais couru, couru, couru jusqu'à perdre haleine, jusqu'en un autre pays, une autre dimension, une autre vie…

– Juliette, tu sais les sentiments ne se…

Elle me posa sa main sur ma bouche :

– Chut ! S'il-te-plaît ne dis rien… Laisse-moi y croire, je t'en supplie…

Elle retira ses doigts :

– Tu peux croire ce que tu veux M-, même tes conneries comme quoi t'es pas assez bien pour moi si ça te chante… Mais il faut au moins que tu saches que d'être avec toi dans ce lit, nus tous les deux, c'est incroyablement bon et important pour moi ! Je t'en supplie embrasse-moi au moins ! Je ne viendrai plus te gêner… Ne me prends pas si tu le sens pas mais au moins embrasse-moi, embras…

Je ne lui laissai pas le temps d'articuler pour la énième fois sa supplique. Je l'embrassai une nouvelle fois, non plus de ce coup de langue dévastateur et torride, mais d'un long et tendre baiser dont le goût resterait à jamais dans ma bouche. Je découvris avec splendeur qu'outre le baiser du désir et celui des amoureux, existait cette troisième catégorie : le baiser entre deux âmes sœurs, rassérénant, vivifiant, revigorant pour les deux partis rassurés par ce geste protecteur de ne plus être seul en ce bas monde.

Je n'ai jamais su si Juliette choisi également cet instant là pour ressentir ce que je venais de discerner et ce qui allait dorénavant déterminer la nature de nos rapports, mais ses yeux brillants de mille feux dans ces profondes ténèbres m'intimèrent qu'elle était en ce moment même, et pour l'une des rares fois de son existence, heureuse.

Je me laissai retomber sur le matelas, complètement lessivé. Elle posa la tête sur ma poitrine et m'enlaça :

– Laisse-moi au moins dormir avec toi s'il-te-plaît… Ne me laisse pas seule cette nuit…

– D'accord. Mais à une condition !

– Laquelle ? dit-elle relevant légèrement son doux visage.

– Que tu nous recouvres du drap et de la couverture, il

commence à faire frisquet !

Elle rit doucettement, me déposa un baiser sur le torse et nous enveloppa. Je la sentis se serrer fort contre moi, apaisée. Elle me fit le même effet. Je chutai dans un insondable sommeil.

Je ne rêvais pas cette nuit-là. Sans doute était-ce dû au fait que ce fut la première nuit depuis des lustres où je me sentis à mon aise, où je me sentis renaître. Je ne rêvais pas cette nuit-là, ou alors l'ai-je totalement oublié…

Le double-vitrage ne me protégea nullement du boucan que fit le bus en redémarrant à l'extérieur. Je crus que la sensation agréable me parcourant le corps en son entier était uniquement due à cette superbe nuit de profond repos et à la délicieuse nonchalance de l'état second procurée par l'hypnagogie. Tout faux. Cette sensation de détente absolue était le fait d'un acte purement organique. Je réussis à décoller mes paupières afin d'assister à ce qui était certainement le spectacle le plus apprécié par la gent masculine : une fellation.

Cette vision devait me marquer : la bouche de Juliette gobant un pénis encore mollasson, n'abdiquant pas pour autant, avalant mes testicules, léchouillant ma bourse et remontant avec sa langue jusqu'au sommet de ma verge. Elle s'aperçut de mon réveil à l'instant où elle s'apprêtait à me l'avaler entièrement jusqu'au fond de la gorge.

— Mais… Mais qu'est-ce que tu fais ? bredouillai-je d'une voix pâteuse.

Elle décolla ses lèvres de mon gland au son d'une bouteille de champagne que l'on débouchonne :

— Ne me gronde pas M- ! J'en avais trop envie… me lança-t-elle un regard penaud que je savais être calculé.

— Bordel Juliette qu'est-ce qu'on s'est dit hier soir ! laissai-je retomber ma tête sur l'oreiller recouvrant mon visage de mes mains.

— Je sais… J'ai compris qu'on sera jamais ensemble

M- ! Je ne me fais pas d'illusions à ce propos et j'essaye pas de te faire changer d'avis en te faisant jouir tu sais… Mais… en même temps…

– En même temps quoi ? écartai-je mes mains.

– En même temps rien ne nous empêche de prendre notre pied tous les deux…

– Écoute… C'est malsain ce que tu fais… Ça mène, ça rime à rien…

– Mais… Je…

Son regard se fit dur et sans pitié.

– Oh, et puis tu m'emmerdes ! Et ça c'est malsain hein ?! Tu veux peut-être que je m'arrête ! commença-t-elle à me masturber très fort.

– Aaaaah !

Je ne feignis pas mon gémissement. Il y avait si longtemps qu'une fille ne m'avait pas fait jouir !

Faiblesse de la chair :

– Branle-moi ! Suce-moi Juliette ! Prend-la jusqu'au fond de la gorge !

Une expression carnassière vint alimenter ses traits. Elle se jeta sur ma pine et me tailla une pipe inoubliable. Chaque seconde écoulée signifiait autant une profonde jouissance qu'une terrible douleur, tant je me retins d'éjaculer précocement. Je fantasmai sur elle, en amazone sur moi, que nous baisions sans fin. Je savais que cela ne se ferait pas, qu'elle avait compris ma peur de la défloration et qu'elle la respectait. Je n'avais rien à craindre sinon :

– Assez ! Assez ! Retire-moi !

Elle m'obéit immédiatement étonnée de m'entendre émettre un cri rauque me contorsionnant et lui signifiant d'un geste de la main de ne pas s'approcher. Elle patienta que le calme me revinsse :

– Ça va ? Je t'ai fait mal ? réagit-elle sincèrement désolée et apeurée.

– Oui, oui, ne t'inquiète pas, répondis-je essoufflé.

– Qu'est-ce qui s'est passé ?

– Rien. T'en fais pas.

Mon orgueil de mâle m'interdit de lui avouer que je l'avais stoppé si brutalement car j'étais à deux doigts de jouir et que je n'avais aucunement l'intention de

laisser mon plaisir se terminer si rapidement ! Qu'aurait-elle pu penser de moi après les bonnes vieilles leçons de morale druidiques de la veille ? Que j'étais un beau salaud, voilà tout ! Elle m'ausculta entièrement de ses merveilleux yeux noisettes à l'éclat magnifié par la lumière du petit matin et me sourit facétieusement :
– Je vois, désigna-t-elle une goutte de sperme ayant fait irruption au bout de l'urètre et qui dégoulinait maintenant le long de mon entre-jambes.
– Monsieur en voulait encore ! s'accosta-t-elle à quatre pattes, faisant mine de se pourlécher les babines.
Étaient-ce les phéromones, cet excitant contexte ou tout simplement la vue de cette splendide, gourmande et offerte jeune fille mais je n'y tins plus ! Je me redressai, roulai ma langue à la sienne plus de sept fois et la sommai, rejetant toute morale :
– Fais-moi jouir avec ta bouche !
– T'inquiète pas chéri, m'embrassa-t-elle une dernière fois avant de s'occuper de mon gourdin. Je vais te faire gicler comme jamais !
Ah les femmes ! Vous qui pensiez être le dernier des machos vicelards remplis de putrides vulgarités, voilà qu'elles vous crucifiaient même sur l'autel de l'obscénité ! Capables d'exciter au maximum leur partenaire, comme un truc inné chez elles…
Je m'agenouillai sur le lit, elle toujours à quatre pattes se mettant sans tarder à l'ouvrage. Je me sentis défaillir sous ses danses labiales, basculant vers l'arrière retrouvant mon équilibre in extremis en déployant mes bras. Le paradis corporel ! Sa bouche chaude et humide, sa langue tournoyant autour de mon flanc, ses profondes inspirations, la profondeur de son aspiration, les caresses de ses doigts sur l'intérieur de mes cuisses, sur mes couilles. Je ne sais combien de temps cela dura mais l'effet fut littéralement divin.
– Chérie ! Chérie ! haletai-je. Retire-toi je vais jouir !
Elle redressa le buste, me branla sans vergogne d'une puis des deux mains, je me retins jusqu'où cela fit trop mal et, finalement :

– Aaaaaaah !!!!!!!!!!

Mon cri dut atteindre la portée des détecteurs de Pathfinder ! Un véritable feu d'artifice de sperme projeté en l'air avant de retomber en grosses gouttes blanchâtres et gluantes sur le lit, sur moi et en majorité sur Juliette dont le visage et surtout les seins en furent fièrement maculés. Je chancelai pendant que la vierge s'amusa encore un peu avec ma pine la badigeonnant du foutre luisant coulant de sa somptueuse poitrine et l'introduisit ainsi toute engluée dans sa bouche, se délectant de se laisser aller à ses instincts de soumission, de chienne, d'une satisfaction de femelle échappant à mon entendement.

Je l'entendis souffler encore un petit moment se repaissant de ma queue fiévreuse lui caressant joues et lèvres. Je m'écroulai finalement, ivre de jouissance, tandis qu'elle rendit hommage à mon anatomie en la couvrant de brûlants baisers.

L'orage hormonale s'apaisa enfin en elle et elle vint retrouver la position qui fut la sienne pendant une bonne partie de la nuit : allongée sur moi, joue contre mon buste et bras et mains baladeuses sur toute ma peau disponible. Elle souffla une ultime fois, repue.

Je tentai une approche maladroite mais il fallait que j'en ai le cœur net :

– Juliette ? …

– Oui chéri ?

– J'es… J'espère que… que tu n'es pas trop frustrée ? …

– Je ne le suis pas du tout mon am… M-…

Je fis mine de ne pas relever son lapsus interrompu.

– Tu sais on fonctionne différemment vous et nous, je veux dire les mecs et les femmes, reprit-elle. Tu m'as clairement fait comprendre hier soir que tu ne voulais pas coucher avec moi et je comprends tes raisons. Je voulais seulement que tu prennes ton pied,… et que tu le prennes avec moi… m'offrit-elle une frimousse toute coquine, toute mignonne aux premiers rayons du jour.

Je la serrai contre moi d'un bras pendant que je nous recouvrai de l'autre.

– Eric et Soufia doivent être incroyablement gênés ! réfléchis-je à voix haute. Le volume de mon cri quand j'ai joui… !

– T'inquiète ! Si tu entendais Soufia quand elle jouit, les vitres en tremblent ! rit-elle de bon cœur.

– Pourquoi parce que tu es…

– J'ai déjà assisté à leurs ébats oui…

Je ne comprenais pas :

– Les ébats de qui au juste ?

– Et bien des partouzes qu'Eric organise et auxquelles il participe avec Soufia, Moshé, Camille, Cati, Ari et des invités de passage !

– De… De… De quoi ?

– Oh ! Mon pauvre chou tout sensible ! prit-elle le drap pour s'essuyer de ma semence sur sa bouche. Je t'ai choqué ? se carra-t-elle la tête entre mon menton et mon poitrail sur lequel elle déposa un nouveau bisou.

– Eh bé on peut dire que ce vieil Eric a décidé de bien en profiter avant de clamser ! persiflai-je.

– Il en a assez fait dans sa vie et il continue… le défendit-elle.

Elle n'en dit pas plus long. Tant mieux, je ne voulais pas en savoir plus de toute façon. Je décidai que cette journée serait la mienne, et à moi seul. Nouvelle journée d'un monde inédit s'ouvrant à moi dans lequel j'étais un élément déterminant, sinon crucial, et dont j'attendais l'événement depuis longtemps. Inutile d'ajouter qu'il m'effrayait maintenant qu'il fut advenu.

– Je voudrais rester comme ça toute ma vie, dit-elle. Comme ça dans tes bras. J'en étais certaine… J'ai su dès que je t'ai vu samedi soir que ce devait être un bonheur d'être allongée prés de toi et d'être serrée contre toi… C'est si bon… Promets-moi quelque chose M-…

– Dis toujours…

– Promets-moi d'abord !

– Je préfère ne pas te donner ma parole pour la reprendre ensuite, tu comprends Juliette ? Il y a comme ça des personnes que l'on a pas envie de tromper. Et toi je n'ai pas envie de te mentir…

– T'es pas en train de baratiner hein ? Dis ?

– Non, souris-je aussi tendrement que je le pus.

– D'accord, je te crois. Voilà et bien je… je voudrais que si tu… enfin si tu as, un jour prochain bien sûr pas tout de suite, envie de… de tirer un coup, baiser un bon coup, faire plaisir à une jolie jeune fille, enfin bref que si t'es en manque et que tu n'as personne, ben je voudrais bien que… Et bien que tu me choisisses moi, et moi seule !

Une telle innocence au service d'une telle lubricité m'émut :

– Je t'en fais le serment Juliette, si ma libido me titille et que je ne sors avec personne et surtout si je ne suis amoureux de personne, je viendrai m'amuser avec toi…

– T'amuser avec moi, c'est à dire me faire l'amour ? se tortilla-t-elle prenant un timbre enfantin m'octroyant la chair de poule.

– Euh… Ben oui, te faire l'amour, la totale quoi !

Elle applaudit de joie et de malice :

– Et dis-moi M-…

– Oui bout d'chou ?

– Tu crois qu'un jour toi et moi, je veux dire, toi et moi on… pourrait être ens…

– Juliette ! l'interrompis-je sans ménagements. Ne va pas trop loin s'il-te-plaît. S'amuser et prendre son pied ensemble c'est une chose. Être ensemble c'en est une autre. Et j'espère que mes critères seront les mêmes pour toi !

– C'est à dire ?

– Que tu ne coucherais avec moi uniquement parce que tu en aurais envie, que tu ne serais avec personne d'autre et surtout que tu ne sois amoureuse d'un ou d'une autre et pas par convention ou pire que tu me vois débarquer parce que moi et seulement moi voudrais tirer mon coup.

– Si seulement ce pouvait être vrai que tu aies envie de me baiser par toi-même, murmura-t-elle à part.

Je ne relevais pas cette seconde remarque non plus.

Je priai intérieurement ces putains de déités n'ayant existé que dans les cervelles moribondes de grands malades pour que je lui passe rapidement. Ma plus grande angoisse fut qu'elle s'attache solidement et durablement à ma triste personne. Elle se serra encore plus fort contre mon épiderme. Je pris la tangente en changeant de sujet de conversation : – C'est quoi au juste ces partouzes qu'Eric organise ?

–   Ben, c'est des soirées qui commencent hypocritement autour d'une bonne table avec du bon vin et qui se terminent jupes retroussées, slips baissés et vas-y que j't'baise !

– Et Moshé, Cati, Camille et Aristote y participent !

– Oui. Enfin Moshé et Camille font ça dans leur coin, ils se mélangent pas mais ça les émoustillent !

– Et pour Tristan et Ferdinand ?

– C'est pas leur truc ! Ils ont toujours refusé d'y participer...

– Ça se comprend !

– Comment ?

– Non, rien ! Mais et toi, qu'est-ce que tu fous là-bas ?

– Ça m'intriguait, j'avais vraiment envie de voir, de savoir comment ça se passait...

– Et ?

– J'avoue que ça m'a vachement excitée ! J'ai eu plus d'une fois envie de les rejoindre...

– Pourquoi tu l'as pas fait alors ?

– Parce que c'est pas ce dont j'ai envie pour une première fois. J'ai envie de faire ça gentiment, tendrement, avec quelqu'un que j'aime et en qui j'ai confiance...

Mon oreille se faisait toujours aussi sourde.

– Aucune envie de me faire défoncer le cul, la chatte et d'avaler du bouillon de sperme d'inconnus pour un dépucelage !

– Dis comme ça je te comprends !

– Mais au moins j'y ai appris deux-trois choses...

– Comme quoi ?

– Oh arrête ! Tu me charries là ? Vu comment t'as hurlé quand t'as giclé ! Et le coup de "je récupère le sperme sur mes nichons et je te resuce la queue avec", hein ? Du grand art non ? plissa-t-elle allègrement les lèvres encore parsemées de l'inhabituel breuvage. Et puis le partage ça sera pour plus tard quand j'en aurais assez de la routine…

– Et ben dis donc ! T'as pas intérêt à ce que ton mec soit jaloux !

– Ça sera à lui de me bourrer bien comme il faut pour pas que j'aille me faire défoncer dans une partouze !

– Arrête, ça devient écœurant ! la sermonnai-je plus sincère que je ne le fus jamais.

L'excitation sexuelle retombée fit que j'accueillis ce discours rationnellement. Et rationnellement ces propos étaient dégoûtants. Non que j'émisse un jugement de valeur sur ces pratiques, chacun faisant ce qu'il lui plaît en ces matières du moment que cela restait cloisonné entre adultes consentants, sachant que de mon côté si l'éventualité de participer à l'une de ces réunions venait à se présenter je n'aurais pas rechigné à la besogne. Seulement ces termes et ce sens orduriers sonnaient faux dans la bouche de cette jeune fille dont la délicatesse, la gentillesse et la fragilité ne cessaient de transpirer de tous les pores. Ils l'avaient déjà souillée de leurs vices. Je me promis qu'ils ne la traîneraient pas plus loin sur cette pente. Puisqu'ils exigeaient de moi d'être responsable, je pris sur moi la responsabilité de la protection de Juliette de la Péri.

– Je dois te décevoir d'être aussi vulgaire ? fit-elle douloureusement peureuse. Je suis désolé M- ! Pardonne-moi ! Me chasse pas de tes bras !

Je ne dis mot mais la rassurai en lui caressant le bas de la nuque du bout des doigts. Ses traits se détendirent. Elle exhala de satisfaction.

– Comment as-tu fait pour entrer dans ma chambre hier soir ? lui demandai-je soudainement. Tu as attendu qu'Eric et Soufia soit de retour ?

– Non, on a chacun nos clefs, me répondit-elle laconiquement.

– Comment ça *on a chacun nos clefs* ?

– Tous les membres de la bande ont un trousseau de l'appartement du docteur… C'est un peu leur quartier général si tu veux…

– *Leur* quartier général ?

– Je voulais dire le nôtre. Simple lapsus…

… révélateur pour ma part mais ce n'est pas ce point qui me troubla présentement. J'imaginai plutôt Moshé débarquant en pleine nuit s'il l'avait voulu et me tabassant à satiété ! Je frissonnai à cette pensée, ce qui n'échappa pas à Juliette.

– Ça va ?

– Oui, juste un petit coup de froid, je suis très fragile de ce côté-là…

– Oh mon pauvre bébé !

Elle recouvra mon corps du sien. Habile filoute va ! Mais je me rendais à une extrême évidence : ce fut loin d'être désagréable ! Sa respiration devenant au fur et à mesure de plus en plus rythmée et régulière m'hypnotisa. Je replongeai bientôt dans un profond sommeil.

On frappa à la porte de la chambre. Je me réveillai.

– Eh oh ! Les polissons ! On peut entrer là-dedans ?
Eric.

– Euh… Non… débutai-je.

– Mais bien sûr ! hurla la voix de Juliette prenant le pas sur la mienne.

Les visages d'Eric et de Soufia apparurent, fripons, par l'interstice.

– Oh, on voulait pas vous déranger ! fit Dinant n'omettant pas de pénétrer entièrement dans la chambre suivi de prés par sa domestique débarrassée de son uniforme de soubrette tout droit sorti d'un catalogue Richard Phall pour une tenue civile beaucoup plus décontractée. Cette dernière nous gratifia d'un tendre et ému sourire toute enchantée qu'elle fut de ce qu'elle savait s'être déroulé durant la nuit.

– Oui Eric ? Que pouvons-nous faire pour vous ? fis-je abruptement.

– Disons qu'il est déjà une heure moins le quart et nous souhaitions savoir, Soufia et moi, si vous désirez tout deux déjeuner avec nous.

– Je me suis pas embêtée pour ce midi, ajouta la beurette, ce sera très simple, une brandade de morue.

– Avec plaisir ! s'enthousiasma Juliette me câlinant de

plus belle, toute heureuse de m'avoir capturé dans ses filets.

– Désolé, je ne peux pas ! tranchai-je dans le vif. Mes parents vont certainement s'inquiéter s'ils ne me voient pas revenir...

– Vous êtes un grand garçon M- ! se cabra Dinant.

– Un grand garçon vivant dans une ville où vous avez foutu un sacré boxon, je vous rappelle ! Ma mère doit déjà être folle d'inquiétude... Vous m'avez déjà piqué mon portable !

– Il était nécessaire que l'on ne sache pas où vous vous trouviez !

– J'ai bien compris les différentes procédures du kidnapping Eric, merci je...

– Nous vous en fournirons un de bien meilleure qualité avec forfait gratis ! s'échina-t-il à ne pas me comprendre.

– Stop Eric ! Vous savez très bien où je veux en venir...

– Bon, bon, d'accord, se résigna-t-il enfin. Allez retrouver vos parents mais...

– Mais quoi ?

Il ne me répondit pas. Leurs regards, le sien et celui de Soufia, me désignèrent une rembrunie et déçue Juliette.

– Maintenant si vous le voulez bien, leur indiquai-je la sortie. Je souhaiterai me vêtir... Ah encore une chose Eric, l'arrêtai-je au pas de la porte, je veux que nous soyons bien clair là-dessus, en aucun cas mes parents ne doivent être au courant de votre existence, ce qui signifie que vous n'allez jamais me contacter chez eux, est-ce clair ?

– Bien évidemment M-, croyez-le ou non mais je n'aime pas mettre la vie d'innocents en danger... et puis j'aurais trop peur de votre colère, murmura-t-il ces derniers mots.

Il claqua les battants derrière lui. Juliette me fixa d'une paire d'yeux mélancoliques :

– Pourquoi ? T'as décidé de t'éloigner de moi, c'est ça ?

– Pour toi comme pour moi il vaut mieux que je

m'éloigne un moment petite chérie, je ne sais plus où j'en suis, et toi non plus d'ailleurs, prendre un peu de recul ne peut que nous faire du bien, ne me privai-je pas de lui faire la leçon me levant et m'habillant dans le même temps. Et puis c'est vrai pour mes parents, ils vont être morts de trouille. T'imagine avec la merde du Louvre ? Les flics et l'armée sur le qui-vive ? Paris ville-bouclée, le téléphone de la maison qui décroche pas et mon portable toujours sur répondeur ?

– Oui, oui, je comprends, bouda-t-elle. Mais… Et si tu leur passais un coup de fil pour les rassurer, et bien on pourrait passer l'après-midi ensemble !

Je ne m'en dépêtrerais donc jamais ?

– J'ai aussi envie de les voir Juliette ! Tu n'as pas de parents toi ?

– Me parle pas de ces connards !

Je ne tins pas à subir les effets collatéraux de ma grosse boulette :

– Bon, je vais me faire un brin de toilette et je vais y aller, fuis-je, éhonté, le problème.

– Tu ne restes pas déjeuner avec nous au moins ?

– Ma mère reprend le travail à trois heures et quart, le temps de partir d'ici, j'aurais à peine le temps de lui parler un peu, l'informais-je tout en passant mon visage au savon.

Je m'essuyai la face quand je la surpris depuis la petite salle de bain attenante à la chambre en train de s'essuyer quelques larmes. La vision me révulsa le cœur.

Elle n'en fit rien paraître lorsque je la rejoins m'accueillant d'un charmant sourire pudique et me cachant sa poitrine sous le drap. Je lui souris en retour et l'honorai d'un doux baiser sur le front.

– Embrasses-moi quand même…

Je lui obéis en sachant commettre un nouvel impair. Mais l'appel du goût de ses lèvres fut bien trop puissant. Je l'embrassai goulûment, affectueusement, hardiment, ardemment. Elle fit tomber le drap et se massa le sein droit. Je lui agrippai les deux, massant ses tétons du bout de mes doigts. Je me décollai de sa partie lippée et vint lui lécher les mamelons… Je me

repris à temps :
– Non Juliette, je dois y aller.
Elle inspira une grande bouffée l'aidant à renfrogner sa frustration :
– Si tu dois te casser barre-toi maintenant s'il-te-plaît ! File vite !
– Désolé, me détournai-je et enfilai-je mon blouson.
– File.
Mes oreilles crurent distinguer un *Je t'aime* étouffé par le bois de la porte que je claquai prestement derrière moi.
Je traversai le couloir d'un pas rapide fouillant dans les poches de mon cuir afin de m'assurer que tous mes papiers et objets m'avaient bien été restitués. Ils l'étaient. A l'exception du portable bien évidemment. Je décidai de quitter les lieux sans même prendre la peine de saluer Dinant et Soufia. A quoi bon ? De toute façon la bougeotte et mon envie de m'enfuir du 5ème arrondissement avaient pris le contrôle de mes jambes. Mais si Dinant, de sa longue et masculine expérience de la vie, eut la délicatesse de me laisser partir sans un dernier sermon, les chromosomes de Soufia lui intimèrent le contraire. Et la voilà qui m'attendait, épaule contre le mur faisant face à la porte d'entrée. Je stoppai ma course. Elle laissa retomber lentement son visage sur sa gauche, presque bonhomme, alimentant ses yeux bleus trop profonds pour être trompeur, d'éclats rieurs mais néanmoins bienveillants :
– Ne vous inquiétez pas monsieur M-, je ne suis pas là pour encore essayer de vous retenir ni pour vous faire la morale à propos de la petite Juliette… Même si vous devriez y faire attention… elle est jeune et…
– Non Soufia, on a dit pas de morale… la coupai-je.
– Pardon, vous avez raison !
Elle me tendit sa main gauche. Sur le majeur de celle-ci était enroulée la boucle d'un porte-clefs :
– Eric voudrait que vous preniez un trousseau… Il dit que vous êtes désormais ici chez vous…
– Pfff, méprisai-je cette idée d'un hochement de tête.
Le docteur confond idéalisme et candeur décidément,

repris-je après quelques instants de réflexion. Je n'ai pas l'esprit de caste Soufia… Je ne suis pas rentré en relation avec le gang parce que nous nous sommes trouvés, mais parce que j'ai été kidnappé ! C'est pas par amitié que je suis ici, mais par obligation ! Je prendrai ces clefs quand cela sera devenu nécessaire, pas avant… Pour l'instant je veux simplement retrouver les miens, vraiment les miens…

Elle se força de ne pas paraître affectée par la violence de mes propos. Balancer la puissance indéfectible qui nous lie à nos parents à la figure de quelqu'un pour qui la famille signifiait abus sexuel et omerta aurait dû être un crime répréhensible par la Loi. A ma décharge je n'avais, à cette période-là, aucune information concernant le passé de la jolie beurette. Je m'approchai d'elle, l'embrassai gentiment sur les deux joues et lui dit de bien se porter. Je ne sus si ce furent les paroles que je lui disse ou la tendresse avec laquelle je les avais prononcées, mais dés la seconde où je terminai de lui dire au revoir elle m'enlaça, me serrant fort dans ses bras :

– Vous aussi monsieur M—, vous aussi…

J'ouvris la porte et je me sentis aussitôt comme happé par le monde extérieur. Je dévalai les marches de l'escalier quatre à quatre sans me retourner. Je savais qu'elle me regardait partir – le claquement de la porte ne parvint jamais à mes oreilles. Je sortis de l'immeuble. Un ciel partiellement clément pour ce milieu de printemps m'accueillit. Je repris le même chemin de la veille, quand j'étais entouré des autres malades mentaux, en direction du Luxembourg. J'avais menti. J'avais bien trop peur de rentrer chez moi. Qu'allais-je bien pouvoir inventer à mes parents ? J'espérais déjà qu'ils n'avaient pas averti les flics concernant ma disparition ! Je prêtai l'œil de gauche à droite… Si ce n'étaient de légers déploiements de militaires, de policiers d'ici de là, on aurait pu jurer qu'il ne s'était rien passé d'important dans les murs de la capitale ces dix derniers jours ! Apparemment le code rouge du plan vigipirate était à des années lumières de l'état martial ! Ce n'était pas pour me déplaire… pas très rassurant, mais pas déplaisant…

Je décidais de ne pas rentrer de suite. Je pris la rue Vaugirard, marchai, marchai, passant devant le sénat, tentant d'apercevoir les quelques insignifiances le mouvant, silhouettes spectrales usant ici leurs carrières d'inutilités repues. Chers dinosaures, vous ne pensiez pas autant mériter ce titre que dans les mois qui suivraient…

Je tentais de faire le vide en moi. Échec. Je me concentrai sur les pieux mensonges que je pourrais débiter à mes géniteurs. Échec. Une colère sourde gronda en moi. Je me représentais Moshé s'en prenant à mes manuscrits, mes cahiers gardés en otages afin de se venger de son humiliation. Rien ne comptait plus pour moi que l'Écriture. Rien ne compterait jamais autant.

Je me calmais, histoire de me raisonner… Il n'avait vraiment aucun intérêt à me braquer, à me transformer en son ennemi intime. Rien à faire, je n'arrivais pas à me convaincre. Je plaçais alors mes espoirs en Dinant, sûr que celui-ci était à même de tempérer les ardeurs du jeune homme. Le problème étant, bien évidemment, que le jeune homme en question avait passé ses dernières heures en dehors de la présence du docteur et qu'il avait eu en conséquence tout le loisir de commettre l'irréparable. Si cette affreuse conjecture se vérifiait, je jurais que Moshé Calixte le paierait amèrement…

Joue avec moi ! Provoque-moi ! Je te le ferais payer à mort !

La perspective me tourmentait tant et si bien que je me retrouvais au croisement de Vaugirard et de la rue de Rennes avant même de m'en rendre compte. J'expectorai lourdement. La vie revenue en ville avait rapportée la pollution avec elle, bien que cette dernière ne m'affectait que très peu, mon organisme étant citadin. Je redescendis l'artère au nom de ville bretonne jusqu'à Montparnasse en me laissant distraire par un détour à la FNAC.

Je sortis de l'enseigne culturelle aux alentours des 16

heures.

Je venais de passer plus d'une heure et quart à errer dans ce que j'avais toujours estimé être, à tort et à travers certainement, mon élément.

A tort : comment moi qui méprisais les gens pouvait donc bien diviniser les fruits de leurs élucubrations psychosomatiques?

A travers : d'autant plus que cette séditieuse misanthropie se trouvait amplifiée par l'usage commercial des cheminements intérieurs…

Mais je les enviais. Pouvoir vivre dans cette société et surtout pouvoir <u>exister</u> dans cette société en disséminant des parcelles de ses propres pensées était tout ce que à quoi humainement j'aspirais. Mais c'était tout ce qu'il m'était refusé pour mille et une raisons, manèges névrotiques personnels et cannibalisme crétinisant de mes contemporains en tête.

Je dus m'avouer pourtant que ce jour-là et pour la première fois de mon existence, je fus rasséréné par la foule associée à cette ambiance feutrée, *marketeux* intimismes.

Je dépassais maintenant la gare Montparnasse pour me diriger vers la rue du Cotentin. Mon subconscient m'intimait de rejoindre le toit familial par la marche. Cela ne me déplut nullement. Ce mini-périple me faisait, partiellement, me retrouver.

J'arrivai à ma destination vers les 16h30. Au loin j'aperçus ma mère dans sa loge vitrée – elle était la gardienne de la résidence dans laquelle nous vivions – en pleine discussion avec une autre femme. J'hésitai à venir les interrompre. Mais la pensée de l'angoisse et des tourments auxquels elle et mon père avaient été confrontés à mon sujet suffit à me décider. Il était de mon devoir de fils de la rassurer. Je poussai la lourde porte d'acier.

Debout en face de l'étrangère, ma mère détourna les yeux en ma direction et me décocha un large sourire :

– Ça y est ? Tu rentres enfin ! C'est mon fils…

L'autre se retourna également, me dévisageant. Je restai pétrifié dans la contemplation de cette dernière.

Elle me plût immédiatement. Mon cœur battit la chamade. Des bouffées de chaleur envahirent mon organisme.

– Bonjour, fit-elle.

– Bon… Bonjour, bredouillai-je en retour.

– Il a toujours été timide, me défendit ma mère. Tu t'es acheté un nouveau blouson ? Et tes lunettes ?

– Je… J'ai… Quoi ? Je n'en revenais pas. Oui… Oui… Le blouson c'est… c'est un copain qui me l'a filé et j'ai mis mes lentilles…

Et c'était tout ? Paris sens dessus-dessous, au bord de l'implosion, moi qui n'avais pas donné de nouvelles depuis plus d'une semaine et tout ce qui apportait à ma mère était de savoir où je m'étais procuré ce vêtement qu'elle n'avait jamais vu auparavant et si j'avais cassé mes verres ?

Ce n'est qu'au bout de 30 ans que je découvrais une des principales composantes du caractère de ma mère, élément qu'elle m'avait transmis, à savoir, le déni. Je pensais que ma maman avait été si choquée, si effrayée, si perdue qu'elle s'était réfugiée dans ces malsaines régions du psychisme où rien ne change, rien ne bouge, rien de mal ne peut arriver. Rien ne pouvait donc l'atteindre. Mieux encore rien ne pouvait atteindre son fils. Rien de tangible en tous cas. Par contre angoisse, amertume, perdition… Je flippai. Je flippai car je savais exactement à quelles extrémités amenait ce genre de comportement. Le déni n'était ni efficace, ni irréversible, il n'était que façade, solution temporaire, prêt à rompre à n'importe quel moment et, à l'image de ces gigantesques barrages électriques se brisant, les dommages se promettaient toujours d'être apocalyptiques.

– Tu les supportes maintenant ?

– Qu… Quoi ? me réveilla-t-elle.

– Tes lentilles, tu les supportes maintenant ?

– Y faut bien…

Oui, il le fallait bien, ces farceurs ayant gardé ma paire de lunettes. Combien de temps allais-je pouvoir tenir avant d'avouer à mes parents que j'avais subis une opération rétinienne avec tout ce que cela sous-entendait ?

– Ce serait dommage de cacher d'aussi jolis yeux, dit la superbe inconnue accentuant son sourire.

– Merci, rougis-je.

– J'ai toujours adoré la couleur de ses yeux, débuta ma mère d'un ton que je ne connaissais que trop bien.

Ce ton qu'empruntait les mères en parlant à d'autres femmes de leurs enfants en bas âges, en présence de l'intéressé bien évidemment. Le temps fut venu pour moi de prendre la poudre d'escampette.

– Papa est là-haut ?

– Oui.

– Mon prénom est Charline, se présenta-t-elle.

Pas besoin de soutenir une thèse sur les rapports symbiotiques entre la nanotechnologie et les fréquences des rayons gamma pour comprendre qu'elle souhaitait me retenir.

– On s'est rencontré en Normandie par hasard, intervint ma mère, et on s'est aperçu qu'elle venait juste d'emménager ici…

– Je terminais mon déménagement quand j'ai rencontré vos parents, ajouta Charline.

– C'est… C'est fou, lui serrai-je enfin la main ; le contact de sa peau me faisant frémir. Mais par quel hasard… ? m'adressai-je à nouveau à ma mère.

– Les coïncidences font partie de la vie, me coupa la nouvelle venue.

Maman ne me répondit pas. Quelque chose ne collait pas, même si ce que je ressentais s'apparentait plutôt à une gène qu'à un danger. Et cette femme d'une rare beauté qui me donnait de l'intérêt… J'en imaginais toutes les supercheries possibles et imaginables : la disparition de mes lunettes me donnait un charme fou / ses sens de femme captaient les odeurs des autres filles ayant été récemment en contact avec mon organisme (le mâle ne se dépareillait jamais d'une certaine et éternelle naïveté ou bêtise adolescente) / ma mère souhaitait me trouver une compagne… / cette Charline avait été mandaté par la confrérie du gène ou par une de ses *loges* pour… Non. Ineffablement je sentis que toutes ces raisons n'étaient qu'un tissu d'ineptes idioties.

— On est amené à se voir bientôt alors ? m'évertuai-je à quitter la présence de la subjuguante gêneuse.

— J'ai invité Charline à dîner un de ces soirs avec nous, dit ma mère. J'espère que tu seras présent !

— J'es… J'espère aussi maman…

Puis je m'enfuis, littéralement, du bureau vitré comme si la fin du monde s'y faisait imminente. J'avais désiré…

Je montai jusqu'à mon étage, ouvris la porte, vis mon père et l'étreignis comme jamais auparavant. Nous discutâmes longuement, entamâmes une de nos sacrosaintes parties de backgammon, le battis à la loyale en trois manches – ce qui ne manqua pas de le dégoûter – avant que je ne réussisse à prendre mon courage à deux mains afin de le questionner sur cette Charline. Il passa rapidement sur le sujet ne m'informant que de ce dont j'étais déjà au courant : rencontre en Normandie (aucune précision concernant le lieu, le pourquoi, le comment), discussion où ils s'aperçurent qu'elle venait habiter la même résidence HLM et basta.

— *Alesh* ?

— Rien, je l'ai rencontrée dans la loge, elle discutait avec maman…

— Ah… Il se leva. Tu veux quelque chose ? se dirigeat-il vers la cuisine.

— Non merci pa', je vais dans ma chambre…

Je refermai la porte derrière moi. La pudeur de mon père venait de muter en une inattendue torpeur. Lui non plus ne semblait pas s'être inquiété outre mesure à mon sujet. Une grande lassitude m'envahit… ainsi qu'une légère vexation. Il m'était inconcevable qu'ils n'en avaient rien eu à faire… Aucun d'entre eux deux n'avaient non plus mentionné les derniers événements… Cela ne leur ressemblait décidément pas… Surtout pas à mon père… Moi qui avais si fortement désiré ces derniers jours retrouver mon cocon, mon îlot de stabilité voilà que mes vœux s'exauçaient plus encore que je ne l'aurais souhaité. Mais cela n'aurait su me satisfaire. Je fis donc ce que j'avais pris l'habitude de faire à chaque fois que quelque chose ne tournait pas rond et me demandait d'agir, de prendre mes responsabilités : je choisis un CD dans ma collection, l'introduisis dans le lecteur et m'allongeai sur le lit. La fuite aux profonds royaumes des rêveries était ma meilleure arme afin de lutter contre ce qui me dépassait... et cette liste était déjà bien trop longue et non exhaustive.

La musique électronique du milieu des années 70 d'un des élèves du brillant Pierre Schaeffer m'engourdit.

On tapa à la porte de la chambre :

– Tu manges avec nous ? résonna la voix de ma mère.

Je me redressai brusquement, tête dans le guidon et yeux recherchant leur chemin perdus dans leurs orbites :

– Qu... Quoi ? Oh... Oui, oui, j'arrive ! ...

Je regardai l'heure. Je m'étais assoupi plus de 70 minutes.

Je rejoignis mes parents déjà attablés après avoir effectué quelques ablutions. Le dîner se déroula dans une agréable ambiance, discutant pendant que la télé débilitait son flot d'infos. Lorsque la présentatrice passa aux *attentats* du Louvre et exactions dans les autres musées (le don de l'euphémisme des détenteurs de la carte passe-droits de journaliste était une véritable sinécure en ces temps-là !), j'accrus ma concentration sur les traits de mes parents. Effort inutile. Aucun signe ne les trahissant d'aucune façon. Mon échine frissonna de cette absence de réaction. Se put-il... ? Non il s'agissait bel et bien de mes parents : aimants, dévoués, l'aura de leur bonté m'atteignant presque physiquement. Il fallait que je me reprenne... Les conneries proférées par la confrérie du gène ainsi que celles que j'écrivais allaient finir par me retourner le cerveau à ce rythme là ! Clonage et autres insanités du genre étaient à remiser au placard à phantasme ! Une bonne nuit de sommeil, seul, saurait me remettre les idées en place...

Heureusement pour moi, ni le réveil tardif du matin ni ma pseudo-sieste n'entamèrent mon irrépressible envie de me précipiter sous la couette, gémissant de

quasi-miaulement tout heureux de sentir le marchand
de sable me clouer les paupières au ciment.

La Marsa. La ville. Située au nord-est de la Tunisie non-loin du golfe de Tunis. La cité m'ayant accueilli du CM2 à la seconde (additif de déjà vu concernant la troisième). 7 ans d'internat. 7 ans appartenant à la préhistoire. 7 ans dont la souvenance me faisait immanquablement chialer. Les années où tous les rêves étaient encore permis. Des années où je me dissimulais encore derrière ma carapace, ma chrysalide, ignorant tout de ma future métamorphose. 7 ans de déchirements, de conflits internes, de lutte contre les autres humanoïdes. 7 ans de rire, de joie encore innocente et de profonde répulsion pour le genre bipède boutonneux. 7 ans où les amis n'étaient pas ceux que l'on croyait, que la complicité n'était fille que d'une condition commune où… où…
Les murs ne ressemblaient plus à ceux qui autrefois me protégeaient. Ils étaient devenus banaux, clairs, sans âmes, moches. Tous mes camarades y étaient présents – même les oubliés de ma mémoire et autres rejetons de mon amnésie : nous souffrions mille angoisses, mille tourments en cet endroit, d'avisés tortionnaires s'amusant avec nous. Nous ne voulions pas de ça. Je ne le voulais plus. Je les fixai. Leurs visages invisibles sous leur capuche d'où ne ressortaient que d'immenses globes rouges cintrés de soleil s'effrayèrent. Ils reculèrent. Je ne cessai de les fixer. Au fur et à mesure qu'ils disparaissaient dans un brouillard d'un inconnu horizon, nos liens – de sang – se désistèrent pendant qu'abdiqua l'étau nous serrant le cœur. Je soufflai. Je soufflai. Nous nous retrouvâmes tous – tous mes camarades même les oubliés de ma mémoire et autres rejetons de mon amnésie – devant la grande entrée du lycée. Internes et externes armés de bagages, prêts à affronter le grand voyage. Je n'eus bientôt plus grand-chose à raconter, à dire. Je me tus et détournai le regard ne me sentant déjà plus des leurs. L'avais-je été ? J'esquissai un

discret au revoir de la main au reste de la troupe et fut l'un des premiers à m'éclipser. Je dévalai bientôt la pente servant d'accès principal à l'école et disparut dans les rues menant au TGM. Ma crainte naturelle m'ordonnait de repasser par chez moi avant de me construire.

Je finissais à peine de terminer de payer mon billet qu'une main se posa délicatement sur mon épaule. Je me retournai brusquement. Devant moi se tint un prêtre vêtu de sa soutane, croix en argent en pendentif, maigre, traits tirés, calvitie avancée et petites lunettes carrés. Il ne dit mot. Je fixai son regard. Quelque chose clochait. Son regard. Cet homme était attardé mental. Mon cerveau émit un bourdonnement. Il me demanda alors, dans une langue m'étant inconnue mais que je compris immédiatement, de le suivre. Il me dépassa et prit la direction du quai où une rame fit son apparition. Le temps pour moi de récupérer ma monnaie et de me baisser afin de reprendre mon sac que nous n'étions plus aux abords du TGM. Mon nouvel environnement était hermétique, 4 murs, 1 plafond, 1 sol de métal gris anthracite en son unique compagnie. Le prêtre me fit face et commença à me présenter un à un ses acolytes. Ceux-ci, des deux sexes, se matérialisant depuis nulle part, me saluèrent. Tous étaient attardés mentaux amplifiant par là-même le bourdonnement de ma cervelle. En fait chaque attardé créait un bourdonnement distinct. J'étais au point de rupture, aux limites de l'insoutenable quand leur nombre devint incalculable.

Une fois les présentations faites, et mon crâne prêt à imploser, le prêtre me fit comprendre que le temps était venu pour moi que je guide ses ouailles. Ces derniers, fièrement harnachés à leurs chevaux, boitèrent le galop à ma monture. Nous filions par-delà de mornes plaines illuminées d'une surnaturelle clarté due au clair de pleine lune, tous vêtus de tuniques mi-samouraïs mi-kabukis levant bien haut notre oriflamme à l'incompréhensible ornement, étendards dirigés envers de prétendus ennemis. La cavalcade doublée avec les bourdonnements m'invita à rendre très prochainement. Mais je n'en eus pas l'occasion. Je me réveillai, tête toujours vrombissante, dans une chambrette de 8 m2, sur un lit simple partagé avec une fille dont je ne voyais pas le visage. Cette dernière me tournait le dos, endormie. Elle n'était pas grande et ses superbes cheveux d'ébènes coulaient en cascade jusqu'au haut de son dos dénudé. J'étais amoureux d'elle. Je l'avais toujours été. J'étais ici à ma place. Ataxique vérité. *Erostratéen*. Fougue, föhn, foëne, à la pèche dans le vent de la fugace véracité. Un implacable mystère me plaqua les yeux au sol. Une troupe d'araignées noires le tapissait. Je reconnus mes attardés mentaux en celles-ci. Leur petitesse, leur légèreté étaient poursuivis par un essaim de scorpions virides translucides aux intentions meurtrières. Je hurlai mes commandements aux sombres arachnides. Je réussis, malgré mon statut d'humain, à les coordonner. Ceux-ci parvinrent à se discipliner et, à l'instar des escadres de légionnaires romains utilisèrent diverses formations pour se protéger de leurs prédateurs. Le bourdonnement se fit intenable. Un des scorpions parvint à briser la…

Je me levai heureux de constater que l'état migraineux devenait mon pain quotidien ainsi que ce désir permanent de soulagement gastrique. Mal à l'œil gauche. Une telle souffrance, tous les jours… Putain d'opération ! Qu'est-ce que Dinant avait foutu !? Je mis pied à terre, bien décidé à éliminer ces nuisances d'une bonne douche et d'un bon coca bien gazeux.
Personne dans l'appartement. Je fis ce que j'avais prévu de faire. Je petit-déjeunais de céréales périmées, m'habillais pour sortir faire un tour au parc, histoire de réfléchir sur mes possibilités de fuite quant à toutes ces nouvelles responsabilités m'incombant. Arrivé en bas de l'immeuble je jetai un coup d'œil sur la loge de ma mère – elle en était absente. Tant mieux, j'avais bien trop peur qu'elle m'alpague, que nous rentrions dans une discussion dont je n'avais absolument pas envie et, pire, qu'au cours de celle-ci je n'arrive plus à dissimuler mes ressentiments à son égard concernant

son manque d'inquiétude à mon propos pour les jours précédents. Nulle trace de mon père également. Le parc Georges Brassens ne me rendait que cinq minutes à pieds.

Je descendis les quelques escaliers menant au bassin où de placides canards remuaient leurs popotins, becs dans l'eau, à la recherche de nourriture. Je m'assis sur un banc lui faisant face.

– Vous voudriez nous faire croire que vous êtes victime d'athymhormie…

Profond et ténébreux regard, nez retroussé par le sourire, cheveux bouclés, peau crayeuse, Charline se planta devant moi.

– Bonjour, la saluai-je.

– Bonjour M-…

Elle s'assit à mes côtés.

– Qu'est-ce que l'athymhormie ? lui demandai-je.

– Pour quelqu'un qui écrit des livres, c'est plutôt décevant ! me taquina-t-elle, enjôleuse.

Ainsi elle savait. Ce fait corroborait-il mes doutes de la veille ou ma mère s'était une nouvelle fois faite trop bavarde ?

– J'écris des romans, pas des dicos ! me défendis-je.

– Et quand on voit le niveau intellectuel et culturel des best-sellers d'aujourd'hui ! renchérit-elle.

Je pris sur moi pour ne pas lui répondre. D'autant plus que j'étais entièrement d'accord… Mais comment me débrouiller pour lui faire comprendre que je n'étais pas de cette sous-race faisant l'élite sociale du jour, que j'étais d'une autre trempe ? D'ailleurs… l'étais-je vraiment ? Un génie non reconnu par ses contemporains se voyait condamner à mourir le doute au ventre… Destinée romantique mais et car terriblement cruelle.

– Alors ? repris-je.

– L'athymhormie est un état d'apparence indifférent à l'affection et l'affectivité décelé chez le schizophrène…

Je me claquai la paume sur le front :

– L'athymie !

– C'est effectivement son autre nom… Vous

connaissiez alors ?

– Je consulte souvent le Littré…

– Pour quelqu'un chez qui j'ai cru détecté un sérieux mépris pour tout ce qui est dictionnaire ! sourit-elle de plus belle.

– Pas le Littré, répondis-je rabougri.

– Parce qu'il vous permet de jouer au pédant lors des soirées chez l'ambassadeur ?!

Je baissai la tête et me mis à jouer avec les plis de mon T-shirt, honteux, érubescent, de me faire mettre à nu aussi rapidement. Mais la référence utilisée par la moqueuse faisait également partie des miennes et cet état de fait me fit, imbécilement, baisser la garde.

– Vous êtes psychologue ? entamai-je un nouveau sujet avec le terme technique sus-évoqué :

– On était pas en train de parler de vous il y a un instant ? ne se laissa-t-elle pas faire.

– Je vois…, ne voyais-je absolument rien.

Le silence s'installa. Le monde alentour n'exista plus, gène et pudeur s'interposant entre nous. J'osai un regard en coin. Ses pupilles focalisaient un gravier ou un grain de sable à ses pieds. Je décryptai sa tenue : bohème, mélange de haillons chinés aux puces et de vêtements bas de gamme, faisant resplendir son indéniable beauté. Je détournai vivement les yeux, peur de m'y brûler. Les mêmes bouffées de chaleur m'envahirent l'organisme tout comme la première fois où je la vis.

– Connaissez-vous le groupement des mencheviks ? émergea-t-elle enfin de sa méditation.

– Oui… Enfin si je me souviens bien il s'agissait d'une petite fraction en minorité du Parti social-démocrate russe qui s'opposa aux bolcheviques au début du XXe siècle et qui furent massacrés après l'octobre rouge.

– C'est tout à fait ça, bravo, je retire ma méchanceté de tout à l'heure sur votre inculture, me félicita-t-elle tristement posant ses prunelles sur les miennes.

– Je ne l'avais pas pris pour argent comptant…

– Vous êtes vraiment adorable, peut-être encore plus que Martine ne le croit…

Martine… Je détestais qu'un inconnu prononce le prénom de ma mère pour la désigner.

— Et bien voyez-vous M-, je fais partie d'un groupuscule autoproclamé néomencheviks…

— Eh oh ! Minute papillon ! me redressai-je d'un bond. Je ne sais pas pourquoi vous me racontez ça, et surtout je ne veux absolument pas le savoir ! Je vous ai simplement demandé si vous étiez psychologue moi ! J'veux rien savoir de plus !

Elle, restée assise, éclata d'un rire joyeux, infantile et pourtant profondément troublant :

— Mais qu'est-ce qu'il vous prend ? s'essuya-t-elle une larme.

Je ne compris pas.

— C'est le terme de groupuscule c'est ça ? se ressaisit-elle. Je suis désolé si je me suis mal exprimée. Je ne vais pas vous demander de signer chez des terroristes, se déhancha-t-elle mimant je ne savais quel effort physique. Vous inquiétez pas, bien que je vous comprenne avec tout ce qui se passe en ce moment !

Tu ne crois pas si bien dire ma belle, pensai-je. *Assez de groupuscule, de petites frappes terroristes, d'idiots soi-disant légitimés par d'incongrues idéologies-sornettes ! – … Gang de l'araignée noire, confrérie du gène, Mencheviks… La paix !*

— Venez vous rasseoir s'il-vous-plaît, minauda-t-elle tapotant le banc de ses doigts blancs comme de la mie.

— Je suis très bien debout, lui opposai-je les deux paumes levées.

— D'accord, s'inclina-t-elle.

— Vous êtes léniniste ? la questionnai-je, sincèrement intrigué.

— Non. Mais il est vrai que c'est en parti en lisant son *Que faire* que j'ai intégré les néomencheviks…

— Vous avez réussi à vous procurer un exemplaire du pamphlet ?

— En fait c'est un ami qui faisait déjà partie du groupe qui me l'a procuré…

— C'est à peine du prosélytisme… ! ironisai-je.

— Oh, s'il-vous-plaît, pas de ça ! Elle se tut quelques secondes. Si je vous ai parlé de ça… d'eux… C'est parce que nous avons l'intention de nous faire connaître du grand public et…

– Vous croyez que le grand public a envie de connaître une nouvelle cellule extrémiste avec ce qui se passe en ce moment, hein !? la coupai-je sans ménagements.

– Mais nous n'avons aucune intention de dérober n'importe qui ou n'importe quoi ! Pas d'attentats ou d'autres trucs de ce genre ! s'enflamma-t-elle.

– Quoi donc alors ?

– Un journal…

– Un journal ? m'esclaffai-je.

– Pourquoi riez-vous ? s'indigna-t-elle.

– Parce que vous croyez encore que les gens lisent vous ?

– …

– Vous savez ce que vous vous apprêtez à faire, enfin plutôt à devenir ?

– Non, dites le moi… se fit-elle arrogamment défensive.

– Des boucs émissaires ! Voilà ce que vous allez devenir et pas plus tard qu'à la première seconde où votre journal sera distribué !

– Et qu'est-ce que vous pouvez bien en savoir M- ? Qui vous dit que plusieurs numéros ne sont pas déjà sortis ?

– Mais parce que je n'en ai pas entendu parler évidemment !

– Ah parce que vous êtes le centre du monde maintenant !

– Non je ne suis pas le centre du monde Charline, me lassai-je. Mais je crois en mes théories… Si une seule publication était sortie les médias se seraient précipités dessus comme sur un nouvel os à ronger ! Rendez-vous compte ! Personne n'a de piste sérieuse concernant les rapines du gang de l'araignée noire ! Et il n'y a rien de plus frustrant pour les pseudo-journaleux de traiter chaque jour du même sujet sans y apporter la moindre nouveauté, la moindre info, le moindre scoop… Sur ce plan-là, ils sont encore pires que les flics ! Et pourtant ceux-là sur le plan de la charogne… ! Non sérieusement, sortir votre journal maintenant ce serait vous crucifier… A moins que cela soit ce que vous cherchez…

– Non, on a vraiment aucune velléité de martyr… noua-t-elle ses lèvres.

– Alors mon avis, et il s'agit bien d'un avis et non d'un conseil, je m'en garderais bien de vous en fournir, est d'attendre un peu que tout cela se tasse…

– Nous cacher…

– Oui.

– Donc nous fuirions. Nous serions des lâches… émit-elle la conclusion de notre dialogue d'un air dégoûté. Je le refuse M-… Je le refuse catégoriquement ! Vous êtes peut-être un lâche, mais aucun de nous ne l'est !

– Eh ! Pourquoi me traiter de froussard ! C'est votre projet, vos emmerdes, j'ai rien à voir avec tout ça moi !

– Dommage, moi qui espérais vous confier l'écriture de plusieurs articles…

– Par… Pardon…

– Vous m'avez bien entendu M-, je voulais que vous fassiez partie de la rédaction de *La Vérité*…

– *La Vérité* ?

Autrement dit la Pravda.

– Vous n'auriez pas, à tout hasard, recherché la provocation avec ce titre ?

– Le monde ne mérite-t-il pas la vérité selon vous ?

– <u>Une</u> vérité Charline. Vous savez aussi bien que moi, en tout cas je l'espère, que celle-ci est condamnée à la subjectivité… Et puis c'est un titre chargé d'histoire !

– Autant vous raccrocher à quelque chose…

– L'Union soviétique est un choix extrêmement judicieux, satirisai-je. Cette fois-ci c'est sûr ils vont tous vous amalgamer avec Netchaïev !

– Nous nous passerons donc de vos services…

– Mais… Mais… Bordel de merde ! m'emportai-je.

Son index frôla ses exquises lèvres. Je réussis à me contrôler un tant soit peu et me rassis à ses côtés.

– Pourquoi moi ? dis-je d'un ton plus posé mais toujours aussi impérieux. Vous ne me connaissez absolument pas !

– Je vous connais par l'intermédiaire de vos parents…
– Mais je…
Elle me signe de me taire et poursuivit :
– Ils vous ont particulièrement bien décrit, vous êtes talentueux, intelligent et révolté, vous avez le profil idéal…
– Un profil colporté par mes parents !
– Il ne faut pas être doté d'un quotient intellectuel hors du commun pour comprendre que vous correspondez parfaitement à cette description… Et puis vous êtes aussi beau garçon et…
– Yallah ! ne pus-je contenir. Je ne sais pas si mon esprit peut soutenir autant de flatterie en un temps aussi réduit sans m'ordonner de vomir ! … Vous aviez tous les choix possibles et…
– C'est vous que je veux.
Son ténébreux regard ne souffrit plus aucune discussion m'accusant, sans reddition possible de ma part, de pusillanimité.
– Ne me dites pas que vous n'avez jamais souhaité détruire à tous jamais les notions de matérialisme, d'impérialisme et leurs rejetons, reprit-elle d'un feu grégeois revitalisé.
Elle se leva :
– Je ne veux pas croire en la rigidité de votre humeur M-… Aussi je vous laisse réfléchir à ma proposition qui reste valable… Je serais absente quelques jours…
– Où allez-vous ? ne me rendis-je pas compte de mon indiscrétion.
– Les néomencheviks donnent une conférence internationale à partir d'après-demain à Zimmerwald.
– Zimmerwald ? Faites très attention Charline, les groupements de férus de symbolique dérivent souvent vers des pratiques sectaires…
– De quel droit vous permettez-vous de critiquer les activités des différentes sectes ? Qui vous dit qu'elles n'ont pas raison ?
Je restai coi, l'égayant.
– Ne vous inquiétez donc pas, s'amusa-t-elle, je suis comme vous pouvez le voir une grande fille ! Je dirais même mure…

… Et terriblement désirable ! Elle se baissa pour me donner un baiser. Tant de familiarités ne me choqua même pas ! Je lui tendis ma joue tandis que mes prunelles ne décrochèrent pas de sa poitrine attendant, impatiemment, de connaître l'implacable verdict de l'horrible et universelle loi de la gravité sur ses mamelons : impitoyable indicateur de vieillesse. Mais, le moment venu, je ne remarquai rien. Ses seins restèrent collés à son buste, signe de l'utilisation d'un excellent soutien-gorge ou d'une tenue parfaite de ceux-ci face aux temps qui passe. Donc je lui tendis ma joue, pensées vagabondes. Ce furent mes lèvres qui se firent humecter de sa délicieuse senteur. Elle se redressa, vraisemblablement aussi surprise que je le fus.

— Pardon M-… Je… Je ne voulais pas… C'était… Je…

— On va dire que c'était un accident ! tranchai-je partiellement énervé.

— Je… Je souhaiterais que vous n'en parliez pas à…

— Et puis quoi encore ? Que pourrais-je leur dire de toute façon ?

— Je voudrais vraiment que cela n'influe en rien sur votre décision concernant le… Que ce soit dans un sens ou dans l'autre…

— Au revoir Charline…

— Au revoir M-…

Elle disparut d'un pas lourd, grave et maussade.

Zimmerwald.

PIONNIERS ROUGES, MARCHONS EN COLONNES,

NOS PAS MARTÈLENT LE SOL ;

DRAPEAUX ROUGES ÉCLATANTS AU SOLEIL DU COUCHANT

ÉMERGEANT DE LA HOULE DES BLÉS,

NOS PAS SUR LE SOL SEMBLENT

DIRE EN CADENCE :

       TU GUIDERAS NOS PAS,
ZIMMERWALD.

       LÀ-BAS, ÉMERGEANT DE LA
PLAINE,

       PAYSAN REPREND HALEINE,
DE LA GUERRE A SOUFFERT BIEN
QU'IL N'AIT PAS DE TERRE,

       AUJOURD'HUI C'EST TOUJOURS
LA MISÈRE ;

       ON ENTEND SA FAUX QUI CHANTE
DANS LES BLÉS :

       TU GUIDERAS NOS PAS,
ZIMMERWALD.

       SORTANT ÉREINTÉ DE LA
MINE,

       REGAGNANT SON NOIR CORON,
LE MINEUR QUE L'ON CROISE ET QUI
LÈVE SON POING

       DIT : LE MONDE VA CHANGER
DE BASE.

       LE PIC SUR LE SOL, QUI CREUSE LE
CHARBON :

       TU GUIDERAS NOS PAS,
ZIMMERWALD.

       VOICI UN RÉGIMENT QUI PASSE.
       BÉTAIL MARCHANT VERS LA
GUERRE.

       DANS LES RANGS DES YEUX CLAIRS
FIXENT NOTRE DRAPEAU

       MAIS L'OFFICIER OBLIGE À SE
TAIRE.

       AU REFLET DES FUSILS LE
SOLEIL A ÉCRIT :

TU GUIDERAS NOS PAS, ZIMMERWALD.

PARTOUT LA PAROLE DE LÉNINE,
DE LIBKNECHT ET DE ROSA
RETENTIT DANS LES CHAMPS, LES CASERNES, LES USINES,
L'ENNEMI EST DANS NOTRE PAYS ;
SI LA GUERRE ÉCLATE, LE BOURGEOIS À ABATTRE
SERA ÉCRASÉ PAR ZIMMERWALD.

Né à Paris en 1840, sa famille déménage au Havre à cinq ans. Son père voulait qu'il reprenne l'épicerie familiale, mais lui voulait peindre.
1856 : rencontre avec Eugène Boudin, artiste qui travaillait beaucoup sur les plages de Normandie, et qui va lui enseigner quelques techniques de peinture.
1861-62 : il part servir la nation en Algérie. Sa tante Lecadre lui promet de le sortir de l'armée s'il accepte de suivre des cours d'art à l'université. Il accepte mais n'aime pas les styles y étant enseignés.
1862 : étudie l'art avec Charles Gleyre et rencontre Pierre-Auguste Renoir avec lequel il fonde le mouvement impressionniste. Les deux hommes resteront amis pour la vie.

Succinct et mal écrit. J'étais en droit d'attendre plus d'un texte soumis au regard de tous…

– Alors tu regrettes notre petite sortie ? m'enjoignit-elle bravache.

– J'avoue ne pas me sentir très à l'aise, soufflai-je. Ce petit tour de reconnaissance avant de commettre votre forfait !

– Mais personne ne t'a demandé d'y participer ! minauda-t-elle de ses délicates lèvres purpurines.

– Encore heureux !

– Alors y a-t-il un tableau qui te plairait, que tu voudrais comme cadeau ? mit-elle les mains sur ses hanches.

– Celui-là me plaît énormément ! lui désignai-je *Femmes au jardin.*

Elle sursauta presque imperceptiblement lorsqu'elle posa les yeux sur la toile.

Je continuai :

– Il y a quelque chose dans leurs traits et surtout chez celle à gauche qui tient son bouquet qui me rappelle…

– Moi ! s'approcha-t-elle du tableau.

– Sais-tu que la jeune femme ayant servi de modèle pour elles quatre se nommait Camille Doncieux ? ajoutai-je. Tu ne trouves pas cela étrange ? A un siècle et demi d'intervalle deux jeunes femmes se prénommant Camille, se ressemblant à un tel point que cela en devient troublant se voient intéressées par la même peinture ! L'une jusqu'à devenir l'épouse de l'artiste, l'autre à subtiliser l'œuvre pour amadouer celui qui…

– Rêve pas trop M- ! se retourna-t-elle vers moi. Je suis très bien avec Moshé et je t'ai vu avec Juliette, tu es parfaitement ce qu'il lui fallait, un grand frère mâtiné de plein de tendresse avec… avec…

– … un gros appétit sexuel, oui, je sais.

– Tu la rends heureuse, alors viens pas tout gâcher avec tes allusions à deux balles ! Et puis ton pauvre mysticisme tu peux te le carrer où…

– Sssshhh… Sssshhh…, m'employai-je à l'enrager. Arrête sinon je vais finir par croire que ce n'est pas Cati qui a déteint sur toi avec ce langage de charretier mais le contraire !

– Je te reconnais ce don M-, se calma-t-elle.

– Lequel ? questionnai-je avec toujours autant de malice.

– Celui de mettre sur les nerfs ! …

J'exultai intérieurement :

– Une qualité de plus faisant défaut à ton beau Moshé !

– Arrête de chercher le conflit ! s'emporta-t-elle. Je croyais que vous vous étiez expliqué concernant le premier dimanche ?

– Nous nous sommes expliqués… Enfin, c'est surtout moi qui lui ai expliqué les raisons de mon comportement… Mais lui donner des explications est une chose que je peux faire… Pas les lui comprendre à sa place…

Elle se renfrogna davantage. Mais si pratiquer mon

sport favori, à savoir le dénigrement systématique d'autrui, me remplissait d'une incommensurable joie, je ne pouvais me résoudre à faire de la créature au visage parfait, aux délicates lèvres, aux yeux étincelants de myriades d'étoiles vu d'un ciel d'été aux pays chauds, aux petits diamants ornant les lobes d'oreilles, une ennemie. Elle avait été la première à m'accueillir dans ce nouveau monde. La rejeter équivalait à rejeter ma renaissance. Cela me fut donc impossible, même si mon rôle dans cette farce représentant ma nouvelle vie requérait que je sois en opposition permanente d'avec son homme.

– Revenons-en à nos moutons, veux-tu ? repris-je plus affable.

Elle prit sur elle pour se montrer aussi amène :

– Tu veux dire que tu vas arrêter avec ton infatuation ? me balança-t-elle.

– Ouch, ça fait mal ! ricanai-je. Je vais donc arrêter de me prendre pour qui je ne suis apparemment pas et faire preuve d'un engouement, d'une alacrité que tu ne me connaissais pas concernant notre petite mission…

– Qu'est-ce que c'est bien dit… se moqua-t-elle.

– Non, sérieusement… Ça fait combien de temps que *Femmes au jardin* et les autres tableaux de ce mur sont à Marmottan ?

– Ils ont été transférés du musée d'Orsay la semaine dernière because tous les tableaux de la salle du sous-sol sont partis pour une expo aux States. La direction ne voulait pas fermer cette salle et ils ont trouvé un compromis avec…

– Bref une bien belle opération de communication comme quoi les autorités ne craignent plus le gang de l'araignée noire alors que l'affaire du Louvre n'a à peine que trois semaines et qu'ils n'ont jamais été foutus de retrouver le moindre indice… Ça te parait pas louche toi ?

– Oh M-, on est pas si stupide tu sais… Eric ne nous dit pas tout, mais si les flics ou les médias n'ont jamais réussis à trouver le moindre indice nous concernant – et Dieu sait le boxon qu'on a fichu au Louvre…

– C'est grâce au réseau de relations de la confrérie du gène…
– Exactement… Il n'y a pas de miracle tu sais…
Nous restâmes scotchés sur le Monet.
– Et donc vous trouvez vous aussi grossier ce transfert entre Orsay et Marmottan ? repris-je.
– Oui. C'est une provocation. Rien de plus, rien de moins.
– Une provocation à laquelle le gang de l'araignée noire se devra naturellement de répondre, complétai-je d'une grise mine.
– Tout à fait, s'enthousiasma-t-elle de cette promesse d'un nouveau shoot d'adrénaline.
– Une provocation peut-être synonyme de piège…
– On est protégé M-, commença-t-elle à se lasser de mes injonctions.
– Vous n'êtes pas alliés avec la confrérie, elle vous utilise, la mis-je en garde. Il se peut que cette fois-ci elle ne surveille pas vos arrières…
– Je ne t'ai jamais dit que c'était la confrérie du gène qui nous protégerait pour ce coup-là ! détourna-t-elle enfin ses pupilles de la toile du maître. A partir de maintenant, notre garantie… c'est toi !
– Ne parie pas là-dessus ma belle, déclarai-je certain de ma personne. Votre garantie passe toujours par les connexions de la confrérie et le fait qu'ils aient besoin de moi ne veut certainement pas dire qu'ils vont m'épargner pour autant ! …
Elle baissa les iris. Réalisait-elle qu'à l'instar de Moshé Eric Dinant restait un indécrottable, naïf et candide enfant ? Que tout comme son jeune ami il ne pouvait se résoudre à comprendre que l'univers dans lequel nous autres bipèdes multicellulaires vivotions restait affreux, impitoyable, détestable et infréquentable ? Qu'elle n'avait absolument aucune idée du fanatisme, de l'absolutisme pétrissant chacun des membres de la confrérie… Que pourrait-elle bien penser du récit d'Ambroise si celui-ci venait à lui être colporter jusqu'à ses oreilles ? Je n'arrivais pas, pour ma part, à réaliser qu'elle serait une de mes fonctions au sein de leur groupe : camelot de réalisme !

Édifiante ironie pour quelqu'un ayant passé de si nombreuses nuits à structurer ses propres fantaisies sur pages blanches !

Je passai mon bras autour de ses épaules et l'attirai vers moi.

– Allez viens, on va faire un tour du musée… Mais uniquement pour l'apprécier hein !

Elle laissa s'échapper un souffle en signe d'abandon et serra de ses doigts ma main suspendue à côté de son cou.

Comme tout bon profane je m'acharnai à analyser la moindre parcelle d'*Impression soleil levant* y cherchant la trace du génie. Le tableau était certes d'une beauté à couper le souffle tout comme l'étaient *Les Cousines, Promenade à Argenteuil,* la série des *Cathédrale de Rouen, La barque, Pont Japonais* et plusieurs toiles de la série des *Nymphéas.* Mais je n'y trouvais que déclinaison stylistique sur déclinaison stylistique de la réalité mais aucune trace d'absolue vérité. Une quête de la vérité et de la pureté absolue sous-entendant chacun de mes actes et qui, j'en étais désormais persuadé, me laisserait sur le bas-côté du chemin de mes contemporains.

– Quel charivari ! clamai-je d'un volume élevé afin que l'ensemble des visiteurs de la salle Monet et ses copains puisse entendre.

Aucune réaction ne se fit positive à ma boutade, uniquement quelques méprisants regards que l'on jetterait à quelque animal s'étant fourvoyé de place afin de se soulager et, pire encore, quelques autres œillades de parisiens blasés bien trop habitués aux happenings de mauvais aloi considérant mon acte comme tel et l'évaluant de bien basse manière sur leur propre échelle de la servilité mentale. Mais que pouvais-je attendre d'autre de leur part ? Que tous ces connards comprennent ma référence au titre du journal dans lequel officiait Louis Leroy, le premier à désigner ce nouveau style par le terme *impression* dans le seul but de se moquer des travaux des exposants lors de leur première présentation au public en 1874 ? Non, évidemment non. Camille non plus d'ailleurs. Elle leva ses jolis yeux intrigués vers moi me dévisageant :

– Pourquoi t'as fait ça ?

– Rien, juste un toc !

Elle ne fut pas dupe mais eut la délicatesse de ne pas insister. Elle me désigna *Le Parlement :*

– Tiens, regarde celui-ci M-, il fait partie de la série que Monet a peint lors de ses nombreux séjours en Angleterre sur le thème du brouillard de Londres sur la Tamise.

– Et… ?

– Un de ceux-ci a été vendu 15,8 millions d'euros il y a quelques années chez Christie's à New-York ! Tu imagines tout le fric qu'il y a posé sur ces murs !

– Aux dernières nouvelles le gang de l'araignée noire ne donnait pas dans le recel ! me cabrai-je légèrement. D'ailleurs Eric ne m'a toujours pas emmené voir l'endroit où vous avez entreposé votre butin, il me l'a quand même promis !

– Je suppose qu'il le fera lorsqu'il jugera le moment opportun, répondit-elle détachée.

– Que pensez-vous de l'œuvre de Monet M- ?

Charline. Nous nous étions revus la semaine précédente, celle suivant son retour de Zimmerwald. Une fois de plus ce fut dans la loge de ma mère qu'eût lieu la rencontre. J'arrivai pendant que ma mère sermonnait gentiment sa nouvelle amie. En effet Charline avait omis de préciser à mes parents qu'elle ne pouvait honorer sa promesse de venir dîner durant la semaine suivant leur retour de Normandie. Nos regards se croisèrent. Déjà mal à l'aise vis-à-vis de mes géniteurs concernant leur invitation – son départ n'avait-il pas eu lieu que le mercredi matin lui laissant matériellement tout le temps nécessaire la veille afin de rester ne serait-ce qu'une heure ou deux ? – mais elle devait en plus soutenir leurs regards et le mien en essayant d'occulter ce baiser qu'elle m'avait volé… Mais elle était revenue. Et le tintamarre cardiaque hurlant à tue-tête dans mes fibres mêle avec de ce profond sentiment de culpabilité… J'étais fol amoureux d'elle et pourtant cela ne m'empêcha pas de folâtrer dignement et joyeusement avec Juliette en son absence ! Et pourtant je ne ressentais aucune culpabilité envers la jeune fille tandis que j'en développai une des plus importantes envers Charline ! Merveilleux être humain que ce M- G- : non content d'utiliser la jeune Péri comme catharsis des mes libidineuses pulsions en sachant que celle-ci éprouvait à mon égard bien plus que de l'affection, profonds sentiments que je ne lui rendais pas, j'en profitais, de mon côté, pour me morfondre, me complaire, me noyer dans la réminiscence d'un simple baiser glissé à l'improviste sous l'ombre de feuillages sylviques. Pouvait-on pour autant me traiter de dégueulasse, de salopard,… de mec ? Car, il faut être honnête, j'étais conscient de tout cela. Conscient que Juliette souffrirait ses mille et une morts, ses mille et un tourments le moment venu pour moi de m'accoupler avec mon aimée, car cette copulation n'était ni une option, ni une possibilité mais un inéluctable fait. Ah, tout foutre en l'air, réduire ce maudit amour en cendres pour une histoire sans lendemain, faire fi de l'âge, du milieu social et autres critères moraux de merde pour s'agenouiller, prier comme le plus vertueux des pénitents pour que jamais ne cesse cette passion ! La passion *EST* l'amour désespéré. L'amour est mon amour désespéré. L'amour désespéré avait été créé pour moi. Aujourd'hui encore je…

– Vous ne nous présentez pas ? dit l'ardente messagère de mes concupiscents désirs.

– Si, bien sûr, me ranima-t-elle. Charline voici Camille Lerieux, Camille voici Charline…

Bon Dieu, je ne connaissais même pas son nom de famille !

– Durruti…, compléta-t-elle.

Je la mangeai des yeux.

– Je suis d'origine italienne M-, inutile de faire cette tête ! pouffa-t-elle. Cela vous gène-t-il ?

– Non, bien sûr que non, me défendis-je. Mais je trouve simplement que votre nom de famille fait plus espagnol qu'italien.

– Ai-je vraiment le physique d'une espagnole ? rit-elle

de plus belle se retournant par deux fois sur elle-même faisant valser les franges vermillon de sa jupe blanche.
– Comment ça ? me décontenança-t-elle.
– Mais oui, s'immobilisa-t-elle, petits seins gros culs ! Mes yeux scalpels n'attendirent pas une seconde invitation, je dus me rendre à l'évidence : poitrine proéminente sans être démesurée, remplissant parfaitement, suavement le petit gilet désuet marron sur bustier également *acoloré* du jour. Quant à sa jupe assez serré pour qu'en ressorte des fesses d'une splendide et superbe tenue, d'un galbe aux dimensions les plus affriolantes sans pour autant tomber dans la caricature indiquait, à tout mâle se respectant bien entendu, le chemin des plaisirs terrestres jamais assouvi et d'ailleurs commençait à poindre dans mon slip une…
– Il faut avouer que cette description ne vous sied absolument pas Charline, vous avez ce qu'il faut là où il le faut…, la flatta Camille. Avec ça vous devez en causer des ravages parmi les hommes…
– Pourquoi être aussi sectaire ? la dévisagea Charline.
L'allusion ne plut pas à cette dernière qui me foudroya d'un orageux regard avant de ne quitter les lieux prétextant certaines choses à aller voir au premier étage du côté de la fondation Denis et Anne Rouart.
– Je ne vous imaginais pas aussi… aussi…
– … libérée ? finit-elle à ma place. Je ne le suis pas contrairement à ce que mon look de gitane peu laisser supposer…
– Alors pourquoi ?
– Je voulais me débarrasser d'elle, dit-elle avec un aplomb à toute épreuve. Je voulais rester seule avec vous pour que nous puissions discuter de ce que vous savez…
– Votre proposition…
– Oui. Et avec elle dans les parages, ça n'était pas possible…
– Vous n'étiez pas obligée de vous montrer si discourtoise…
– Pensiez-vous qu'elle serait partie si j'étais restée avenante ?

Elle avait raison, évidemment.

– C'est elle ? reprit-elle.

– Comment ça… ? ne la saisis-je pas.

– La fille à qui vous faites régulièrement l'amour ?

– N… Non ! … Mais pour… comment ?

– Dommage, elle est rudement jolie ! la complimenta-t-elle. Vous feriez un si joli couple… D'ailleurs elle me ressemble un peu, ne trouvez-vous pas ? Nous avons la même chevelure bouclée et le même type de visage…

Je m'efforçai de ne pas rentrer dans son jeu. Je risquai d'en perdre cœur, cervelle et tout le tintouin.

– J'espère que celle avec qui vous couchez est au moins aussi mignonne ! réussit-elle tout de même à me désarmer.

– Mais qu'est-ce qui vous fait croire que…

– Oh M- allons ! Une femme sait toujours quand un homme a des relations sexuelles ou pas ! La seule qui ne peut le remarquer est sa propre mère ! Et, disons-le franchement, cela se voit sur votre visage, bien plus que lorsque nous nous sommes rencontrés… Ce qui signifie que c'est tout récent ! Cela à débuté soit durant mon séjour à Zimmerwald, soit juste avant mon départ !

Bravo pour l'analyse.

– Mes félicitations Charline ! Abandonnez immédiatement toute velléité révolutionnaire et faites-vous investigatrice privée ! Vous avez des dons… ! Et pour répondre à votre question, oui, Juliette, puisqu'il s'agit de son prénom dont je vous fais grâce, est très jolie même si ce n'est pas le même genre de beauté que le vôtre et celui de Camille, elle dégage néanmoins un charme fou et une envie inconsidérée de rester à son contact…

Magnifique orateur que j'étais. Je faillis même me convaincre ! Oui Juliette de la Péri dégageait du charme, mais qu'il était terne, pale en comparaison de la créature me faisant face, une odalisque exhalant *LA* femme de tous ses pores pendant que ma maîtresse se débattait encore avec son statut d'enfant…

– Je suis vraiment tout à fait heureuse pour vous alors,

mentit-elle.

Lassé de cette conversation, je la balayai d'un revers de main :

– Soyons sérieux Charline, Durruti n'est pas votre véritable nom n'est-ce pas ?

– J'aurais dû dire espagnole pas vrai ?

– Vous auriez dû.

Buenaventura Durruti. L'organisateur de la Colonne Durruti. Célèbre anarchiste espagnol qui lutta contre les franquistes pendant la guerre civile, tué durant la défense de Madrid.

– C'est votre nom de code au parti ? me moquai-je.

– Oui.

Elle se tut, attendant la question devant suivre sa satanée question.

– J'accepte, abdiquai-je. A une condition seulement...

– Laquelle ?

– Que les néomencheviks prennent soin de mes parents, de Juliette, de Camille et de quelques autres personnes dont je vous ferais faire connaissance dans les jours à venir...

– C'est entendu M-...

– Quand dois-je débuter ?

– Bientôt, se rapprocha-t-elle de moi. Je sais que vous êtes dans une sacrée mélasse, ajouta-t-elle, mais ce rapprochement entre mon groupe et vous ne pourra être que bénéfique pour les deux partis... Ce rapprochement...

Elle m'embrassa une nouvelle fois, à ces différences prés cette fois-ci qu'elle le fit consciemment et que je pris une part active au mélange de nos deux langues.

– Et bien, elle est chaude ta *vieille* copine ! me cracha Camille à la figure tandis que nous sortions du 2, rue Bailly. Je vous ai vu vous embrasser tu sais... Je... Je... Je voudrais que tu sois honnête avec Juliette M-, me fit-elle une queue de poisson m'immobilisant.

– Tu m'espionnes maintenant ?! C'est ça le taf que t'a filé Moshé ?

– Arrête ! J'ai juste rebroussé chemin parce que j'ai trouvé ma sortie incorrecte et que je me suis dit que peut-être elle n'avait fait que blaguer quand elle…

– Bon, c'est d'accord…

– Quoi ?

– C'est d'accord je te dis…

– Comment ça ?

– Je vais être aussi franc et honnête avec toi que je le suis avec Juliette. Juliette sait très bien à quoi s'en tenir avec moi, je lui ai dit ce qu'il en était de nous deux et…

– Ne joue pas au plus con que tu n'es ! enragea-t-elle. Tu sais très bien que coucher avec toi amplifie ses sentiments à ton égard ! J'espère de tout mon cœur que c'est simplement que tu sais pas toi-même où tu en es avec elle tout court et que tu joues pas avec elle ! Parce que, sinon j'te préviens, je t'arracherais moi-même les tripes et te les ferais bouffer !

Elle s'éloigna d'un pas rapide. Je me devais d'admettre qu'elle avait raison sur toute la ligne. D'une je ne savais vraiment plus où j'en étais et ce, quelque soit le domaine, et de deux, oui, je méritais d'ores et déjà le sort qu'elle s'était promis de me réserver car immonde salopard je l'étais déjà.

Je la rattrapai prestement, lui écartai le bras droit collé à son buste et insérai ma main dans l'interstice. Elle ne dit mot ni ne chercha à se dégager. Les rues et avenues du 16ème arrondissement servirent de décor à nos errances printanières. Incertains de notre avenir. Je compris alors ce qui m'avait empêché de considérer Monet comme un génie. Je ne le compris qu'à ce moment-là car ce n'est qu'à cet instant précis que je compris l'angoisse de son art. Son sujet prédominant avait toujours été la nature contrôlée, conditionnée par l'Homme : jardins, nymphéas, son propre étang, son propre pont, ses propres critères par ses propres références alors que personnellement je considérais le Génie comme capable de transpercer les quelques milliards de réalité par sa propre quiddité, idiosyncrasie dominante ; Monet s'étant contenté de livrer à ses pairs ses propres lieux par sa propre vision. Pathétique ou sage ? Mon âme était encore trop jeune, trop tendre à cette époque pour répondre à cette ultime interrogation.

Seules m'intéressaient les nymphéas de Claude. Cette grande mare où exorbitait la confrérie du gène, le gang de l'araignée noire, les néomencheviks et moi au milieu de ce bric-à-brac de gentils, de fous, de fanatiques dans un lit d'amour, d'aventure, de sexe et de sang débraillé.

Chacun jouant en mesure sa partition d'apprenti-sorcier prêt à précipiter le monde dans le chaos.